MW01126737

MUSE EN LINGERIE

LINGERIE #1

PENELOPE SKY

Ceci est une œuvre de fiction. Tous les personnages et les événements décrits dans ce roman sont purement imaginaires. Tous droits réservés. Aucune partie de ce livre ne peut être reproduite sous quelque forme que ce soit par des moyens mécaniques ou électroniques, ni archivée dans des systèmes de stockage ou de récupération de données, sans l'accord préalable de l'éditeur ou de l'auteur, sauf dans le cadre d'un compte-rendu de lecture, où de courtes citations sont autorisées.

Hartwick Publishing

Muse en Lingerie

Copyright © 2018 Penelope Sky

Tous droits réservés

TABLE DES MATIÈRES

1

SAPPHIRE

J'ÉTAIS ASSISE SEULE DANS UN BAR, UN VERRE DE scotch posé devant moi sur le comptoir. L'alcool ambré me brûlait la gorge, mais pas assez pour me donner la chaleur et la force dont j'avais besoin pour survivre à ce cauchemar.

La banque m'avait dépossédée de la maison de ma mère. La seule chose dont j'avais hérité m'avait été enlevée d'un claquement de doigts. Je n'avais plus de toit pour m'abriter, mais je devais encore m'acquitter de mes impôts fonciers.

Tout cela à cause de mon frère, Nathan.

Quand sa petite amie l'avait quitté, il s'était mis à traîner dans les bas-fonds de la ville. Il avait fait un pari qu'il ne pouvait se permettre de perdre et qu'il avait perdu. Et qui l'avait fait tuer. Pour rembourser les dettes de Nathan, le gouvernement avait saisi ma maison.

Je n'arrivais pas à y croire.

Nous avions tous deux hérité de la maison. C'était pour cette raison que nos deux noms figuraient sur le titre de propriété. Comme j'avais plus de crédit auprès de la banque, et que j'étais la plus responsable de nous deux, nous avions fait l'emprunt à mon nom. Maintenant, je devais payer pour sa stupidité, et tout perdre.

Vraiment tout.

Je n'avais plus de maison. Je devais encore cinq cent mille dollars à la banque. Ma bourse m'avait été refusée pour cette raison. Il fallait que je rembourse des études que je ne pouvais plus me permettre de terminer.

Mais ce n'était pas le pire.

Nathan fréquentait des personnes peu recommandables qui n'avaient toujours pas été payées. Ils n'avaient pas pu me prendre la maison, parce que le gouvernement était passé avant eux. Knuckles, le chef de l'organisation, était un des barons du crime les plus puissants au monde. Les gens parlaient de lui comme d'un mythe, puisque rares étaient ceux qui l'avaient vu en personne.

Ils avaient de la chance...

Il était intouchable car il avait plus de pouvoir que la police.

On l'appelait Knuckles, parce que c'était son arme de prédilection – ses mains nues.

Et j'étais sa prochaine victime.

Je fixai du regard le morceau de papier devant moi. Quelques mots simples avaient été griffonnés à l'encre noire.

Tu as trois jours, chérie.

Knuckles aimait jouer avec sa nourriture avant de donner le coup de grâce. Il me torturait, me regardait lutter contre le courant, sans un sou en poche. Je retrouvais ces notes à divers endroits, souvent glissées dans mon sac à dos quand je prenais le métro. Comme j'étais sans domicile fixe, je dormais sur les canapés de mes amis.

Et je leur mentais quand ils me demandaient pourquoi je n'avais plus de chez moi. Je leur racontais qu'on désinfectait ma maison.

C'était un mensonge ridicule. Je n'arrivais pas à croire que certains y aient cru.

Il ne me restait que trois jours de liberté avant que Knuckles ne réclame son dû.

Et qu'il ne fasse de moi son esclave sexuelle personnelle. Il m'avait promis des fouets et des chaînes. Il m'avait promis douleur et plaisir. Il m'avait promis de récupérer chaque centime entre mes cuisses.

C'était l'ultime punition qu'il infligerait à Nathan – même si celui-ci était mort depuis longtemps.

Knuckles m'avait prévenue de ne pas partir, qu'il y aurait des conséquences si j'essayais de m'enfuir. Il avait les moyens de me retrouver et, quand il le ferait, la douleur prendrait le pas sur le plaisir. Je subirais la torture et les assauts répétés de sa queue dans mon corps.

Putain, ça ne pouvait pas être vrai !

J'ignorais à qui j'en voulais le plus. À Nathan, à Knuckles ou à moi-même ?

Je m'en voulais de ne pas avoir compris que Nathan trempait dans des affaires louches. Je n'aurais pas dû me laisser tant absorber par mon travail et mes études. J'aurais dû voir ce qui se passait sous mon nez. Nathan vivait avec moi... Comment avais-je fait pour ne rien remarquer ?

Je terminai mon verre de scotch. J'eus envie d'en commander un deuxième, mais je ne pouvais pas me le permettre. Un seul suffirait aujourd'hui.

Dans un coin de la pièce, un écran de télévision diffusait l'émission *Entertainment Tonight.* Lacey Lockwood apparut à l'écran. C'était un des plus beaux mannequins du monde : elle était blonde, elle avait les yeux bleus et un corps à faire se pâmer tous les hommes. Elle défilait pour des créateurs de lingerie de luxe – elle portait le genre d'ensembles simples, beaux et élégants que toute femme aurait aimé recevoir en cadeau de la part d'un homme.

— Conway Barsetti est un génie. Tout le monde me fait des compliments sur mon physique, mais c'est lui qui mérite des applaudissements. C'est l'homme le plus méticuleux et intelligent que je connaisse. Même quand je ne ressemble à rien, il sait me rendre belle.

Avec sa taille fine et son sourire éclatant, à quoi ressemblait-elle quand elle ne ressemblait à rien ?

Le réalisateur changea de plan. Conway Barsetti apparut devant les photographes, à la sortie d'un de ses défilés. Dans son costume gris qui lui allait comme une seconde peau, il posait devant les objectifs d'un air profondément indifférent. Des dizaines de personnes prenaient sa photo en même temps. Les flashs l'aveuglaient. Il avait une main dans la poche, les épaules carrées et les hanches étroites. Pour un homme qui créait des vêtements, il avait des goûts simples. Il tourna légèrement la tête pour offrir un autre angle aux photographes. Son regard était dur, comme s'il était agacé.

Je ne le vis pas sourire une seule fois.

Et il était évident qu'on ne lui arracherait pas un sourire.

Ses cheveux d'un brun profond semblaient noirs quand le soleil ne les éclairait pas directement. Ses yeux verts brûlaient intensément. Sa mâchoire semblait avoir été taillée dans le marbre. Son visage était rasé de frais, mais il était évident qu'il avait une barbe en se levant le matin. Sa pomme d'Adam protubérait. Bien que créateur, destiné à rester derrière l'objectif, son physique méritait l'attention de tous les photographes.

Il était sublime.

Il y eut quelques autres interviews de mannequins, qui papillonnaient autour du créateur comme s'il était leur dieu. Soit elles étaient sincères, soit elles lui ciraient les pompes pour profiter de sa lumière. Le défilé avait lieu à Milan. La caméra se tourna à nouveau vers Lacey Lockwood.

— Conway Barsetti est toujours à la recherche de la femme idéale pour mettre en valeur son talent. J'étais assise dans un café quand il m'a approchée. Ma vie a changé du tout au tout. Je ne le remercierai jamais assez de m'avoir donné cette opportunité.

La caméra se tourna vers Conway, le montrant en train de serrer la main d'autres hommes en costume.

Assise dans ce bar, en train de digérer le peu d'argent qu'il me restait, j'admirai ce bel homme et sa vie de rêve. Riche, célèbre et d'une beauté presque ridicule, il avait tout. Les femmes lui tournaient autour et il n'avait visiblement pas de problèmes d'argent. Lui pouvait commander n'importe quel verre dans un bar.

Jamais je n'avais ressenti une telle jalousie.

Je n'avais jamais été riche, mais j'avais toujours eu ce dont j'avais besoin. J'avais un toit au-dessus de ma tête, à manger dans mon assiette, une famille, une bonne éducation. Si vous m'aviez posé la question, je vous aurais répondu que je vivais le rêve américain. En un clin d'œil, j'avais tout perdu.

Et je ne pouvais rien faire pour arranger les choses.

Je fixai l'écran de la télévision du regard encore quelques minutes. L'émission parlait du train de vie de Conway Barsetti. Il vivait dans une villa à Vérone, en Italie, entouré de vignobles et de nature. Le reportage le montra également devant un immeuble à Milan, son vélo appuyé contre lui. Chaque image était plus belle que la précédente, et pas seulement parce qu'il était beau.

Sa vie était belle.

Je n'étais jamais allée en Italie. Je n'avais même jamais quitté les États-Unis. Entre les études et les emprunts, j'avais été bien trop occupée pour entreprendre un voyage aussi glamour.

Maintenant, je n'avais plus rien, ou tout juste assez d'argent pour me payer un billet d'avion.

Knuckles m'avait prévenue qu'il me le ferait payer si j'essayais de fuir. Dans trois jours, je serais officiellement sa chose. Je ne pouvais pas appeler la police, ou il ferait tuer tous mes amis. Mais l'idée d'appartenir à cet homme me révulsait. Je n'allais pas attendre sans rien dire qu'il me prenne par surprise et referme ses griffes sur mon cou. Je ne laisserais personne faire de moi une esclave. Je refusais de payer pour un crime que je n'avais pas commis.

— L'équipe de Conway Barsetti vient d'annoncer qu'elle offrait à des femmes encore anonymes l'opportunité exceptionnelle de gagner leur place sur le podium. Les auditions se tiendront à Milan...

Je n'entendis pas le reste.

Je laissai du liquide sur la table et attrapai mon sac par terre. Knuckles me surveillait peut-être en ce moment même, mais je n'allais pas rester là, à attendre qu'il surgisse des ombres. J'allais prendre mes jambes à mon cou avant qu'il ne m'attrape.

Et je ne m'arrêterais jamais.

2

SAPPHIRE

L'Italie était un pays magnifique, même quand on n'avait que quelques dollars en poche.

Je n'avais jamais vu un si bel endroit.

Des villages étaient nichés entre des vignobles, des champs de fleurs et des marchés où l'on vendait des fruits et légumes frais, ainsi que du fromage fait maison. En Italie, on buvait le vin comme de l'eau, et les gens acceptaient de partager avec des étrangers qu'ils ne connaissaient pas. Les habitants étaient si généreux que l'argent n'était plus un problème.

Si j'étais restée en Amérique, je serais sans doute en train de mendier dans la rue.

Je pris un bus pour visiter les villages aux alentours de Milan. Il était facile de jouer les touristes, car les plus beaux paysages étaient gratuits et libres d'accès. Je dormais à la belle étoile, parce qu'il faisait chaud, et je me douchais dans les bains publics. J'avais connu des jours meilleurs, mais je ne me sentais plus au fond du trou.

Mieux valait cette vie-là que celle d'une esclave.

Les premiers jours, j'avais passé mon temps à surveiller mes arrières chaque seconde, guettant l'apparition de l'horrible personnage qui me pistait. Mais trois jours avaient passé. Il devait avoir compris que j'avais quitté New York. Une recherche rapide lui apprendrait la destination vers laquelle je m'étais envolée. Je ne doutais pas un instant qu'il me suivrait jusqu'en Italie. Mais comme je payais tout en liquide et que j'évitais les hôtels, il aurait du mal à me retrouver.

C'était comme si je n'existais plus.

Il était presque libérateur d'être sans domicile fixe.

Les agents du gouvernement fédéral me recherchaient également, car je n'avais pas remboursé l'intégralité de mon emprunt. Ils n'arrêteraient pas tant que je ne serais pas en prison ou que je n'aurais pas payé mes dettes avec le salaire de petits boulots que j'aurais trouvé çà ou là. Je pourrais travailler quarante heures par semaine pour le restant de mes jours et rester pauvre. Je ne pouvais même plus me permettre de poursuivre mes études.

Tout recommencer à zéro dans un pays étranger me semblait une bien meilleure idée.

J'espérais simplement qu'on ne m'y retrouverait pas.

Je ne me faisais pas d'illusion sur mon apparence physique. Je savais que j'étais jolie, mais je n'avais rien d'un mannequin. Mais si je proposais de faire autre chose, comme de la couture ou du secrétariat, je pourrais peut-être gagner un peu d'argent. Et je travaillerais pour un homme puissant. Knuckles aurait plus de mal à m'atteindre. C'était aussi la dernière chose que mes créanciers s'attendraient à ce que je fasse : travailler pour quelqu'un de connu. Les gens pensaient certainement que Conway Barsetti refuserait d'embaucher quelqu'un comme moi. Mais j'avais vu ses yeux vides. Il se ficherait bien de savoir que je fuyais. Il avait mieux à faire – compter son argent et ses femmes, par exemple.

Je retournai à Milan plus tard, ce soir-là, avec un sac rempli de pain, de fromage, de raisins et de crackers. Les villageois m'avaient donné plus de nourriture que je ne pouvais en porter. J'avais dévoré les produits les plus frais et gardé le reste pour le dîner. Je passai la nuit dans une auberge de jeunesse, m'offrant le luxe d'un lit et d'une douche.

Demain, j'irais passer une audition en espérant une issue favorable. Je n'avais pas de tenue élégante, mais cela n'avait pas d'importance, car je ne cherchais pas à devenir mannequin.

J'étais prête à travailler comme concierge, si c'était bien payé.

Je fus obligée de m'enregistrer comme toutes les autres. On me donna un numéro à coller sur mon tee-shirt. Toutes les femmes paradaient en talons et en lingerie. Belles, minces, les cheveux volumineux, elles étaient toutes parfaites pour devenir la prochaine égérie de Conway Barsetti.

J'étais la seule à être venue entièrement habillée – et cela me donnait l'impression d'être à poil.

De nombreuses candidates avaient haussé les sourcils en me voyant, puis s'étaient chuchoté à l'oreille des commentaires en italien. Certaines avaient ricané, comme si j'étais gourde d'être venue en jean et tee-shirt. Je m'étais coiffée et maquillée et j'étais assez bien habillée pour me promener dans un parc, par exemple. Mais, dans le contexte de ces auditions, j'avais l'impression d'être un monstre hideux.

On appelait les candidates par leur numéro. Les femmes défilaient sur le podium aménagé pour l'occasion comme devant un public. Elles trottinaient, pivotaient, jetaient leurs cheveux par-dessus leurs épaules et lançaient des regards torrides aux hommes assis derrière la table.

Conway Barsetti n'était pas là.

Il devait avoir mieux à faire que choisir sa prochaine égérie. Ou peut-être regardait-il d'un endroit où on ne pouvait le voir. J'étais un peu déçue qu'il ne soit pas là. Il était toujours agréable de dévorer des yeux un bel homme comme lui.

On appela enfin mon numéro, le 228.

Je montai les marches et croisai la femme qui venait de défiler sur le podium. Elle ne retint pas son ricanement en passant devant moi, en culotte et soutien-gorge argentés, perchée sur des talons si hauts qu'elle marchait presque sur la pointe des pieds, comme une ballerine.

Je l'ignorai et marchai vers la table où étaient assis les trois hommes. Tous en costume, ils balayèrent mon corps du regard, évaluant mes atouts d'un regard expert. Ce n'était pas le genre de regard que me lançaient les hommes dans la rue quand je me baladais en ville en robe courte. C'était un regard pragmatique et neutre.

Celui du milieu me fit signe avec le doigt.

— Tournez-vous et défilez.

— Je ne suis pas là pour devenir mannequin, dis-je en posant les mains sur les hanches et sans sourire.

Je n'étais pas là pour les impressionner avec mon physique, mais avec mon assurance.

— J'ai d'autres talents qui pourraient être utiles à la ligne Barsetti Lingerie. Je sais coudre, faire le ménage, la cuisine, gérer un emploi du temps... Tout ce que vous voulez. Je cherche du travail et je suis prête à accepter n'importe quel poste.

L'homme du milieu avait les yeux et les cheveux foncés. Il faisait machinalement tourner un stylo entre ses doigts. Son regard était aussi noir qu'un café, avec un soupçon de crème.

— On ne recherche qu'un mannequin. Ça vous intéresse, oui ou non ?

J'eus envie de lui tenir tête et de l'obliger à m'orienter vers les personnes compétentes qui m'embaucheraient à un autre poste mais, à en croire l'hostilité de son regard, je l'ennuyais déjà. Personne ne devait parler à ces hommes sur ce ton, parce qu'ils avaient le pouvoir de réaliser les rêves de toutes les femmes.

— Vous trouvez que je ressemble à un mannequin ?

J'étais venue en jean et tee-shirt, des sandales plates aux pieds. Je n'étais pas photogénique comme les autres. Je ne souriais pas avec espièglerie, ni n'avais une sensualité torride. J'étais banale. Je le savais – et eux aussi.

— Je ne sais pas, répondit-il. Vous n'avez pas encore défilé.

— Je ne pense pas que ma démarche soit vraiment le plus important, rétorquai-je en croisant les bras. Écoutez, je suis désespérée. Je viens d'arriver et je n'ai plus que vingt euros en poche. Je suis prête à faire n'importe quoi.

— Dans ce cas, défilez, insista-t-il en montrant le podium avec son stylo. Ou partez.

Il me défia de son regard noir, pour me faire comprendre qu'il avait atteint les limites de sa patience. Les deux autres hommes me regardaient en silence, sans ciller.

Je ravalai ma fierté et fis ce qu'ils me demandaient. J'avais vu deux cent vingt-sept femmes défiler cet après-midi. Je savais donc exactement quoi faire. Je savais comment bouger les épaules, me déhancher et pivoter. Je me sentais ridicule de défiler dans cette tenue, mais j'étais désespérée.

Et les gens désespérés faisaient des choses désespérées.

Je marchai jusqu'au bout du podium, puis fis demi-tour, le dos droit, un peu tendue. Je ne souris pas, ni ne distribuai les regards de braise. J'avais mes limites.

L'homme du milieu posa son stylo sur son porte-bloc.

— Cicatrices ?

— Excusez-moi ?

— Vous avez des cicatrices ?

— Non.

— Soulevez votre tee-shirt.

Je plissai les yeux.

— Pardon ?

— Il faut que je voie votre peau, dit-il. Des taches, de l'acné, etc.

— Croyez-moi sur parole.

Il prit des notes sur un bout de papier, puis claqua des doigts dans ma direction.

Je posai les mains sur les hanches et le toisai d'un regard glacé. Quelque chose me disait que c'était moi qu'il appelait – et ça ne me plaisait pas du tout.

— Vous trouvez que je ressemble à un chien ?

— Ouaf ! fit-il avec un sourire arrogant. Ramenez votre cul et prenez ça. Ce sont vos instructions.

— Mes instructions ? répétai-je en m'approchant plus près du papier qu'il tenait dans sa main. Qu'est-ce que ça veut dire ?

— Ça veut dire qu'on vous garde et que vous passez à l'étape suivante, répondit-il en posant le papier dans ma main tendue. Montrez-le au portier, sinon vous ne rentrerez pas.

— Eh oh, attendez ! m'exclamai-je en lisant les instructions, où figuraient une adresse et une heure de rendez-vous. Vous êtes sérieux ? Vous pensez me garder ?

— Oui, chérie, répondit-il en me décochant son sourire arrogant.

— Ne m'appelez pas comme ça.

Chaque fois que j'entendais ce nom, la terreur me nouait la gorge. Knuckles était le seul homme qui m'ait jamais appelée comme ça. J'avais donc développée une profonde aversion envers cet horrible mot d'amour. Aucun homme ne m'appellerait comme ça tant que je vivrais.

— Vous êtes barré ou quoi ? Vous n'avez pas vu toutes ces femmes sublimes ?

— Vous ne vous trouvez pas sublime ? demanda-t-il en haussant un sourcil. Peu importe ce que vous portez. On ne saurait cacher la vraie beauté. Maintenant, descendez de ce podium. Nous avons d'autres candidates à évaluer.

Je fixai le papier du regard, incapable d'y croire. Je ne

savais pas combien gagnaient les mannequins, mais certainement assez pour un appartement et une douche chaude par jour. Cela suffirait pour recommencer ma vie.

— Quand je vous ai dit que je cherchais un autre travail, je ne mentais pas. Il n'y a vraiment rien d'autre ?

Il croisa les bras.

— Vous êtes vraiment la plus bouchée de toutes les candidates. Vous venez de gagner au loto et vous êtes trop bête pour vous en rendre compte. Vous préféreriez coudre à l'atelier que défiler pour Barsetti Lingerie ? Non, c'est vous qui êtes barrée, comme vous dites.

Il se pencha en avant et me dévisagea longuement, le regard aussi brûlant qu'un feu de forêt.

— Vous allez l'accepter ou pas ? Nous sommes censés distribuer dix invitations. Si vous ne la voulez pas, je la donnerai à quelqu'un qui a vraiment envie d'être mannequin.

Il ouvrit sa paume et fit mine de m'arracher le papier des mains.

Je refermai le poing pour le garder.

Il s'adossa à son siège et sourit.

— Bien... Vous n'êtes peut-être pas si bête que ça.

— Vous ne sélectionnez que dix femmes ?

— Oui.

— Et je suis l'une des dix ?

Des milliers de femmes étaient en train de faire la queue dans la rue, toutes vêtues de leurs plus beaux atours.

Elles étaient exotiques, belles, enthousiastes. Moi, j'étais venue en espérant qu'on me fasse passer la serpillère ou coudre des boutons et de la dentelle, mais je venais de décrocher l'invitation que toutes ces femmes auraient tué pour avoir.

— Oui, répondit-il en me montrant les escaliers du menton. Maintenant, partez avant que je ne change d'avis.

Je serrai l'invitation si fort dans mon poing que je sentis battre mon sang. C'était une belle journée à Milan, et le soleil tapait sur ma nuque. Des gouttes de sueurs perlaient entre mes seins. Mais ces petits désagréments n'étaient rien comparé au choix que je devais faire.

Je n'avais jamais voulu devenir mannequin. Je ne reprochais rien aux femmes qui se déshabillaient pour gagner leur vie, mais c'était une vie qui ne m'intéressait pas. Je n'avais pas la bonne attitude et j'étais bien trop têtue pour suivre des instructions. Knuckles avait menacé de me torturer si je partais, mais je n'avais pas hésité. N'importe qui aurait compris que c'était une erreur, mais je l'avais fait quand même.

J'avais préféré fuir que rendre les armes.

Faire du mannequinat pour Conway Barsetti n'était pas idéal, mais cela me donnerait quelque chose que je ne trouverais pas facilement ailleurs.

La protection.

Je serais entourée de gens à tout instant et vivrais dans l'ombre d'un des plus grands créateurs de notre temps. Un homme qui pesait des milliards avait du pouvoir. Il n'aurait peut-être pas envie de me protéger, moi, mais il protègerait sa marque du scandale.

C'était peut-être un mal pour un bien.

— J'y serai.

3

SAPPHIRE

Dix.

On m'attacha le numéro sur le petit bustier noir qu'on m'avait prêté. Il était si serré que je ne pouvais pas inspirer à fond. Même si on ne demandait pas aux mannequins de défiler en string, j'étais obligée d'en porter un – pour que chaque détail de mon corps puisse être évalué.

Le string noir était assorti à la dentelle de mon bustier. Il n'y avait qu'une petite fleur rose au-dessous de mon décolleté pour égayer un peu l'ensemble. Je n'avais jamais porté de lingerie en dentelle de ma vie. C'était donc la première fois que j'étais exposée comme cela.

Et il fallait que ce soit dans une pièce pleine d'inconnus.

Une femme me coiffa et me maquilla, me transformant en une femme que je reconnus à peine. On me frotta également la peau avec du maquillage pour le corps, afin de camoufler toute tache. Mes cheveux étaient trois fois plus volumineux que d'habitude, et je portais tant de mascara que j'avais les paupières lourdes.

Je n'arrivais pas à croire ce que j'étais en train de faire.

Mais avais-je le choix ? On pouvait bien me juger de gagner de l'argent avec mon corps, mais j'essayais d'échapper à un psychopathe et je n'avais pas d'autre alternative. Je ne parlais pas italien. Il me serait donc difficile de trouver du travail dans ce pays. Il me fallait un emploi qui ne nécessitait pas de prendre la parole.

Un mannequin ne parlait pas du tout.

Les neuf autres femmes étaient parfaites. Grandes, belles et tellement minces que je me demandais si elles mangeaient. Certaines étaient amies. Toutes étaient excitées à l'idée de faire partie des dix dernières candidates sélectionnées. J'ignorais combien de mannequins ils cherchaient, mais je supposais que moins de la moitié d'entre nous seraient choisies.

Je doutais passer l'étape finale.

Je ne savais même pas comment j'avais fait pour arriver jusqu'ici.

— En ligne.

Une femme d'âge moyen, qui portait des lunettes, battit des mains et nous indiqua l'estrade d'un geste. Nous étions à l'intérieur des studios Barsetti, dans un auditorium où s'alignaient des rangées de chaises. Les balcons étaient décorés à l'italienne et une grande fresque était peinte au plafond.

Les filles trouvèrent leur place, en commençant par celle qui portait le numéro un.

De gauche à droite, nous formions une ligne. J'étais la dernière et je me demandai si cela jouerait en ma défaveur. Les meilleures candidates avaient peut-être reçu les premiers numéros.

L'homme qui m'avait sélectionnée restait debout dans l'allée, alors que les deux autres, armés de porte-blocs, étaient assis. Son téléphone à l'oreille, il écouta quelque chose, puis le glissa dans sa poche.

— Conway Barsetti est en route.

Il s'assit avec les deux autres, libérant l'allée.

Le silence se fit dans l'auditorium. Plus personne ne respirait. Les filles rentraient leur ventre invisible et carraient les épaules, prêtes à impressionner un homme qu'on ne pouvait impressionner.

Je me redressai et les imitai du mieux possible, mais cela ne m'empêcha pas de me trouver ridicule. Je ne savais pas comment être sexy. Ces femmes étaient de véritables expertes. Elles savaient exactement ce que Conway Barsetti voulait voir. Moi, je n'y connaissais rien.

Mais s'il ne me choisissait pas, je comptais bien demander un autre travail. Je ne quitterais pas cet endroit sans une source quelconque de revenus. Le coût de la vie était élevé en Italie, et je ne pourrais toujours compter sur la générosité des gens. Je devais travailler. J'étais prête à récurer les toilettes s'il le fallait.

Le silence s'éternisait, comme si tous craignaient de respirer trop fort et de perturber cet instant suspendu. Je n'avais jamais vu une salle entière retenir son souffle en attendant l'arrivée de quelqu'un. Même quand le président des États-Unis apparaissait à la télévision, les gens autour de lui n'étaient pas si raides. C'était comme si nous attendions un roi.

Un souverain.

À cet instant, les deux portes s'ouvrirent vers l'intérieur. La lumière du soleil pénétra dans la pièce, et la silhouette d'un homme apparut, en complet noir et cravate bleue, les épaules larges et l'autorité indéniable. Sa présence s'engouffra dans la pièce avec lui, saturant l'air de son pouvoir. Je la sentis à chaque inspiration.

Une jeune femme entra derrière lui, un porte-bloc et un stylo dans les mains. Elle le suivait toujours à quelques pas, aussi raide que les mannequins sur l'estrade.

Quand il s'éloigna de la lumière du soleil, son visage fut enfin révélé. Un début de barbe lui noircissait le menton, mais les poils étaient très bien taillés. Il avait les mains dans les poches, et une montre à son poignet renvoya la lumière des projecteurs. Il se mouvait avec plus de grâce que nous autres, les mannequins sur le podium.

Tous les yeux étaient sur lui.

Même s'il le savait, cela ne semblait pas le déranger.

Il s'assit sur la chaise qui lui avait été réservée dans l'allée. La femme qui le suivait prit place à côté de lui. Les hommes qui l'avaient accompagné refermèrent la porte derrière lui et restèrent en retrait, soudain aussi immobiles que des statues, maintenant qu'on n'avait plus besoin d'eux.

Quel spectacle...

La femme sur l'estrade se tourna vers nous.

— Maintenant que Conway Barsetti est arrivé, commençons. Quand j'appellerai votre numéro, vous défilerez sur le podium, vous poserez, puis vous retournerez à votre place. Faites bien attention au tempo.

Ce fut alors que de la musique sortit des enceintes. On alluma les projecteurs.

Je regardai la chaise où Conway était assis, mais je n'apercevais pas ses traits d'ici. Ses yeux verts étincelaient, et j'avais l'impression qu'il me regardait fixement.

Ce devait être dans ma tête.

La première candidate trottina sur le podium. Ses talons claquèrent en cadence, et elle ne montra pas la moindre hésitation. Elle prit la pose, rejeta ses cheveux derrière son épaule et fit demi-tour. Elle portait un string, comme moi, mais elle n'était visiblement pas gênée de montrer ses fesses à tous les hommes dans la pièce.

Je restai droite, mais ces talons d'une hauteur vertigineuse me faisaient mal aux pieds. Je ne les avais portés que cinq minutes et j'étais déjà à l'agonie. Comment les mannequins faisaient-ils pour supporter cela et trottiner comme des cabris ? C'était un mystère.

La deuxième défila à son tour. Je cherchai du regard la silhouette de Conway Barsetti. Il avait posé les coudes sur les accoudoirs et croisé les mains devant sa poitrine. Sa montre était bien en évidence, et il portait une chevalière noire au doigt. Son visage se perdait dans les ombres, mais le point de mire de son regard ne faisait aucun doute.

Il était braqué sur moi.

La deuxième fit de son mieux, puis retourna à sa place, mais Conway Barsetti avait tout raté.

Il était impossible que ce soit moi qu'il regarde, alors que neuf sublimes candidates bien plus qualifiées que moi étaient en train de donner le meilleur d'elles-mêmes.

La troisième défila.

Les yeux verts de Conway Barsetti restaient fixés sur moi. Il ne cillait même pas. Il me dévisageait avec une intensité qui tournait presque à l'hostilité. Je n'étais pas certaine de savoir s'il me désirait ou me détestait. Peut-être était-il agacé qu'on m'ait donné la dixième invitation. Peut-être me jugeait-il indigne de son talent.

La quatrième défila.

Il ne me quittait toujours pas du regard.

Je détournai le mien. Je me sentais soudain vulnérable, comme une antilope dans les hautes herbes de la plaine du Serengeti. Un lion me guettait. Je ne pouvais pas le voir – mais je le sentais.

J'avais déjà été menacée par des hommes, Knuckles étant le pire d'entre eux. Mais j'avais toujours rendu les coups. Quand un homme me manquait de respect, je lui rendais la pareille. Je ne me laissais pas intimider. Vivre dans la peur, ce n'était pas vivre. Même si j'avais bien retenu ces leçons, mon cœur battait la chamade.

J'avais l'impression qu'il lisait en moi comme dans un livre ouvert – il pouvait déceler le moindre doute, la moindre peur. Il sentait chacune de mes émotions comme si elles étaient gravées sur ma peau. Il sentait ma vulnérabilité. Il savait que j'étais sur les nerfs.

Il n'était pas en vrai comme à la télévision.

Il était peut-être beau, mais qu'est-ce qu'il me faisait peur !

Même à dix mètres de moi, sa présence était si imposante que j'avais l'impression qu'il se tenait juste à côté.

Les projecteurs illuminaient mon corps. Je ne pouvais donc rien faire d'autre que rester debout et supporter son regard. J'étais déjà nerveuse à l'idée de marcher en talons. Maintenant qu'il me surveillait avec son regard de faucon, j'étais encore moins sûre de moi.

Je me sentais nulle.

C'était au tour du numéro six.

Elle n'eut pas le temps de défiler.

Comme si Conway Barsetti parlait dans un micro, sa

voix résonna dans l'auditorium, sans même qu'il hausse le ton.

— Numéros un à neuf, vous êtes priées de sortir.

La sixième candidate s'arrêta net au milieu du podium. Par-dessus son épaule, elle regarda la femme à lunettes qui gérait l'audition, en état de choc. Les autres filles échangèrent des regards bouleversés.

Puis elles se tournèrent vers moi, furieuses.

La femme hésita, avant de retrouver sa voix.

— Heu... Veuillez retourner dans les coulisses, s'il vous plaît...

À en croire sa voix chevrotante, ce n'était encore jamais arrivé. Conway Barsetti n'avait même pas vu défiler tous les mannequins avant de les renvoyer.

Il ne m'avait même pas vue défiler, moi.

Il allait être déçu.

Leurs talons hauts claquèrent sur l'estrade quand les filles descendirent, en silence, mais furieuses. Elles passèrent derrière le rideau. Quelques secondes plus tard, le bruit de leur pas s'évanouit. On n'entendait plus que ma respiration.

Et elle était forte.

Conway Barsetti ne quitta pas son siège. Tout le monde était raide autour de lui, dans l'attente de ce qui suivrait.

Qu'étais-je censée faire ?

La femme qui gérait l'audition avait disparu avec les

autres filles. Il n'y avait donc plus personne pour me donner des instructions. Je restai immobile aussi longtemps que possible, les épaules douloureuses à force de rester droite. Il m'était difficile de voir ce que Conway faisait : les lumières m'aveuglaient et m'empêchaient de voir le public.

Puis il parla à nouveau :

— Laissez-nous.

Il avait renvoyé les autres femmes. Maintenant, c'était moi qu'il semblait renvoyer.

Toutes les personnes présentes se levèrent et commencèrent à s'éloigner.

Je tournai les talons et fis de même.

— Pas vous, fit-il en haussant le ton. Restez-là.

Je compris qu'il s'adressait à moi. Je me retournai et regardai les autres partir. Ils refermèrent derrière eux. Quand la porte eut claqué, le silence se fit à nouveau.

La pièce était encore plus silencieuse qu'avant.

Conway se leva, en boutonnant machinalement sa veste avec la même grâce élégante. Il s'approcha du podium, en remettant les mains dans ses poches. Maintenant qu'il avait quitté la zone d'ombre, je pouvais voir son visage. Ses yeux n'avaient jamais semblé si verts.

Ses larges épaules laissaient deviner sa force et sa puissance. Il était dans le public et moi sur l'estrade, mais c'était lui qu'on avait envie de regarder. Un homme comme Conway Barsetti n'avait pas besoin d'estrade. Il était toujours la star.

Je croisai les bras sur ma poitrine pour cacher mon ventre nu. Maintenant que nous n'étions plus que tous les deux, je me sentais encore plus vulnérable. Le bustier faisait pigeonner mes seins. Je n'avais jamais porté un tel décolleté. Et mon string ne dissimulait rien. Son regard me donnait la chair de poule.

— Ne vous avachissez pas.

Il me fallut une seconde pour lui obéir. J'avais l'habitude de rétorquer à ce genre de commentaire, mais cet homme était peut-être mon futur employeur. Je décroisai immédiatement les bras et carrai les épaules pour sortir la poitrine.

— Bien.

Il monta les marches et s'approcha lentement. L'acoustique dans la pièce faisait résonner ses pas. Il s'approcha de moi par derrière. J'eus l'impression d'être un petit poisson autour duquel tournait un requin.

Et j'étais parfaitement consciente du fait que j'avais le cul à l'air.

Je sentis qu'il le fixait du regard.

Il me tourna lentement autour, survenant sur ma gauche, jusqu'à se retrouver devant moi. Toujours les mains dans les poches, il m'examinait attentivement, évaluant la rondeur de mes épaules et le creux entre mes clavicules. Puis son regard descendit plus au sud, caressant mon décolleté et mon ventre.

J'eus envie de croiser les bras à nouveau. Ma peau

brûlait sous son regard. J'étais sans défense devant cet homme – impuissante. Cela devenait une habitude... On m'avait tout pris, mais cet homme s'octroyait le peu qui me restait.

Quand son examen fut terminé, il me regarda dans les yeux.

— Votre nom ?

Je ne voulais pas avoir de nom. J'aurais préféré abandonner mon ancienne identité et recommencer à zéro. Je ne voulais pas qu'on puisse me retrouver. J'essayais d'échapper à la fois aux autorités américaines et à la mafia. Mes chances de réussite étaient minces.

— Est-ce vraiment important ?

Il avait dû s'attendre à ce que je lui réponde poliment, car il ne put retenir un haussement de sourcil. Il faisait presque une tête de plus que moi, même si j'étais perchée sur des talons de douze centimètres, mais j'avais facilement surpris sa réaction.

— Vous préférez que je vous appelle Dix ?

Sa voix de baryton était extraordinaire. Elle avait le don de m'empêcher de penser. Comme un sortilège.

— Appelez-moi comme vous le souhaitez. Je m'en fiche.

— Si c'est vrai, pourquoi ne pas simplement me donner votre nom ?

Il n'était pas seulement beau et autoritaire, mais aussi

intelligent. Pas étonnant qu'il soit milliardaire et le créateur de lingerie le plus respecté de la planète.

— Appelez-moi Dix, dans ce cas.

Il plissa les yeux.

— Quand une femme refuse de donner son vrai nom, c'est qu'elle veut échapper à quelque chose... ou à quelqu'un.

— Je ne vais pas vous ennuyer avec mes histoires, M. Barsetti. Mais, oui, vous avez raison.

— Appelez-moi Conway.

— Excusez-moi...

— Très bien, Dix.

Il recula d'un pas. Son parfum s'attarda dans mes narines.

— Marchez.

— Où ça ?

Il ne me répondit pas et se contenta de claquer des doigts.

Je plissai les yeux.

— Ne me faites pas perdre mon temps, Dix. Aller et retour.

Il voulait que je défile, comme les autres mannequins. Je rentrai le ventre et fis ce qu'il me demandait, imitant les mouvements des autres candidates. Je n'avais jamais compris combien ce travail pouvait être difficile avant d'essayer de trotriner sur ces immenses talons. Je marchai jusqu'au bout du podium, pris la pose, puis me retournai et fis demi-tour.

Son regard ne s'attarda pas longtemps sur mon visage. Il surveilla le moindre de mes mouvements, de mes bras à mes jambes. Il passa son pouce sur sa lèvre inférieure et fronça les sourcils, visiblement très concentré.

Je retournai à ma place.

— Mauvaise démarche. Manque de maîtrise. Pas d'assurance. Les épaules en arrière... Les pas plus grands..., énuméra-t-il en me tournant autour. Vous avez du pain sur la planche.

— Du pain sur la planche ? répétai-je d'un ton cinglant. Alors pourquoi n'avez-vous pas sélectionné une des neuf autres candidates ? Elles étaient parfaites !

Il me tourna autour, puis s'arrêta à nouveau devant moi.

— Ne remettez pas mes décisions en cause.

— Vous remettre en cause ? demandai-je d'un ton incrédule. Vous venez de m'insulter !

— Non, je vous évalue, répliqua-t-il en s'arrêtant devant moi. Vous allez devoir vous y habituer si vous voulez devenir mannequin pour notre ligne.

— Alors c'est moi que vous choisissez ?

— Que ferais-je là, sinon ? demanda-t-il en avançant vers moi et en posant les mains sur ma cage thoracique, juste sous mes seins.

J'eus besoin d'une seconde pour me rendre compte

qu'il me touchait. C'était arrivé si vite ! C'était une chose de regarder mon corps nu, mais c'en était une autre de me toucher comme s'il avait tous les droits.

— Eh ! Ça va bien !

Son visage n'était qu'à quelques centimètres du mien. Il me toisa d'un regard polaire.

— Vous réagissez toujours comme ça aux entretiens d'embauche ?

— Vous agressez toujours vos employées ?

Il baissa les mains et recula, me déshabillant des yeux.

— J'ai besoin de comprendre la manière dont votre corps fonctionne. J'ai besoin de le sentir, de le mesurer. Si vous ne supportez pas qu'on vous touche, ça va poser un problème.

— Vous auriez pu me demander la permission.

— Je n'ai pas à demander la permission, siffla-t-il. Les mannequins qui portent ma lingerie m'appartiennent corps et âmes. Je fais ce qu'il me plaît avec elles. Si vous comptez travailler pour moi, il va falloir changer d'attitude.

— Me demander de changer d'attitude, c'est comme me demander de changer de personnalité.

— Dans ce cas, je vous demande de maîtriser vos nerfs.

Il se dirigea vers les marches, les mains dans les poches.

— Nous avons du pain sur la planche. Soyez dans mon atelier à six heures demain matin... prête à être touchée.

Il descendit et s'éloigna dans l'allée.

— Six heures du matin ? demandai-je d'un ton incrédule.

Je ne me levais jamais avant huit heures !

— Oui, répondit-il en ajustant son bouton de manchette et en regardant sa montre. Je commence ma journée à quatre heures.

Bordel de merde ! Si j'étais milliardaire, je m'accorderais le luxe de faire la grasse matinée tous les jours.

— Je sais que c'est bizarre, mais je veux travailler au noir. Si ce n'est pas possible... Je ne peux pas accepter.

Quand il eut terminé d'ajuster ses manches, il se retourna vers moi. Ses yeux verts me transpercèrent comme des couteaux. Il me toisa avec froideur. C'était comme si la température chutait. Il pouvait me remplacer en un clin d'œil par une femme sublime. Personne ne lui aurait fait une telle demande, à moins d'avoir quelque chose d'illégal à cacher. J'avais quelque chose à cacher, et il n'avait peut-être pas envie d'aider une fugitive.

— J'accepte vos conditions. Mais cela signifie que vous allez devoir accepter les miennes.

4

CONWAY

J'AVAIS INSTALLÉ MON ATELIER AU DERNIER ÉTAGE DE l'immeuble. J'avais vue sur toute la capitale de la mode, notamment sur la cathédrale. La ville était à mes pieds. J'aimais la dominer du haut de ma tour, telle une statue monumentale.

Regarder le soleil se lever depuis ma fenêtre était une expérience spirituelle à laquelle je tenais beaucoup. Cela me permettait de mesurer le chemin parcouru, de me féliciter d'avoir conquis cette belle planète.

Un coup retentit de l'autre côté de la porte.

— Entrez.

Je passai en revue les dernières pages de mon carnet de croquis, examinant mes dessins de la semaine précédente. Une robe grise au décolleté pigeonnant, ornée de véritables diamants – une pièce digne d'une reine souhaitant conquérir un roi. Seule la femme la plus riche du monde pourrait se permettre de s'offrir ce sublime ensemble – ou l'homme qui couchait avec elle. J'avais hâte d'avoir le tissu et les diamants. Ce serait la pièce principale de mon prochain défilé, le week-end suivant.

Maintenant, il me fallait trouver la femme qui la mettrait en valeur.

Lacey Lockwood entra, deux tasses de café à la main.

— Bonjour.

Je ne levai pas les yeux de mon carnet de croquis.

— Tu t'es levée tôt, ce matin.

— Je vais courir avec les filles, dit-elle en me tendant mon café. Je suis passée à la boulangerie, au coin de la rue, celle que tu aimes tant.

Quand je levai les yeux vers elle, je la vis jeter un regard discret à mon dessin. Je la soupçonnais de l'avoir déjà vu.

— Nicole peut très bien s'en charger.

— Ce n'est rien. C'était sur mon chemin.

Ses cheveux étaient attachés en queue de cheval, et elle portait un legging noir avec une brassière de sport verte. Quelques mèches blondes tombaient devant son visage.

Je ne couchais jamais avec mes mannequins. C'était une règle que je refusais d'enfreindre. Lacey pensait visiblement qu'elle pouvait me faire changer d'avis. Elle aurait préféré être la femme à mon bras, se nourrir de mon pouvoir et de mes richesses. Et elle voulait rester la princesse de Barsetti Lingerie – celle qui attirait tous les objectifs.

— Je dois me mettre au travail, Lacey, la rebuffai-je en reculant d'un pas et en ignorant son café. Amuse-toi bien.

Comme je lui tournais le dos, je ne pouvais voir l'expression sur son visage, mais j'étais certain qu'elle l'avait mal pris. Elle me répondit avec moins d'assurance.

— Merci. Passe une bonne journée...

Elle sortit. Je jetai immédiatement la tasse à la poubelle.

Nicole entra quelques secondes plus tard.

— Bonjour, Conway. J'ai tout ce que vous m'avez demandé.

Elle posa les dossiers sur la table et passa en revue les commandes avec moi. J'avais besoin de tissus bien particuliers fabriqués en Turquie. Nicole gérait toutes ces choses importantes.

— Merci, Nicole.

— Et voici votre café, dit-elle en posant la tasse sur la table. Je reviens avec votre petit déjeuner.

— Merci, fis-je en buvant une gorgée.

Elle sortit, m'abandonnant à mon travail.

À six heures tapantes, on frappa à la porte.

Je sus immédiatement qui c'était.

— Entrez.

La porte s'ouvrit, et Dix entra. En jean et tee-shirt, elle ressemblait plus à une touriste qu'à un mannequin. Elle portait des sandales plates et ses cheveux étaient attachés en queue de cheval tombante. Elle n'avait pas fait le moindre effort de présentation.

— Si vous voulez devenir mannequin, il va falloir jouer le jeu.

— Bonjour à vous aussi, sale con.

Je me retournai vivement vers elle. Je n'en croyais pas mes oreilles ! Quelqu'un venait de me traiter de sale con... Devant moi. Personne n'avait jamais été assez bête pour faire une chose pareille – ou assez courageux. Je lâchai mon stylo et la dévisageai.

— Si vous me trouvez désagréable maintenant, vous risquez d'être surprise demain matin si vous revenez habillée comme ça.

— Qu'est-ce qui ne va pas ?

Dans la rue, elle aurait été belle. C'était certain. Je me serais retourné sur son passage comme n'importe quel autre homme. Mais je n'appréciais pas son manque de professionnalisme. Les mannequins n'entraient pas dans mon bureau dans une tenue négligée.

— Rien ne va.

Elle plissa ses yeux bleus. J'eus l'impression de voir un serpent prêt à frapper. Elle semblait avoir envie de planter ses crochets en moi et me vider de mon sang.

— Dans ce cas, ça nous fait un point commun. Chez vous, rien ne va non plus.

Personne ne me parlait sur ce ton, mais je la laissai faire.

— Quand vous êtes dans l'immeuble, vous devez être prête à défiler à tout moment. Cela signifie que vos cheveux doivent être coiffés et votre maquillage impeccable. Et vous devriez me remercier à genoux.

— Vous remercier à genoux ? De m'avoir insultée ?

— Si les insultes viennent de moi, oui.

Elle pinça les lèvres et secoua la tête.

— Vous êtes encore plus arrogant que je ne le pensais.

— Oui, et j'ai toutes les raisons d'être arrogant, dis-je en baissant les yeux vers mon dessin. Prenez un café et enfilez des escarpins. Je vais vous enseigner deux ou trois choses.

— Vous n'allez pas demander à quelqu'un de le faire à votre place ?

Je terminai d'ajouter une ligne au dessin.

— Non, pas si je veux que ce soit bien fait.

Elle me contourna, se dirigeant vers la paire d'escarpins argentés posée sur la table.

— Je suis sûre que vous n'en avez rien à cirer, mais je me suis fait jeter de mon auberge de jeunesse. Il n'y avait plus assez de place, donc je n'ai pas pu prendre une douche, ce matin. Sinon, j'aurais meilleure allure.

Mon crayon se figea sur ma page et mon cœur se serra. Un sentiment de culpabilité me noua le ventre, et j'eus envie de vomir. Cette femme était à la rue. Elle ne devait pas avoir plus de quelques euros en poche. Elle n'avait peut-être même pas mangé le dîner ou le petit déjeuner.

— Vous avez raison. Je n'en ai rien à cirer, fis-je en refermant mon carnet et en marchant vers elle, pendant qu'elle enfilait les escarpins. Il y a une douche au bout du couloir. Vous pouvez l'utiliser demain, si vous le voulez.

Elle attacha les brides autour de ses chevilles.

— Merci...

Elle avait à peine murmuré ces mots. L'idée de me remercier la répugnait visiblement. Pourtant, je ne manquais pas totalement d'empathie.

— Arrêtez.

Elle avait une chaussure au pied, mais elle s'arrêta avant d'enfiler la deuxième.

— Déshabillez-vous d'abord.

— Je ne vais pas me déshabiller !

Comme si je venais de jeter de l'huile sur le feu, elle s'enflammait.

— Qu'est-ce que je vous ai dit, hier ? demandai-je en croisant les bras et en toisant cette tête de mule.

J'avais accepté de respecter son intimité et d'ignorer son passé, si elle se montrait coopérative. Je lui offrais une chance unique. Je l'avais fait parce qu'elle était elle-même unique. Je n'arrivais pas à mettre le doigt sur ce qui la démarquait, mais cela se voyait. Les neuf autres candidates étaient tout aussi belles, mais banales à côté d'elle. Même en jean, les cheveux en bataille, elle était sublime – mais je n'allais pas le lui dire.

Elle ne retint pas un soupir agacé, avant de retirer sa chaussure.

— En culotte et soutien-gorge.

Elle se redressa, hésitante, comme si je lui avais demandé bien pire.

Je regardai sa poitrine se soulever au rythme de sa respiration. Sur son visage, l'envie de se battre pour son honneur le disputait à l'instinct de survie. Ses joues étaient plus pâles que la nuit dernière, mais c'était peut-être dû au fait qu'elle n'était pas maquillée. Son regard chercha le mien, puis elle se décida à passer son tee-shirt par-dessus sa tête.

Je songeai à lui rappeler qu'elle n'était pas obligée de faire ça. Elle pouvait sortir, si elle en avait envie. Mais j'étais un homme égoïste et je ne voulais pas la laisser partir. J'avais besoin de cette femme. Dès que j'avais posé les yeux sur elle, j'avais compris qu'elle était exceptionnelle.

Elle posa son tee-shirt sur le bureau, les seins engoncés dans un soutien-gorge noir probablement acheté au supermarché. Les bretelles étaient fines et lui rentraient dans la chair. Les bonnets étaient un peu trop grands pour elle, comme si elle avait perdu du poids récemment. Mais cela n'atténuait en rien la beauté qui se trouvait sous le soutien-gorge.

Sa peau resplendissait. Le teint doré, piqué de taches de rousseur, son corps était une toile vierge. Elle n'avait même pas besoin de fond de teint sur le dos ou les épaules parce qu'elle n'avait aucun défaut. Elle était sublime de la tête aux pieds.

Elle baissa ensuite son jean, jusqu'à se retrouver en string noir. La dentelle noire flattait sa peau bronzée. Ses jambes étaient toniques et bien dessinées, et ses fesses rondes comme des ballons. J'avais rarement vu de mannequin aussi pulpeux. Elle avait la taille étroite, mais des seins impressionnants. La longueur de son torse était parfaite, celle de ses jambes également. Tout ce que je lui ferais porter lui irait comme un gant.

Elle s'assit à nouveau et enfila les escarpins.

Appuyé sur mon bureau, je la regardai faire. Ses cheveux bruns étaient toujours attachés en queue de cheval. Ils étaient longs et brillants. La veille, elle avait de belles boucles, dont je me souvenais bien.

Nicole frappa avant d'entrer. Elle posa le plateau sur la table. C'était le petit déjeuner qu'elle me préparait chaque matin.

— Autre chose, Conway ?

— Non merci, répondis-je sans quitter Dix du regard, tandis qu'elle enfilait ses escarpins.

Nicole savait lire mes humeurs mieux que quiconque. Elle sortit.

Quand Dix eut terminé, elle se leva et se tourna vers

moi. Elle ne pouvait cacher son agacement, malgré ses efforts. Elle n'avait pas aimé se déshabiller devant moi.

Elle s'y habituerait.

— Parfait, fis-je en me dirigeant vers l'autre côté de la pièce, où il y avait un grand espace libre.

Je me retournai vers elle et croisai les bras.

— Marchez vers moi.

Elle fit quelques pas – horribles.

— Stop !

Elle s'arrêta net.

— Quoi ?

— Marchez comme si vous ne touchiez pas terre.

Cette remarque raviva son feu intérieur.

— Et qu'est-ce que ça veut dire !?

— Marchez avec grâce. Je sais que vous en êtes capable. Je vous ai vue entrer dans la pièce, il y a quelques minutes.

— Mais je ne portais pas ces *trucs* ! s'exclama-t-elle en montrant ses pieds. J'ai déjà marché avec des talons, mais pas aussi hauts. Ce sont des chaussures de la mort ! Je marche sur les orteils comme une ballerine.

— Les autres filles font ça tous les jours. Vous le ferez aussi.

Comprenant que je ne changerais pas d'avis, elle recommença.

— Les épaules en arrière.

Elle améliora sa posture.

— Le dos droit.

Elle se corrigea.

— Mettez le poids du corps sur vos orteils. Vous ne tanguerez plus sur vos talons.

Elle ajusta sa posture à nouveau. Cette fois, elle fut parfaite. Elle s'arrêta devant moi, en me regardant dans les yeux.

Je la regardai de la tête aux pieds, admirant ses courbes et sa belle peau. Elle m'évoquait une poupée – une femme si belle qu'elle ne pouvait être réelle. Ses cheveux étaient tirés en arrière et ses traits n'étaient pas fardés, mais cela ne l'empêchait pas d'attirer mon regard.

Et de me faire bander.

— Tournez-vous.

Elle obéit, non sans hésiter.

Je l'attrapai par sa queue de cheval et tirai sur l'élastique pour libérer ses cheveux. Ils se déployèrent sur ses épaules, ondulés à l'endroit où ils avaient été comprimés. Ses cheveux lui arrivaient au milieu du dos.

— Marchez.

Elle retraversa la pièce, en se concentrant sur tout ce que je venais de lui dire. Elle était élégante et grâcieuse. Son sex-appeal était naturel. Les talons claquèrent en cadence sur le sol, et ses fesses roulèrent à chaque pas.

Je fixai du regard son cul délicieux, admirant ses rondeurs. Elle avait un corps dont toutes les femmes seraient jalouses. Elle était mince aux endroits stratégiques et féminine partout ailleurs. Les courbes de ses hanches étaient bien proportionnées. Les plis de chair sous ses fesses me donnaient envie de les empoigner. Une femme si parfaite embellirait mille fois mes créations.

Et cela ferait toute la différence.

Après qu'elle se fut rhabillée, je lui tirai une chaise devant mon bureau.

— Asseyez-vous.

— Vous donnez des ordres à tout le monde ? demanda-t-elle en arrangeant ses cheveux avec les doigts devant le miroir.

Je parlais aux autres comme j'en avais envie.

— Oui. Maintenant, asseyez-vous.

Elle obéit, mais avec insolence. Assise, elle baissa les yeux vers le plateau que Nicole avait déposé là, trente minutes plus tôt.

— Le petit déjeuner. Vous avez faim ?

— Heu...

Elle se lécha instinctivement les lèvres, les yeux rivés sur les blancs d'œuf, le chou kale sauté, les champignons et les tomates. Il y avait également une miche de pain au levain et des tranches d'avocat.

— Ce n'est pas pour vous ?

— J'ai déjà mangé. Servez-vous.

Elle ne protesta pas et s'empara aussitôt d'une

fourchette. Elle commença à manger, enfournant la nourriture à un rythme infernal, mais sans se départir de son élégance et de ses bonnes manières. Elle leva à peine les yeux vers moi, visiblement plus intéressée par la nourriture. C'était comme si je n'étais pas là.

Elle était affamée et elle n'avait pas d'endroit où passer la nuit. Je me demandai une fois encore à quoi elle voulait échapper. Je n'aurais pas dû m'en soucier. Il était donc inutile de m'y attarder. Si je lui posais la question, j'étais certain qu'elle ne me répondrait même pas. Elle n'était pas recherchée pour meurtre, au moins. Elle avait un sale caractère, mais elle n'était pas du tout violente. Elle n'avait pas non plus la dégaine d'un cambrioleur. Sinon elle ne serait pas à la rue. Elle squatterait la maison de quelqu'un d'autre. Quoi qu'elle ait fait, elle n'était pas dangereuse. Mais cela ne la rendait que plus mystérieuse à mes yeux.

J'avais un coffre-fort dans mon bureau. Je l'entrouvris et en sortis une liasse d'euros. Je les fourrai dans une enveloppe, que je posai sous son nez sur mon bureau.

— C'est pour vous.

C'était la seule chose qui aurait pu l'interrompre dans son orgie. Elle mâcha lentement sa bouchée et l'avala, avant de glisser un doigt dans l'enveloppe.

— C'est quoi ?

— Une avance.

— Il doit y avoir deux mille euros, là-dedans…

— Cela devrait couvrir vos dépenses pendant quelques semaines.

C'était la première fois qu'elle me dévoilait ses émotions. Son regard s'illumina comme si c'était le matin de Noël, et elle serra l'enveloppe dans son poing, comme si je menaçais de la lui reprendre. Mais elle finit par la reposer sur la table et la repousser vers moi.

— Je ne peux pas accepter. Je n'ai rien fait. J'ai seulement passé quelques heures avec vous...

Je la repoussai vers elle.

— Prenez-la.

— Non, insista-t-elle en repoussant l'enveloppe une fois encore. Je vous remercie... Mais ce serait mal.

J'avais du mal à croire qu'elle soit si fière alors qu'elle n'avait plus rien. Elle tenait plus à sa dignité et à son honneur qu'à la facilité. C'était la preuve d'un courage dont j'avais rarement été témoin – voire jamais. Je comprenais mieux pourquoi elle avait eu du mal à se déshabiller devant moi. Cette femme vivait selon une éthique différente.

— Je prends soin de mes filles.

Elle baissa une dernière fois les yeux vers l'enveloppe, puis se détourna.

— Non, et c'est mon dernier mot.

Je voulus la forcer à accepter, mais je ne savais pas comment m'y prendre. J'aurais pu lui faire un virement, mais elle ne m'avait même pas donné son nom. C'était donc impossible.

— Où allez-vous dormir, cette nuit ?

Elle tritura les œufs avec sa fourchette.

— Ce n'est pas votre problème. Ne vous inquiétez pas pour moi.

Impossible de ne pas m'inquiéter de savoir une belle femme seule dans la rue. Elle était affamée et sale. Elle méritait mieux que ça.

— Je vous propose autre chose. Vous voyez ce lit ? demandai-je en lui montrant dans le coin un grand lit double, aux draps douillets et couvert de coussins décoratifs.

— À quoi sert-il, ce lit ?

Peu importe à quoi ce lit me servait.

— Dormez jusqu'à ce que vous ayez récupéré. Il y a une salle de bain au bout du couloir et des restes de nourriture dans la salle de repos. Qu'en pensez-vous ?

— Je... Je ne sais pas.

J'étais à bout de patience.

— Dix, c'est l'un ou l'autre. Choisissez. En tant que mannequin, vous m'appartenez. Je ne veux pas d'une femme sale, épuisée et affamée dans mon défilé. Vous me faites du tort autant qu'à vous-même. Alors choisissez.

Elle jeta un regard au lit, dans le coin, les paupières lourdes de sommeil.

— C'est un peu gênant...

— Je ne vous juge pas, Dix.

— Je n'aurais rien dû vous dire. J'aurais dû fermer ma grande bouche.

Elle se leva, même si elle n'avait pas terminé son repas. Elle attrapa le sac lourd qu'elle avait posé près de la porte. Je n'avais même pas trouvé étrange qu'elle arrive avec un sac si énorme. Mais je compris que c'étaient là ses dernières possessions.

— Dix...

Je n'avais pas besoin d'élever la voix pour montrer mon autorité. Il suffisait de m'écouter pour savoir qu'il était impossible de me désobéir.

—Si vous sortez de cette pièce, vous êtes virée.

Elle passa la sangle de son sac sur son épaule et regarda droit devant elle.

Je bluffais, mais j'espérais qu'elle ne s'en rendrait pas compte.

— Acceptez l'argent. C'est une avance, pas l'aumône.

J'attrapai l'enveloppe et m'approchai d'elle par derrière. J'ouvris la fermeture éclair de la plus grande poche et glissai l'argent à l'intérieur.

— Maintenant, décampez. J'ai du travail à faire.

Je me retournai vers la table, où mes dessins m'attendaient. Il était tellement simple de dessiner de la lingerie que la difficulté résidait dans le fait de savoir se réinventer. Quand on créait des vêtements, on avait plus de choix. C'était ce qui rendait mon travail si excitant, mais j'adorais chaque seconde. Je n'étais pas mordu de vêtements ou de tissus.

J'étais simplement mordu de sexe.

Dix se retourna lentement vers moi, en faisant de son mieux pour dissimuler son regard humide.

Je fis exprès de ne pas lever les yeux de mon dessin, pour ne pas voir son émotion.

— Je retire ce que j'ai dit... Vous n'êtes pas un sale con.

Je serrai plus fort mon crayon, plus agacé que touché par ses mots.

— Même si je ne suis pas un sale con, cela ne fait pas de moi un gentilhomme. Et croyez-moi... Je ne suis pas gentil.

5

SAPPHIRE

J'AVAIS ACCEPTÉ L'ARGENT PARCE QU'IL M'Y AVAIT forcée.

Et je lui en étais reconnaissante.

J'avais pu m'offrir un vrai dîner et une chambre dans un hôtel correct. J'étais allée me coucher le ventre plein dans un lit dont les draps n'étaient pas mangés par les mites. La dame qui dormait dans le lit voisin, à l'auberge de jeunesse, n'était plus là pour me réveiller.

C'était agréable.

J'étais à la rue depuis deux semaines et j'avais atteint mes limites. À New York, c'était encore plus difficile, parce que les gens n'étaient pas aussi charitables et généreux qu'en Italie. Quand je réclamais à manger, ils faisaient semblant de ne pas m'entendre et passaient leur chemin.

Sans Conway, j'ignorais ce que j'aurais fait.

J'aurais sans doute été obligée de passer, une fois encore, la nuit dehors.

Il m'avait insultée. Je n'avais pas à me reprocher de l'avoir traité de sale con. Mais quand il m'avait offert de la nourriture et de l'argent... Je m'étais demandé si je l'avais mal jugé. Il n'était peut-être pas l'homme froid et arrogant qu'il prétendait être. Peut-être avait-il une âme sous son masque.

Ou peut-être voulait-il seulement protéger sa marque.

Il tenait visiblement à ce que je défile pour lui. Sinon, il n'aurait pas pris le temps de me montrer les ficelles. C'était peut-être bel et bien ce dont il se souciait : sa marque et rien de plus. Si je crevais, il ne pourrait plus m'utiliser.

Peu importe. Je lui en étais reconnaissante.

Il était agréable d'être en sécurité dans une chambre d'hôtel... Même si cela ne durerait pas.

Quand j'entrai dans l'immeuble, les autres mannequins me regardèrent passer d'un air suffisant. Les rumeurs allaient bon train et toutes savaient que j'étais la femme venue tout habillée à l'audition. Elles savaient également que Conway Barsetti n'avait même pas pris la peine de regarder les autres mannequins défiler, parce que j'avais été la seule à l'intéresser.

Évidemment, elles me détestaient.

Je montai jusqu'au dernier étage et frappai à la porte.

— Entrez.

Sa voix grave était exactement la même que la veille, puissante et masculine. Il aurait pu commander une armée avec sa seule voix. Il avait aussi l'allure d'un commandant... Il avait tout.

J'entrai.

Conway était trop occupé pour lever les yeux, mais il dut savoir que c'était moi, parce qu'il n'aurait jamais laissé entrer un inconnu dans son atelier. Il était debout derrière la table, les épaules larges dans son costume bien taillé. Il se tenait droit comme un i, la tête penchée, tandis qu'il gribouillait sur un carnet.

Comme chaque fois que je le voyais, je sentis la tension dans ses épaules. C'était comme se retrouver dans une cage avec un serpent. J'étais dans la tanière d'un animal dangereux, toujours prêt à frapper – je ne savais simplement pas quand.

Aujourd'hui, je n'avais pas amené mon sac, que j'avais laissé à l'hôtel. J'avais demandé qu'on m'apporte le petit déjeuner dans ma chambre, quelque chose que je n'avais pas fait depuis que mes parents m'avaient emmenée en vacances, quinze ans plus tôt. J'examinai plus attentivement l'atelier. Il y avait des photos sur les murs : des portraits de mannequins en lingerie Barsetti, des beautés qui faisaient honneur à ses créations. Certains modèles étaient trop osés pour apparaître dans les magazines, et je me demandai si les photos avaient été prises uniquement pour son plaisir... comme des cadeaux.

Il y avait également un mannequin de couture dans la pièce, près du bureau, avec un soutien-gorge noir. La pièce n'était visiblement pas terminée.

Son bureau était noir, tout comme les murs. Le plancher sous mes pieds était en cerisier d'un brun-rouge profond. Le lit dans le coin ne semblait pas à sa place, et je me demandai si sa relation avec ses mannequins était toujours professionnelle.

J'étais sûre qu'elle ne l'était pas...

Je me promenai quelques secondes dans la pièce, examinant les épingles à nourrice sur le bureau, ainsi que les chutes de tissu, jetées çà et là. C'était un bazar organisé. J'attendis patiemment qu'il m'adresse la parole.

Il continua de travailler en sirotant son café, les yeux rivés sur son dessin.

— Vous savez que je suis là, n'est-ce pas ?

Il poursuivit son dessin.

— Et je ferai comme si ce n'était pas le cas tant que je n'aurai pas terminé.

C'était comme s'il ne s'était rien passé la veille : nous étions de retour à la case départ.

— J'aurais fait la grasse matinée, si j'avais su que vous seriez occupé.

— J'utilise votre temps comme bon me semble. Il va falloir vous y habituer.

Je levai les yeux au ciel, puis marchai vers son bureau. J'observai par-dessus son bras le corset et le string qu'il était en train de dessiner, notant les références des tissus et des pierres semi-précieuses. Il travaillait vite, comme s'il avait imaginé ce modèle cinq minutes avant mon arrivée.

À cette distance, je pus sentir son parfum – une odeur de pin mêlée à celle du savon. Ce n'était peut-être pas du parfum, mais son odeur naturelle. Il devait sentir comme ça en sortant de la douche. L'imaginant sous la douche, viril, musclé et nu, je me forçai à chasser cette pensée.

Il posa enfin son crayon.

— La prochaine fois, vous attendrez que j'aie fini avant de parler.

— Pourquoi ?

Il referma son dossier d'un coup sec.

— Parce que je n'ai pas besoin de vous donner une raison. Faites-le, c'est tout.

Il se tourna vers moi, prêt à me décocher une insulte, mais referma la bouche. Il examina mon visage en plissant les yeux. Son regard se fit plus doux, et sa colère décrut lentement jusqu'à disparaître tout à fait.

— Parfait, dit-il.

Il n'était qu'à quelques centimètres de moi. Dès qu'il recula, il emporta sa chaleur avec lui.

Comme je logeais à l'hôtel, j'avais pu prendre une douche, me sécher les cheveux et me maquiller devant un miroir. Il avait dû remarquer le changement et il était étonné.

— Déshabillez-vous.

Cet instant de répit était terminé.

— Et si j'enlevais tout simplement mes vêtements en rentrant ? lançai-je d'un ton sarcastique.

— Bonne idée, fit-il en s'emparant d'un autre carnet de croquis et d'un mètre ruban. Pourquoi ne vous déshabillez-vous pas ?

Maintenant que j'avais accepté son argent, je ne pouvais plus reculer. Je m'étais engagée auprès de lui. Je devais m'habituer à me dévêtir devant un homme que je connaissais à peine. Si seulement il était gay... Mais ce n'était clairement pas le cas.

J'enlevai mon jean et mon tee-shirt et les posai sur le tabouret près du miroir à taille humaine. Je portais mon ensemble blanc. Heureusement, j'avais tout rasé dans la douche, ce matin... Quand je me regardai dans un miroir, je vis une femme mince avec des courbes et du monde au balcon. Je n'avais jamais complexé, parce que je savais que j'étais attirante. Mais je n'avais jamais pensé une seule seconde que mon corps intéresserait le plus grand créateur de lingerie au monde. Jamais je n'aurais imaginé que j'avais le droit de viser la lune, comme des milliers d'autres femmes.

Je ne l'imaginais toujours pas.

Je sentis son regard rivé entre mes omoplates. Je n'avais pas besoin de voir son reflet dans le miroir pour savoir très exactement où il se trouvait derrière moi. Sa présence était formidable, et son regard plus puissant encore.

— Tournez-vous.

Je ravalai ma fierté et fis ce qu'il me demandait.

Il s'assit dans un fauteuil noir, la cheville sur le genou opposé. Il posa un bras sur l'accoudoir, le mètre ruban au bout des doigts. Il le faisait tourner lentement avec le pouce, en balayant mon corps du regard comme s'il n'avait jamais vu de femme en string.

Il commença par regarder mon cou, puis le reste de mon corps. Il examina avec une attention particulière mon petit ventre, avant de baisser les yeux vers mes cuisses.

— Vous faites de la musculation ? Du jogging ?

— Ni l'un ni l'autre.

Il cessa de jouer avec son mètre ruban et plissa les yeux.

— Qu'est-ce que vous faites, dans ce cas ?

— Rien.

Ce n'était visiblement pas la bonne réponse.

— Une femme ne peut pas avoir un cul pareil sans rien faire, fit-il remarquer en recommençant à jouer avec son mètre ruban.

— Je suis debout douze heures par jour, entre les études et mon boulot de barmaid.

— Vous étiez barmaid ?

Pourquoi cette information intéresserait-elle un homme comme lui ?

— Oui.

— Quelle est votre boisson préférée ?

— Le scotch.

Il fronça les sourcils, comme si ma réponse avait une signification particulière à ses yeux.

— Il y a une raison ?

— C'est simple et efficace.

— C'est la boisson préférée de mon père. Ma mère déteste ça.

— Il faut avoir du palais.

Je discutais alcool en sous-vêtements, comme j'aurais pu le faire avec un amant. C'était une discussion tellement rassurante que j'étais plus à l'aise.

Il détourna enfin les yeux et recommença à examiner mon corps.

— Vous êtes belle de la tête aux pieds.

Il me balaya une deuxième fois du regard, du cou jusqu'aux pieds.

— Une peau parfaite, des courbes parfaites, tout est parfait... Je ne changerais rien.

Je n'étais pas certaine de devoir le remercier de me traiter comme un objet.

— Vous dites ça à tous vos mannequins.

— Non, dit-il en me regardant dans les yeux. Chaque femme est unique. Certaines ont les yeux de la couleur idéale pour mettre leur teint en valeur. D'autres ont des jambes parfaites et sont sublimes en teddy et jarretières. Il y en a aussi qui ont la morphologie qu'il faut pour porter un top avec un décolleté en forme de cœur. Elles ne sont pas seulement minces : elles ont toutes quelque chose... Mais je n'en connais aucune qui ait absolument tout.

Son regard torride me transperça la peau, comme s'il pouvait voir mon âme. Son regard n'était pourtant pas intrusif. Il était même assez respectueux. Certes, je me sentais comme un agneau devant un lion, mais aussi comme une déesse. Quand je ne faisais pas ce qu'il me demandait, il m'insultait mais, le reste du temps, il me flattait.

— Mais vous avez tout, continua-t-il en se levant et en s'approchant de moi avec son mètre ruban. Je vais prendre vos mensurations, maintenant. C'est ma manière de vous demander la permission.

Il enroula d'abord son mètre ruban autour de ma cage thoracique. Puis il mesura ma taille, à l'endroit le plus large. Il devait mémoriser mes mensurations, parce qu'il ne les notait pas. Il prit des mesures auxquelles je n'aurais jamais pensé, comme la longueur de mon épaule à ma poitrine ou au sein opposé. Il enroula même le mètre ruban autour de mon cou. Il lui fallut vingt minutes pour cartographier mon corps, mesurant jusqu'à la circonférence de mes mollets. Quand il s'attaqua à mes jambes, il mesura la longueur entre mon genou et ma taille, puis entre mon genou et ma cheville.

Comment faisait-il pour tout mémoriser ?

Il finit par marcher vers son bureau et griffonna quelques notes, le mètre ruban à côté de lui. Sa main très masculine donnait l'impression que son crayon était tout petit. J'entendis la mine gratter le papier. Sans doute appuyait-il un peu fort.

Je ne remis pas mes vêtements : il me dirait certainement de tout enlever.

Quand il eut terminé, il posa son crayon et but une gorgée de café.

J'étais soulagée qu'il regarde ailleurs. Ses doigts calleux avaient effleuré ma peau de la plus délicieuse des manières. J'en étais à la fois excitée et effrayée. Cela me plaisait qu'il soit si minutieux dans son travail, qu'il vérifie chaque mesure. Il avait l'air à la fois dur et concentré, les mâchoires serrées, le regard un peu plus sombre. Ses sourcils étaient froncés pendant qu'il surveillait les mouvements de ses doigts. Sa concentration rendait son visage encore plus fascinant. Je me demandai soudain de quoi il avait l'air, le visage enfoui entre les cuisses d'une femme... Avait-il la même expression concentrée ? Ou était-il encore plus sexy ?

Je me sentis rougir.

Conway se tourna vers moi.

— Certaines mensurations me sont familières... Mais je n'avais jamais rencontré de femme qui les ait toutes. C'est assez incroyable.

Il glissa les mains dans les poches de son pantalon et marcha lentement vers moi. Sa démarche avait une douceur étonnante, bien différente de l'agressivité avec laquelle il m'avait touchée et mesurée.

— Merci...

Cela semblait ridicule de dire ça, mais il aurait été encore plus gênant de ne rien dire du tout. Je soutins son regard. Comme il était face à moi, je voyais à la fois ses yeux verts et le chaume sur ses joues. Mes tétons pointèrent sous mon soutien-gorge. Heureusement, les bonnets étaient bien rembourrés et cela ne se voyait pas.

Une main se trouvait dans sa poche, le pouce dehors. Quand il créait ces moments de tension, il ne semblait pas gêné par le silence, comme d'autres le seraient. Il était naturellement intimidant. C'était un talent qui affectait tout le monde autour de lui. Peut-être ne s'en rendait-il pas compte. Ou peut-être que si.

Je refusais de me laisser intimider et de baisser les yeux. Mais, quand il me regardait avec ce visage si beau et si sombre, c'était difficile.

Avais-je peur de lui ? Ou étais-je attirée par lui ?

Peut-être les deux ?

— Pourquoi êtes-vous mal à l'aise ?

Il lisait en moi comme dans un livre ouvert. Je n'aimais pas être transparente. Mais peut-être ne l'étais-je pas. Peut-être avait-il simplement le don de déceler les émotions humaines.

— Je suis presque nue...

— Et c'est mal ?

Il avait une posture impeccable à tout instant. Même quand il baissait les yeux vers son bureau, ses épaules étaient carrées. Il enseignait par l'exemple et n'était jamais avachi.

Qu'est-ce qui était mal avec le fait d'être nue ? Absolument tout.

— Ce n'est pas naturel... Je vous connais à peine.

— Pas naturel ? murmura-t-il. Il n'y a rien de plus naturel que le corps féminin. Il est beau, érotique, sensuel... fabuleux, ajouta-t-il en balayant à nouveau mon corps du regard. Vous ne devriez pas avoir honte de votre peau. Aucune femme ne devrait avoir honte. Vous avez plus de pouvoir que vous ne le pensez. Je crée de belles choses, mais je puise mon inspiration dans quelque chose d'encore plus beau. C'est vous qui avez le pouvoir, Dix. Certains hommes donneraient leur vie pour apercevoir votre perfection. Quand vous défilerez sur le podium, n'oubliez jamais que vous en êtes la reine. Brillez d'assurance et de pouvoir. Je ferai en sorte que vous ressembliez à la déesse que vous êtes... Mais ce sera à vous d'être la déesse. N'ayez pas honte. Ne soyez pas gênée quand tous les regards se poseront sur vous. Je pense que vous êtes sublime. Vous me connaissez à peine, mais cela changera bientôt. Vous finirez par me faire une confiance aveugle.

Ces mots me rassurèrent. Je fus soudain plus à l'aise devant lui. Revigorée, je n'avais plus l'impression d'être un trophée sur une étagère. Une confiance nouvelle éclata en moi.

— Mon travail n'est pas seulement de mettre une femme en valeur... C'est aussi de lui faire prendre conscience de sa valeur.

Il avança d'un pas, envahissant mon espace. Il n'avait jamais été si proche de moi. Sa bouche n'était plus qu'à quelques centimètres de la mienne.

— J'aime baiser les femmes. Je sais exactement à quoi j'aimerais qu'elles ressemblent quand je les baise. Je sais ce que veulent les hommes. Je connais tous leurs fantasmes. Je dessine de la lingerie pour faire de ces désirs une réalité. Les femmes se sentent belles quand elles portent mes créations, parce qu'elles savent qu'elles plairont aux hommes.

Il pencha légèrement la tête pour regarder mon corps.

J'avais la chair de poule et le souffle court. C'était comme si je me tenais au bord d'un volcan, dont la lave me léchait la peau. Le mélange de pouvoir, d'autorité et d'assurance qu'il exsudait m'enveloppait et me paralysait.

Il effleura mon épaule avec les doigts, avant de les faire descendre le long de mon bras. Il s'arrêta au creux de mon coude.

— Vous m'inspirez... parce que je sais exactement comment j'aimerais vous baiser.

6

CONWAY

Je quittai mon immeuble et marchai dans les rues silencieuses et sombres de Milan. Les hauts bâtiments jetaient des ombres sur les pavés, et seuls les lampadaires éclairaient mes pas. Je croisai un couple en train de déguster une glace. J'étais vêtu d'un costume bleu marine et d'une cravate assortie. Cette tenue valait plus de quelques milliers de dollars. Si quelqu'un avait vraiment besoin d'argent, ce costume aurait pu changer sa vie.

Mais personne n'était assez bête pour me braquer.

Je n'avais pas seulement une tête connue, mais aussi une notoriété respectée. Je pouvais provoquer les événements d'un claquement de doigts. Si je le souhaitais, je pouvais faire disparaître quelqu'un. J'avais le pouvoir de changer l'avenir – si j'en ressentais l'envie.

Je tournai au coin et m'approchai de l'entrée de la boîte de nuit. On entendait tonner la basse depuis la fin de la file de personnes attendant pour rentrer. Les femmes portaient des talons hauts et de la lingerie étincelante, réchauffées par l'humidité tiède de l'air.

En me voyant approcher, les videurs me reconnurent aussitôt. Ils fendirent la foule et m'entourèrent, tels des soldats protégeant un roi. Je remontai l'interminable queue de tous ces hommes prêts à payer un millier d'euros pour entrer dans ce club VIP. Les femmes me regardèrent passer comme si j'étais un dieu.

Les portes s'ouvrirent, et les videurs m'accompagnèrent à l'intérieur.

Dès que je me retrouvai dans l'obscurité, enveloppé par la musique, je me sentis chez moi. Les femmes portaient ma lingerie – des bustiers, des corsets et des strings minuscules qui ne dissimulaient pas grand-chose. Certaines étaient mannequins, d'autres des femmes qui avaient simplement envie de se mêler au gratin.

Mon arrivée provoqua des remous invisibles, et tout le monde s'écarta sur mon passage. C'était comme si j'émettais des ultrasons à tout instant, que les gens entendaient sans même s'en rendre compte. Ils s'écartaient pour me faire plus de place que nécessaire.

Les murs noirs étaient couverts de photos de mes mannequins portant des ensembles sexy, certains en dentelle, d'autres avec des diamants. Sur chaque photo, la femme portait un ensemble conçu spécifiquement pour son corps. Mon travail était de sublimer les femmes en créant la lingerie idéale pour elles. Chacune avait son individualité, sa morphologie, mais toutes étaient belles à leur façon.

— Votre scotch, monsieur, dit un serveur en surgissant des ombres avec mon verre sur un plateau. Carter vous attend à l'étage.

— Merci, fis-je en m'emparant du verre.

L'homme disparut aussi vite qu'il était venu.

Je montai les escaliers, sentant les regards posés sur moi. Les femmes m'admiraient et les hommes me jalousaient. Mais tout le monde dans le bâtiment s'inclinait devant mon pouvoir.

Ils étaient à ma botte – et ils ne s'en rendaient même pas compte.

Je repérai Carter assis dans un box d'angle. Une femme à chaque bras, il était avachi dans le fauteuil de cuir, devant une énorme photo de Lacey Lockwood. Lacey était mon mannequin phare. C'était son corps que les gens connaissaient le mieux. Elle avait de l'assurance et des jambes parfaites. Elle voulait devenir ma star – et le monde entier pensait que ce serait le cas.

Trop occupé avec ses dames, Carter ne me vit pas arriver. La blonde sur sa gauche lui caressait le torse en lui mordillant le lobe d'oreille. L'autre lui frottait la cuisse et sa main s'approchait dangereusement de son entrejambe. Les deux femmes portaient ma lingerie. Le strass les faisait briller de mille feux.

Je m'assis dans le fauteuil de cuir en face de lui, posai mon verre de scotch et m'adossai plus confortablement. Sans même regarder alentour, je savais qu'on me surveillait. Bientôt, une ou deux femmes tenteraient leur chance et viendraient poser leurs fesses à côté de moi. Elles se croiraient spéciales. Elles penseraient qu'elles avaient quelque chose d'unique, qui captiverait mon attention plus de cinq minutes.

Impossible.

Toute ma vie tournait autour des belles femmes. Je leur créais de la lingerie époustouflante pour que leurs hommes les baisent. Je réalisais les fantasmes des hommes en les dessinant. J'habillais des femmes comme Lacey Lockwood d'une sublime combinaison dont on pouvait délacer l'entrejambe pour une baise rapide. Je ne pensais qu'au sexe tout au long de la journée... au sexe avec de belles femmes.

J'avais fini par me désensibiliser.

Il était devenu presque impossible de m'impressionner. Les femmes étaient toutes les mêmes, mais belles chacune à leur façon. Je baisais sans émotion. C'était à dessein : le sexe sans passion alimentait mon inspiration.

Les hommes se fichaient bien de l'amour. Ils ne pensaient qu'au sexe.

Je dessinais ma lingerie en gardant cela à l'esprit.

La seule exception à cette règle, c'était la femme que je venais de découvrir.

Dix.

Il y avait chez elle quelque chose d'unique qui attirait instantanément mon attention. Quand les dix mannequins s'étaient présentés sur l'estrade, j'avais à peine vu le visage des neuf autres, comme s'ils étaient flous. Ces femmes étaient belles, mais banales. C'était le top dix de mes assistants de confiance, mais les neuf premières faisaient pâle figure à côté de la dixième.

Dix.

Je ne la trouvais pas exceptionnellement belle. Sa beauté ne se limitait pas à des caractéristiques physiques. Mais elle possédait une qualité qui captivait l'attention. Elle avait fait le même effet à mes assistants, et c'était pour cela qu'ils l'avaient sélectionnée. Son jean et son tee-shirt n'avaient pas pu masquer son sex-appeal.

Son corps était unique. Le rapport entre ses hanches et son ventre était important. C'était ce qui rendait ses courbes encore plus sensuelles. Elle avait des cuisses fuselées, mais musclées, et le cul charnu. Elle était tout en courbes, peau de pêche et sensualité. Sa chute de reins était si profonde qu'on eut dit une cuillère. Ce serait un honneur de dessiner un ensemble rien que pour elle.

Je n'avais jamais rencontré de femme avec de telles mensurations. C'était comme si elle était faite pour porter de la lingerie, l'incarnation même de la sexualité féminine.

Comme cette femme menaçait d'envahir mes pensées, je me forçai à penser à Carter.

Celui-ci retira sa langue de la bouche d'une des filles et leva les bras.

— Mesdames, je dois parler affaires.

La blonde lui serra la cuisse, avant de partir avec l'autre fille. La lingerie qu'elle portait brilla sous les lumières tamisées. Leurs talons claquèrent en cadence jusqu'à ce qu'elles soient hors de portée de voix. La musique était moins forte ici, mais c'était intentionnel. C'était le coin des affaires.

Carter portait un costume noir avec cravate assortie. Ses cheveux noirs étaient identiques aux miens, mais il avait hérité ses yeux couleur café de sa mère. Il ne s'était pas rasé depuis plusieurs jours et une ombre couvrait son visage. Nous nous ressemblions tant qu'on nous prenait régulièrement pour des frères.

— Il paraît que tu as une nouvelle fille.

— Qui t'a dit ça ?

— Les filles.

Tous les mannequins étaient obsédés par la gloire. Elles ne cessaient de se disputer pour savoir qui allait apparaître en couverture de Vogue, qui défilerait pour le grand final de mon prochain show, qui m'inspirerait ma prochaine pièce... Elles rivalisaient pour mon attention et mon affection, en me touchant ou en cherchant les mots qui captiveraient mon attention.

Peut-être veillaient-elles sur leurs intérêts.

Ou peut-être rêvaient-elles de devenir ma muse.

Je m'en fichais bien, car cela n'avait pas d'importance.

Aucune femme n'aurait jamais d'importance à mes yeux.

— Je ne sais pas encore ce que je vais en faire.

— Elle va défiler le week-end prochain ?

— Peut-être.

Elle avait encore du chemin à faire. Elle avait une meilleure posture, mais elle se déconcentrait souvent, ses épaules tombaient et elle s'avachissait. Cette femme était une énigme. Elle montrait beaucoup d'assurance quand elle s'adressait à moi ou à d'autres hommes mais, quand elle défilait, elle était raide et fermée comme une huître. Déshabillée, elle était encore plus belle.

Mais elle était mal à l'aise.

Cela n'avait pas de sens.

C'était la première fois que je travaillais avec un mannequin si peu motivé. Dix se fichait bien d'avoir une opportunité en or. Elle ne vénérait pas la terre sous mes pieds. Elle m'avait même traité de sale con.

C'était un revirement intéressant.

Si elle était restée, c'était parce qu'elle avait besoin de travailler pour survivre.

Elle ne le faisait pas pour moi. C'était peut-être ce qui piquait le plus mon intérêt.

Carter but son gin, puis alluma son cigare.

— Il paraît qu'elle a défilé tout habillée.

— C'est ce qu'on m'a dit.

— Elle semble intéressante.

— Elle se sert un peu trop de sa bouche.

— Pour sucer, j'espère, fit-il en inhalant sa fumée.

— Non.

— Dommage, c'est ce qu'une femme a de mieux à faire avec sa bouche.

Il tira sur son cigare, avant de le poser sur le cendrier. Sa cheville était sur son genou opposé. Il se pencha en arrière pour admirer les femmes sur le balcon.

— Et tes voitures, comment ça se passe ?

— Je ne me plains pas. Ce n'est pas aussi sexy que la lingerie, mais ça me plaît.

Carter dessinait et produisait des voitures de luxe en Italie. Il vendait ses modèles dans toute l'Europe et en exportait quelques-uns aux États-Unis, si les gens étaient prêts à mettre le prix. Nous travaillions dans des secteurs différents, mais c'était parfois un avantage.

— Tu travailles sur quelque chose de nouveau ?

— Je travaille toujours sur quelque chose de nouveau.

Il but une gorgée de gin, puis s'essuya la bouche avec sa manche. Son costume était aussi coûteux que le mien, mais il était tellement riche qu'il ne se souciait pas de se salir.

— Assez bavardé. On doit parler affaires.

Je drapai un bras sur le dossier de la banquette et posai ma cheville sur mon genou opposé.

— Je t'écoute.

— Dix millions, lança-t-il en posant ses coudes sur les genoux.

Il frotta ses phalanges en me fixant de son regard café. Il avait le teint pâle, ce qui mettait en valeur la ligne sombre de ses cheveux et de ses yeux. Il était évident qu'il avait du sang italien, tout comme moi.

On m'avait rarement offert une somme si importante.

— Qui est-elle ?

— La fille d'un russe fortuné. Je crois qu'il pèse presque un milliard ?

Presque ? Moi, je pesais plus d'un milliard.

— Il ne peut pas s'en occuper lui-même ?

— Les Skull Kings sont dingues. Je leur ai conseillé de ne rien faire.

Ils étaient dingues, en effet. Ils étaient l'incarnation même de ce mot. Ils étaient imprévisibles et sans pitié. Ils avaient commencé par vendre des armes sous le manteau mais, comme cela n'étanchait pas leur soif de sang et d'argent, ils avaient fini par se tourner vers la traite des femmes. Maintenant, ils kidnappaient des femmes désirables, qui avaient grandi dans des familles heureuses – uniquement parce qu'ils trouvaient ça jouissif. Puis ils les vendaient et se faisaient une fortune.

— Ça devient dangereux, Carter. Ces types sont dingues, mais pas stupides. Ils vont finir par comprendre ce qu'on fait.

— Et qu'est-ce qu'ils pourraient y faire ? lança Carter d'un ton incrédule. On est intouchables, toi et moi.

Il porta son cigare à ses lèvres et tira une longue bouffée.

— Et ils gagnent du fric. Ce n'est pas comme si on les empêchait de bosser. Ce qu'on fait avec les filles qu'on achète ne les regarde pas.

— Ils pourraient penser qu'on va les dénoncer.

— À qui ? demanda Carter, dubitatif. Au FBI ? On sait tous les deux qu'ils ne feront rien. Ces psychopathes sont intouchables. Ils savent qu'on n'est pas assez bêtes pour leur déclarer la guerre. Et puis, pour nous aussi, c'est un business lucratif. Je ne fais pas ça par bonté d'âme. Je le fais parce que c'est de l'argent facile – et non imposable.

Il y avait beaucoup d'argent en jeu. Carter et moi avions déjà partagé cinquante millions de dollars. En tant que milliardaire, je n'avais pas besoin d'argent. Mais s'il était facile à gagner, je ne pouvais pas dire non.

— Alors c'est toi qui va y aller et enchérir sur elle.

— Tu sais bien que je ne peux pas faire ça. Il faut que ce soit toi.

Les filles que j'achetais devenaient mannequins. Je les faisais défiler plusieurs fois, puis je les renvoyais chez elles. Les Skull Kings pensaient que j'avais un faible pour les esclaves et que j'aimais les parader devant le monde entier, parce que je me croyais au-dessus des lois.

Mais quand les filles avaient terminé leur contrat, elles

rentraient chez elles. C'était le seul moyen de les sauver sans risquer notre peau et la leur. Les Skull Kings avaient d'autres chats à fouetter. Au bout de quelques semaines, ils avaient de nouvelles esclaves à vendre.

— On ne pourra pas continuer comme ça longtemps, dis-je. Nos pères nous ont prévenus. On ne devrait pas prendre ça à la légère.

— Je ne prends pas ça à la légère, se défendit Carter. Mais je ne suis pas une femmelette.

Je terminai mon scotch et laissai l'alcool me brûler en coulant dans mon œsophage.

— Et si on ne le fait pas, qui le fera ? Tu sais ce qui va arriver à ces filles...

Elles seraient violées, torturées et brûlées vives. On n'achetait pas des femmes comme elles pour en faire des animaux de compagnie, mais des punching-balls. Leurs propriétaires aimaient les humilier pour se sentir puissants. Quand on voulait se venger d'un ennemi, lui arracher sa fille était toujours un moyen efficace.

Mais les filles n'avaient rien fait de mal.

— Je pense qu'on devrait envoyer quelqu'un d'autre à la vente aux enchères.

Nous avions des hommes loyaux qui travaillaient pour nous depuis des décennies. Il ne fallait pas être un génie pour gagner une enchère.

— Comme ça, on n'aura pas à se salir les mains.

— Tu sais que ça ne marchera pas. Ils veulent des

noms. Ils veulent des mecs riches et célèbres. Si personne n'est anonyme, tout le monde est obligé de filer doux. Ça leur donne l'impression d'avoir plus de légitimité. Si tu envoies quelqu'un à ta place, ils trouveront ça bizarre. Et ce sera la fin de ce business.

Les hommes fortunés dans ce petit cercle très fermé pensaient sincèrement que j'achetais des esclaves pour le plaisir. J'avais tellement d'argent que j'avais développé des goûts excentriques. Apparemment, créer de la lingerie allait de pair avec le fait de traiter les femmes comme des objets.

Même si c'était complètement faux.

Je possédais déjà plus de pouvoir que la plupart des hommes. Je n'avais pas besoin d'une esclave pour me le prouver.

J'étais déjà assez puissant comme ça.

— Tu en es ? demanda Carter.

Si je refusais, cette femme allait souffrir et mourir. C'était une question de vie ou de mort. Je ne pouvais pas traîner ma culpabilité comme un boulet au pied.

— Tu sais bien que oui.

— Super, dit-il en tirant de sa poche un morceau de papier qu'il déplia devant moi. Anastasia Purkov. C'est la fille d'un investisseur russe. Elle est allée faire des courses un samedi après-midi et n'est jamais rentrée. Elle venait d'être acceptée dans un ballet quand elle a disparu. Son père a contacté mon équipe, et c'est comme ça que j'ai reçu le message, ajouta-t-il en pointant la photo du doigt. Elle est à croquer.

Avec ses cheveux bruns et ses yeux bleus, elle avait beaucoup d'allure. Une femme séduisante courait toujours le risque d'être capturée par des trafiquants.

— Son père a énervé un de ses clients de Budapest. Il pense que c'est ce type-là qui a demandé aux Skull Kings d'agir.

C'était écœurant. Des hommes payaient d'autres hommes pour capturer une femme innocente pour le plaisir d'humilier leurs ennemis. Et cette femme allait être vendue comme esclave. C'était nous qui l'achèterions. L'argent qu'on pouvait dépenser pour une vie humaine... C'était affolant. Simplement parce qu'elles avaient une fente entre les jambes.

— Quand a lieu la vente ?

— Demain soir.

Je repliai le papier et le fourrai dans ma poche.

— Je la ramènerai.

— Tu n'as qu'à la faire défiler le week-end prochain. Ensuite, on la rendra à sa famille.

Chaque fois que je sauvais une esclave, je lui expliquais ce qui se passait. Elles coopéraient toujours, ne parlaient pas aux autres mannequins et embrassaient la terre sous mes pieds. Quand je les rendais à leur famille, c'était toujours le père qui pleurait le plus.

— Très bien.

Carter tira sur son cigare.

— Le boulot de héros rapporte gros. Qui l'eut cru ?

— Nous ne sommes pas des héros, rétorquai-je froidement. Les vrais héros ne sont pas payés.

— Payés ou non, sans nous, ces filles ne s'en sortiraient pas vivantes.

— Et les autres ? demandai-je. On les abandonne à leur sort parce qu'elles n'ont pas de famille riche qui puisse se permettre de les racheter ?

— Même si c'était le cas, tu sais qu'on ne peut pas toutes les sauver. Si tu achetais toutes les esclaves en magasin, les Skull Kings nous tomberaient dessus pour de bon.

Je n'avais pas l'impression d'être un héros quand je sauvais une femme innocente contre un gros chèque. Il n'y avait rien de noble dans ce geste. Nous étions tous les deux avides d'argent. Il fallait le reconnaître.

— Demain, alors ?

Carter savait que j'avais déjà accepté, mais il avait dû sentir mon hésitation.

— Demain.

JE RENTRAI CHEZ MOI AU MILIEU DE LA NUIT, SEUL. JE n'avais pas ramené de femme, parce que je n'étais pas d'humeur. J'aurais pu choisir n'importe laquelle, mais je n'avais rien vu d'intéressant, ce soir.

Je composai un numéro et collai mon téléphone à mon oreille.

D'une voix douce et innocente, elle répondit :

— Il est une heure du matin, Conway.

Je poussai un soupir de soulagement, même si je n'avais aucune raison de m'inquiéter. Le son de sa voix me rassurait toujours. Elle comptait plus à mes yeux qu'elle l'imaginait. L'idée qu'on me la prenne, comme on avait enlevé d'autres femmes, me rendait malade. C'était la seule femme au monde qui ait fait de moi un gentleman. Je n'avais de bonnes manières qu'en sa présence.

— Tu es à la maison ?

— Il est une heure du matin, un mardi. Je dormais.

Ma petite sœur était une femme adulte, mais je la verrais toujours comme une petite fille. Elle vivait à Milan parce qu'elle voulait devenir peintre. Elle faisait ses études dans une école d'art ultra-réputée grâce à l'argent de mes parents. Ces derniers vivaient en Toscane, à cinq heures de route. J'étais l'aîné de la famille. Il était donc de mon devoir de veiller sur elle.

— Je voulais juste en être sûr.

— Inutile de veiller sur moi, Conway. Si j'ai besoin de quelque chose, je te ferai signe.

— Tu es trop têtue pour demander quoi que ce soit.

Elle soupira à l'autre bout du fil.

— Je peux te rappeler demain ? Il faut que je me lève avant l'aube.

— On sait tous les deux que tu ne vas pas m'appeler.

— Bon ben, appelle-moi demain, alors.

Elle raccrocha avant que je n'aie eu le temps d'ajouter un autre mot.

Une fois encore, je n'avais pas réussi à maîtriser ma paranoïa. La peur me poussait trop souvent à agir sur un coup de tête. Ma sœur était une belle femme. Elle avait hérité sa beauté de ma mère et quelques traits de mon père. Pendant mon enfance, mon père ne la laissait jamais rien faire toute seul. Il la surveillait de près. Quand elle avait déménagé pour ses études, je ne l'avais jamais vu si bouleversé. Il avait eu du mal à la laisser partir.

Mais ç'avait été encore plus difficile pour moi.

Maintenant, j'étais encore plus protecteur que lui, surtout dans ce monde cruel. On traitait les femmes comme des chiennes, parfois comme une monnaie d'échange.

Je ne voulais pas qu'elle vive dans ce monde-là – ce monde souterrain et ténébreux qui l'attendait au tournant. Ses yeux innocents ne devaient jamais l'entrevoir.

DIX ENTRA PILE À L'HEURE, COIFFÉE ET MAQUILLÉE. Elle était en jean et en tee-shirt, comme tous les jours. Ses cheveux épais et bouclés encadraient son visage à la perfection, mettant ses traits en valeur.

J'étais debout devant mon bureau, avec mon carnet de croquis.

Elle entra dans la pièce et commença par se déshabiller.

Je n'avais même pas eu le temps de rien dire.

Je levai les yeux de mon carnet de croquis et admirai sa peau magnifique. Elle n'avait aucun défaut. Son corps était parfaitement lisse, comme celui d'une poupée. Son teint mettait en valeur les courbes de sa sublime silhouette. Avec son cul charnu et sa taille si fine que j'aurais pu en faire le tour avec les mains, elle était l'incarnation de l'idéal féminin. Le fait qu'elle ait atteint la perfection sans effort faisait d'elle une véritable déesse.

Elle était naturellement parfaite.

J'attrapai mon carnet et marchai vers elle, devant le miroir.

— Vous faites des progrès, dis-je en m'approchant par derrière, les yeux rivés sur ses épaules.

Elle se tenait droite, les muscles du dos bien symétriques. Je posai les doigts sur sa colonne vertébrale. Aussitôt, elle prit une profonde inspiration.

Ma main glissa le long de sa colonne et s'arrêta sur sa chute de reins. Elle était si mince que sa taille faisait la longueur de ma main : en tendant les doigts, je pouvais toucher ces deux hanches entre le pouce et le majeur.

Elle respira plus vite.

La dernière fois que je lui avais parlé, je lui avais dit que je savais exactement comment j'aimerais la baiser. Peut-être que cela la mettait mal à l'aise. Peut-être même qu'elle avait peur.

Je n'avais pas honte.

Je l'attrapai par les épaules, avant de tourner lentement autour d'elle, pour l'examiner sous tous les angles.

Elle me suivit du regard.

— Qu'est-ce que vous faites ?

Je la pris par les bras et baissai les yeux vers son corps, admirant ses courbes. J'admirai son teint olive et la manière dont sa culotte blanche le mettait en valeur.

— Je travaille.

— On dirait plutôt que vous me matez.

Je levai les yeux vers les siens, ces sublimes prunelles bleues qui ressemblaient à des bijoux.

— Mater fait partie de mon travail.

Si j'avais examiné aussi attentivement mes autres mannequins, elles auraient été aux anges. Mais pas cette femme. Elle s'en fichait.

— Je pensais que votre travail, c'était de créer des vêtements.

— Oui. Et je veux créer la lingerie idéale pour la femme idéale.

Quand je me tenais si près, je pouvais à tout moment

me pencher pour l'embrasser. J'imaginai ses lèvres douces sur les miennes, nos souffles entremêlés.

Mais je n'embrassais jamais personne – et je ne l'embrasserais pas.

Je me dirigeai vers les tissus et ramassai celui que j'avais mis de côté. Je posai l'échantillon sur sa peau rosée, imaginant le soutien-gorge parfait qui ferait pigeonner ses seins ronds et pâles comme de la crème sous la lumière. Un peu de strass doré apporterait de la texture à l'ensemble. Porté avec des escarpins dorés, ce modèle serait à la fois stupéfiant et provoquant.

Je m'assis dans mon fauteuil noir et ouvris mon carnet. Je commençai à croquer l'ensemble sensuel que j'avais en tête, tout en regardant la femme qui me l'avait inspiré. Je levai brièvement les yeux vers elle, imaginant la manière dont la pièce mettrait son corps en valeur. Elle avait le torse long et la poitrine volumineuse. Le bustier devrait être un peu plus long que la norme. J'ajoutai une fente sous le soutien-gorge, ouverte sur son ventre. Quand elle défilerait sur le podium, l'ensemble s'ouvrirait et dévoilerait son joli nombril sexy. Je dessinai ensuite le string.

— Vous voulez que je pose ?

— Vous posez déjà.

Mon crayon s'agitait sur le papier. Je dessinai ses hanches, puis le string. Je pensais le faire dans le même tissu, mais je voulais une touche dorée plus apparente. Je voulais qu'elle ressemble à un bijou, pour mettre en valeur les saphirs de ses prunelles. Avec son teint olive et sa peau sans défaut, ces couleurs lui iraient à merveille.

Mais avant de terminer, j'eus une autre idée.

Du bleu sarcelle. Elle serait magnifique en bleu sarcelle.

Je tournai la page et commençai un deuxième dessin.

J'AVAIS UTILISÉ TANT DE PAGES QUE MON CARNET DE croquis était plus épais que d'habitude, à force d'être manipulé. On eut dit qu'il était rembourré d'échantillons de tissus. J'avais dessiné plus de modèles en quelques heures que je ne le faisais d'habitude en un mois.

Dix savait m'inspirer.

— Vous pouvez y aller, dis-je en terminant la liste de tissus dont j'allais avoir besoin pour créer ma lingerie de mes propres mains.

Quand ce serait parfait, j'enverrais les modèles à l'usine pour qu'ils soient produits à la chaîne. Il était un peu tard pour lancer une ligne d'automne, mais ce n'était pas très grave dans le monde de la lingerie. Je pouvais créer ce qui m'inspirait tout au long de l'année. Ce serait peut-être trop tard pour le défilé de la semaine prochaine, mais je pouvais encore y arriver en travaillant jour et nuit.

Dix n'avait rien dit depuis quelques heures. Elle était restée debout en sous-vêtements. Comme je ne lui avais plus adressé la parole, elle s'était ensuite entraînée à marcher avec des talons, les épaules en arrière, la poitrine en avant, en se regardant dans le miroir.

Cela aurait pu me déranger. Mais j'étais tellement absorbé par mes créations que je réussis à ne pas me laisser distraire par ses fesses rondes. Elle avait fait beaucoup de progrès maintenant qu'elle prenait son travail au sérieux. Cela lui avait fait du bien d'accepter cette avance.

Mais elle avait toujours la langue bien pendue.

Elle renfila son chemisier.

— Vous avez fini pour aujourd'hui ?

— Non, répondis-je en étalant des échantillons de tissu sur la table. J'ai encore beaucoup de travail ce soir.

Elle remonta son jean par-dessus ses fesses bombées et le boutonna.

— Je peux faire quelque chose pour vous aider ?

— Non.

Je tirai le mannequin de couture vers moi et attrapai mes épingles.

Elle s'assit sur le coin de mon bureau, comme si elle n'avait l'intention d'aller nulle part. Je relevai les yeux vers elle.

— Quoi ?

— Si je peux faire quelque chose... J'aimerais bien vous aider. Vous avez eu la générosité de me donner de l'argent... J'aimerais le mériter.

Je m'emparai du mètre ruban et des ciseaux.

— Vous êtes restée debout toute la journée.

— Je suis une bête de somme... Je peux travailler longtemps.

Ce n'était pas une comparaison très flatteuse. Elle était bien trop belle pour servir de bête de somme. Si elle avait été un animal, elle aurait été une jument blanche et majestueuse.

— Je peux même faire le ménage, si vous voulez.

— Non merci, mais vous pouvez faire autre chose.

Je lui fis signe d'approcher et de tenir les bords du tissu pendant que je coupais et cousais. Ce serait plus facile avec une autre paire de mains. D'ordinaire, j'appelais un de mes assistants ou Nicole, mais nous étions en fin de journée et tous devaient être rentrés chez eux.

Au bout de quelques minutes, elle comprit exactement quoi faire.

Alors que nous travaillions dans un silence agréable, je sentais parfois une mèche de ses cheveux me chatouiller. Ou bien son bras effleurait le mien. Ses cheveux étaient ramenés sur une épaule et son regard suivait mes gestes avec fascination. Puis elle commença à poser des questions.

— Où avez-vous appris tout ça ?

— Je suis autodidacte.

— Vous avez appris tout seul à créer des vêtements ?

Au naturel, elle avait une posture impeccable. Ses épaules étaient carrées, son ventre rentré et sa chute de reins semblait vertigineuse. Cela faisait ressortir son derrière. Son élégance naturelle devenait artificielle dès qu'elle défilait. Mais elle n'était naturelle qu'au moment où elle était à l'aise dans ses vêtements.

— Oui.

— Vous n'avez pas étudié la mode ?

— C'est une perte de temps. Quand on veut apprendre quelque chose, on peut l'apprendre soi-même.

Elle me regarda glisser du tissu sous les aiguilles de ma machine à coudre.

— Qu'est-ce qui vous a donné envie de créer de la lingerie ?

— Je vous l'ai déjà dit.

Je n'étais pas bavard et je détestais les questions bêtes.

Elle me dévisagea pendant que j'essayais de me concentrer.

— Depuis la puberté, je ne pense qu'au sexe. J'aime les femmes et j'aime les baiser. Je sais comment rendre une femme sexy, comment faire pour qu'elle se sente désirable. Et je sais ce que les hommes veulent voir. J'ai fait de mon addiction mon gagne-pain.

Elle baissa les yeux vers mes mains, ne sachant que répondre à ce que je venais de lui confier.

— Alors vous êtes accro au sexe ?

— Non. Mais j'aime le sexe.

Je portai ma chute de tissu vers le mannequin de couture et l'y épinglai.

Elle croisa les bras sur sa poitrine et fit le tour du mannequin.

— Alors vous n'avez pas de petite amie ?

— Je n'en ai jamais eue. Je n'en aurai jamais.

Elle s'assit et croisa les jambes, en me regardant.

— Vous ne vous sentez pas seul ?

— Je suis entouré de gens tous les jours. Et je suis en compagnie de femmes toutes les nuits. Non, je ne me sens pas seul.

Elle me dévisagea avec ses yeux bleus, surveillant l'expression sur mon visage.

— Vous posez beaucoup de questions. Et si je vous en posais quelques-unes ?

— Ça dépend de ce que vous allez me demander.

Quand les deux morceaux de tissu furent en place, je m'attaquai à la partie basse de l'ensemble.

— Vous avez quitté un petit ami en venant ici ?

Je n'étais pas certain qu'elle me réponde, car c'était une question personnelle. J'étais allé droit au but.

— Non.

Je n'aurais pas dû m'en soucier, mais un élan d'énergie pulsa dans mes veines à l'idée qu'elle ne soit pas amoureuse. Je n'aimais pas imaginer un homme sans visage en train de la baiser. Si j'étais possessif, c'était sans doute parce qu'elle était un de mes mannequins, maintenant. Cela dit, je n'avais encore jamais ressenti l'envie de protéger mes filles.

— Et vos parents ?

— Morts, fit-elle sans montrer la moindre émotion.

Froide et cruelle, elle semblait manquer de cœur.

— Je suis navré de l'entendre, dis-je en m'interrompant quelques secondes, avant de reprendre mon travail.

— C'était il y a longtemps. Mon père est mort il y a dix ans. Ma mère, ça fait cinq ans.

— Des frères et sœurs ?

— Un frère... Mais il est mort, lui aussi.

Elle prit une longue inspiration, comme si elle essayait de calmer d'inaudibles sanglots.

— Je suis désolé.

Cette fois, j'étais sincère.

— Je suis tout ce qu'il me reste...

Peut-être avait-elle quitté son pays parce qu'elle n'avait plus aucune raison d'y rester. Peut-être voulait-elle repartir de zéro pendant qu'elle était encore jeune. Ou peut-être avait-elle assassiné toute sa famille et était-elle en fuite.

Je n'avais pas fait faire de recherches sur elle, car je pensais que cela n'avait pas d'importance.

Mais je commençais à croire que je m'étais trompé.

— Des amis ?

— J'ai laissé quelques personnes... Mais je ne leur ai pas dit que je partais.

— Vous l'avez dit à quelqu'un ?

— Non.

Tout en disposant le string sur le mannequin de couture, je me tournai vers elle.

— De quoi avez-vous peur ?

Elle détourna le regard, évitant la question.

— Vous savez, je peux peut-être vous aider.

— Personne ne peut m'aider...

Elle passa la main dans ses cheveux, puis marcha vers mon bureau. Elle ramassa quelques épingles et m'aida à accrocher la pièce du bas.

— Ce n'est pas votre problème, et je ne veux pas que ça le devienne.

Plus elle refusait mon aide, plus j'avais envie de la lui donner. Elle me rappelait beaucoup ma petite sœur têtue et téméraire. Elle forçait mon admiration. Mais je la trouvais aussi stupide, parfois.

— Comment vous appelez-vous ?

— Vous savez comment m'appeler.

— Je prends soin de vous, mais vous ne voulez pas me dire votre nom ?

Si je n'avais pas été là, elle serait à la rue. Il y avait des hommes à Milan qui aurait tôt fait d'abuser d'elle. Pour que cela n'arrive pas, je lui avais donné ce dont elle avait besoin. Tout le monde ne se serait pas montré aussi généreux.

— Je pensais que ça n'avait pas d'importance..., dit-elle en croisant les bras et en se refermant comme une huître.

— De quoi avez-vous peur ?

Elle refusa de croiser mon regard.

— Je préfère que vous ne sachiez rien. J'ai besoin d'une coupure nette.

— Vous avez tué quelqu'un ou quoi ?

Elle ricana d'un air indigné, comme si ma question était ridicule.

— J'ai l'air d'une tueuse ?

— Ça ne veut rien dire. L'habit ne fait pas le moine.

— Je n'en suis pas si sûre...

— Et moi, j'ai l'air d'un tueur ?

Elle détourna les yeux, ne sachant que répondre.

— Parce que ça ne changerait rien, si j'avais l'air d'un tueur. Ça ne voudrait rien dire du tout.

Je terminai la pièce du bas. Je pourrais montrer l'ensemble à Nicole. Il n'était pas encore prêt : il faudrait s'occuper des coutures, des élastiques et des finitions.

— Vous avez braqué une banque ?

— Non.

— Vous avez énervé quelqu'un ?

Elle détourna les yeux.

— J'en ai marre de vos questions.

Je retirai soigneusement les pièces du mannequin de couture.

— Essayez-les.

Elle n'hésita pas une seconde avant de se déshabiller et d'enfiler les pièces. Elle garda son string et se tourna quelques secondes, le temps de changer de soutien-gorge.

J'en profitai pour admirer la vue, notamment la manière dont ses cheveux balayaient son dos. Ils bouclaient aux pointes. J'imaginai les serrer dans mon poing.

Elle se retourna lentement, les pieds à plat, car elle ne portait plus de talons. Mais elle n'en avait pas besoin pour être sublime. Comme je m'y attendais, le strass doré et le noir intense du tissu lui allaient comme un gant. La taille était également parfaite. Elle aurait pu défiler immédiatement, dans ce modèle unique au monde, sans maquillage ou préparatifs.

Elle était faite pour ça.

Je n'avais jamais fait de modèle comme celui-ci. Il était simple, mais spectaculaire. Je ne m'étais pas inspiré d'une pièce différente ou d'un rêve érotique. J'avais eu l'idée en regardant simplement sa sublime silhouette.

Elle était la responsable de tout cela.

— Parfait.

Maintenant qu'elle l'avait enfilé, je ne voulais plus jamais qu'elle l'enlève. Je voulais qu'elle s'allonge sur le lit et écarte les cuisses, en me suppliant de la rejoindre. Je voulais voir les pièces s'ouvrir pour dévoiler son nombril. J'y passerais alors la langue.

Aussitôt, je bandai.

Et pas qu'un peu. Je bandais si fort que j'en avais mal.

7

CONWAY

Nicole entra dans mon atelier à vingt-et-une heure. Elle finissait sa journée à dix-sept heures et ne faisait jamais d'heures supplémentaires, mais c'était important. Je lui avais envoyé un message pour qu'elle me rejoigne dans les dix minutes.

Elle gagnait très bien sa vie en travaillant pour moi et faisait tout ce que je lui demandais. J'aurais pu la remplacer par une autre employée tout aussi zélée en cinq minutes. Voire en cinq seconde.

Nicole posa son dossier et tira son stylo, prête à noter mes instructions.

— Que puis-je faire pour vous, Conway ?

— J'aimerais que ces modèles partent à l'usine demain, répondis-je en empilant sur mon bureau les sept ensembles que je venais de créer sur le corps pulpeux de Dix. J'aimerais qu'ils soient prêts pour le défilé, si c'est possible.

Elle examina les ensembles avec expertise. Elle travaillait avec moi depuis dix ans et elle avait vu tous mes modèles. Il y en avait certains qu'elle adorait, d'autres beaucoup moins. Mais elle connaissait bien mon travail et n'avait pas peur d'exprimer son avis.

— Eh bien... Ils sont sublimes.

Je rangeai mon bureau. En travaillant avec Dix, j'avais tout déplacé.

— Merci.

— Il y en a sept... Vous les avez tous faits ce soir ?

— Oui.

Elle les examina une deuxième fois, puis me dévisagea à travers ses lunettes rondes.

— Vous n'en aviez jamais créé autant en une seule fois... Et de loin.

Les courbes de Dix, ses yeux d'un bleu étincelant et sa gorge sexy, avaient décuplé mon imagination. J'avais voulu mettre en valeur tout son corps à la fois avec le tissu parfait. Mon but était de trouver la lingerie idéale pour chaque femme, mais j'avais besoin pour cela d'une femme qui ferait honneur à mes créations.

— J'étais inspiré.

— Conway, ces modèles sont remarquables. Extraordinaires, même... Vous n'avez jamais rien créé d'aussi beau.

J'étais passionné par mon travail. Je prenais très au sérieux ce qui pouvait faire sourire d'autres personnes. Il

n'y avait rien de plus beau et de plus addictif que le sexe.
Tout le monde pensait au sexe au moins une fois dans la
journée. Tout le monde choisissait avec soin sa tenue
avant de sortir dans un bar avec des amis. Pourquoi ne
ferions-nous pas la même chose dans la chambre à
coucher ? Pourquoi une femme ne devrait-elle pas être
sublime au moment de se donner à un homme ? La
lingerie avait le pouvoir de rendre le sexe encore plus
érotique, encore plus sensuel. Il n'existait pas un seul
homme sur cette planète qui n'aime pas la lingerie
féminine – à moins qu'il ne sache pas comment dégrafer
un soutien-gorge.

— Merci.

— Il faut absolument présenter ces modèles au défilé
du week-end prochain. Je vais faire de mon mieux.

— Merci, Nicole.

Je lui faisais entièrement confiance. C'était une femme
intelligente et une travailleuse acharnée. Je n'avais jamais
besoin de vérifier son travail, parce que je savais qu'elle
faisait toujours tout son possible. Après tout, nous avions
des intérêts communs.

— Vous n'avez pas encore pris votre décision
concernant le grand final.

Elle marcha vers la robe argentée dos nu accrochée au
mur. Il m'avait fallu trois semaines pour créer cette pièce.
Or, je n'avais pas eu de femme précise en tête. Ce n'était
pas ma manière habituelle de travailler. La femme que

j'avais imaginée n'avait pas de visage, simplement des seins sublimes et des fesses rondes.

— Vous allez demander à Lacey Lockwood de la porter ? Elle me pose la question tous les jours...

Lacey s'impatientait.

— Je n'en suis pas sûr.

— Vous avez un autre mannequin en tête ?

Dix apparut dans mon esprit – la plus belle femme que j'aie jamais vue. Parfaite en tout point, elle semblait sortie d'une usine. Elle était trop belle pour être vraie.

— Shayla pourrait aussi la porter. Elle serait parfaite.

— Non, pas Shayla.

— Meredith ?

Je secouai la tête.

— Lacey a le plus d'expérience. Et puis, elle est le visage de votre marque. C'est la meilleure option.

Lacey était un vétéran des défilés. Elle avait la grâce, le sourire éclatant et un talent inné pour enflammer la foule. Je faisais souvent appel à elle pour les shootings et les performances. Elle était représentée sur trois photos différentes dans mon atelier.

Mais l'idée ne me plaisait pas.

— Je veux que ce soit la nouvelle.

Nicole ne remettait jamais en cause mes décisions mais, cette fois, elle m'adressa un regard sceptique.

— Celle avec laquelle vous étiez ce matin ? La brunette ?

— Oui.

Elle posa son stylo sur son dossier.

— Conway, je ne suis pas certaine que ce soit une bonne idée. Cette fille n'a pas beaucoup d'expérience, et tout le monde attend de voir le grand final. Évidemment que c'est une très belle femme, mais Lacey a plus d'expérience. Avec elle...

— Non. Je veux que ce soit elle.

Nicole referma la bouche, acceptant la défaite.

— Très bien. Voulez-vous que je travaille un peu avec elle ?

Il fallait qu'elle soit parfaite, et j'étais le seul à pouvoir faire en sorte que ce soit le cas.

— Non. Je vais m'en occuper.

On me fouilla à l'entrée, avant de me laisser passer.

Le sous-sol du vieil opéra était meublé de tables rondes, toutes nappées de rouge. Des bougies brûlaient au milieu des tables, éclairant la salle d'une lumière si tamisée qu'il était difficile de distinguer tout le monde. Nous n'avions pas le droit de porter des masques, mais ils auraient été presque inutiles.

Je fus conduit à une table privée, où se trouvait un panneau avec un chiffre.

On m'apporta aussitôt un scotch, avant de me laisser tranquille.

Chaque table était réservée pour un seul homme. Parfois, quand une femme était particulièrement belle, la guerre des enchères devenait féroce. C'était à qui pisserait le plus loin – à qui aurait le plus gros portefeuille. J'avais vu des esclaves vendues à vingt millions de dollars – bien au-delà de leur valeur réelle.

Je sirotai mon verre, sans croiser le regard de quiconque. J'avais laissé mon téléphone dans la voiture : ce n'était pas autorisé non plus. Ils ne voulaient pas que nous puissions être suivis, ou les événements filmés.

Ils attendirent cinq minutes de plus l'arrivée des retardataires.

Puis le spectacle commença.

Une par une, les filles nues défilèrent et la guerre des enchères commença.

Je plaçai quelques enchères pour brouiller les pistes.

Ces femmes étaient forcées de rester debout, nues, pour que les porcs dans la salle sachent exactement ce qu'ils achetaient. Mais une femme était bien plus belle en lingerie que nue. Quand elle portait le bon modèle, celui qui la mettait en valeur, elle faisait de sa nudité son arme ultime.

La fille pour laquelle j'étais venu fit un pas en avant. Cette gamine était un désastre ambulant : elle avait pleuré tout le long de la vente aux enchères, ses poignets attachés dans le dos. Elle avait plus de dix-huit ans, mais elle était bien trop jeune pour être condamnée à une horrible fin. En la voyant pleurer, je pensai à Dix.

Dix n'aurait pas pleuré. Même si elle s'était retrouvée nue devant un public de porcs, elle aurait conservé sa dignité.

Heureusement pour moi, personne ne voulait de cette fille. Je remportai l'enchère à un bon prix. Quand elle descendit de l'estrade, elle pleura encore plus fort.

Je détestais les pleurnichardes.

QUAND VINT LE MOMENT D'ALLER LA CHERCHER, JE LA trouvai habillée, en jean et tee-shirt, pour ne pas attirer l'attention des passants dans la rue. Mais quand les hommes l'entraînèrent vers ma voiture, elle se mit à gémir plus fort.

Je ne pouvais pas lui dire ce qui se passait. Je la fis donc taire de la seule manière possible.

Je la giflai.

— Continue de chialer et tu vas voir ce qui va t'arriver.

J'avais joué le rôle du monstre qu'ils pensaient que j'étais. Je devais jouer le jeu pour qu'ils pensent que j'étais un salaud pervers sans le début du commencement d'un cœur.

Elle se tut immédiatement.

Je la fis monter sur le siège passager et démarrai.

Craignant d'avoir été mis sur écoute, je ne lui révélai pas la vérité. Je conduisis jusqu'au bâtiment que je possédais près de mes studios, me garai dans le parking et la forçai à monter dans l'ascenseur jusqu'à mon appartement au dernier étage.

Quand nous arrivâmes, elle se remit à pleurer.

Je coupai ses liens et allai poser mon téléphone dans une autre pièce.

Quand je revins sur mes pas, elle serrait ses genoux contre sa poitrine. Elle s'attendait visiblement à être violée.

— Tu peux te calmer, Anastasia. Je ne vais pas te faire de mal.

Je lui versai un verre d'eau et lui préparai un sandwich sur le plan de travail de la cuisine.

Elle ne bougea pas d'un millimètre, les yeux rivés sur le couteau dont je me servais pour couper un morceau de pain.

Je retournai vers elle avec le verre d'eau et le sandwich.

— Allons, je sais que tu dois avoir faim.

Elle refusa de prendre ce que je lui donnais.

Je posai l'assiette sur la table basse.

— Je ne vais pas y aller par quatre chemins : ton père m'a payé pour que je t'achète à ces trafiquants. Les Skull Kings sont des psychopathes et des criminels qui kidnappent des jeunes femmes issues de milieux aisés pour les arracher à leurs pères et les vendre contre de l'argent.

Pour la première fois depuis qu'elle était entrée dans mon appartement, elle prit une grande inspiration. Elle couvrit sa bouche avec sa main, pendant que des larmes coulaient sur ses joues.

— Papa...

— Tu es en sécurité, maintenant, dis-je en m'asseyant sur le canapé et en tapotant la place à côté de moi. Maintenant, mange.

Elle s'approcha enfin de moi et but une gorgée d'eau.

— Alors ça veut dire qu'il va venir me chercher ? Vous allez m'emmener le voir ?

— Non. C'est le seul problème. Je dois garder ma couverture. Cela signifie que tu devras rester avec moi et travailler pour moi quelque temps.

— Qu'est-ce que vous faites dans la vie ?

— Je suis créateur de lingerie. Tu vas faire un peu de mannequinat pour moi. Comme ça, les Skull Kings penseront que je t'ai achetée dans cet objectif. Au bout de quelques semaines, ils t'oublieront et trouveront d'autres filles. C'est à ce moment-là que je te renverrai chez toi.

Elle ramassa le sandwich dans l'assiette à deux mains, mais sans l'entamer.

— Dans combien de temps ?

— Dans quelques semaines. Peut-être un mois.

Toute joie disparut dans ses yeux.

— Ah... Je pourrai parler à mes parents ?

— Bien sûr. Demain. Ce n'est pas sûr de les contacter maintenant.

— D'accord... Je peux attendre demain. Qu'est-ce que je vais faire en attendant ?

— Tu vas rester ici avec moi. J'ai une chambre d'ami avec salle de bain privée.

— Merci... C'est très gentil de votre part.

Je ne voulais pas de sa gratitude.

— Ton père m'a payé dix millions de dollars pour remporter l'enchère. Je ne risque pas ma vie pour rien.

— Quand même... Je suis soulagée d'être sortie de là. Ces pauvres filles...

Je ne voulais pas penser à ce que serait leur destin.

— Ils t'ont fait du mal ?

— Ils m'ont bousculée... et frappée deux ou trois fois.

— Mais ils ne t'ont pas... ?

— Non, répondit-elle immédiatement.

Je hochai la tête.

— Tu peux prendre ce que tu veux dans la maison. Je t'emmènerai travailler avec moi demain matin.

— Qu'est-ce que je devrai dire aux gens ?

— Que tu es un nouveau mannequin que je viens de prendre sous mon aile. Tu étais en train de manger dans un café quand je t'ai remarquée. C'est tout ce que tu dois leur dire.

— D'accord... C'est ce que je dirai.

Je me levai et m'éloignai pour lui donner de l'air.

Même si je lui avais promis de ne pas lui faire de mal, cela ne voulait pas dire qu'elle était soudain plus à l'aise avec moi. J'étais un inconnu à ses yeux – et un homme.

Elle ne pouvait pas être certaine que je ne la baiserais pas avant de la renvoyer chez son père pour me faire payer.

Il y avait des tas de tordus dans ce monde.

J'allumai la télévision, avant de me diriger vers le couloir.

— Bonne nuit...

Sa voix faible me répondit :

— Bonne nuit...

J'aurais pu aller à la boîte de nuit qui m'appartenait et trouver une femme pour la nuit. Là-bas, j'aurais pu me faire sucer dans un coin sombre. La fille porterait ma lingerie et serait donc parfaite.

Mais je n'avais pas envie de faire l'effort de me déplacer.

Pas quand je pouvais me caresser ici-même, en pensant à quelqu'un d'autre.

8

SAPPHIRE

J'ÉTAIS DE RETOUR DANS LA PIÈCE OÙ J'AVAIS PASSÉ MA
dernière audition avec les neuf autres filles.

Conway se tenait dans l'allée, entre les deux rangées
de chaises. Par rapport à moi, il était en contrebas, mais il
semblait toujours au centre de la pièce. Il rajusta sa
montre, avant de retirer sa veste, révélant sa musculature
sous sa chemise couleur crème. Il jeta sa veste sur un
dossier de chaise et glissa les mains dans ses poches. Le dos
droit, rigide et puissant, il se tourna vers le podium. Une
cravate noire pendait au-dessus de sa boutonnière. Même
s'il était entièrement habillé, on devinait sa force à la
manière dont le tissu épousait son corps. Sa chemise était
presque trop étroite pour ses biceps et ses épaules larges. Il
était assez ironique qu'il crée des vêtements alors qu'il
aurait aussi bien pu les porter.

Les projecteurs étaient puissants, comme la dernière

fois. Je pouvais donc le voir dans le public. Je portais un corset noir à l'encolure en forme de cœur et une culotte de la même couleur. Un collier de diamant étincelait sur ma gorge. Mes cheveux bruns avaient été crêpés et bouclés pour leur donner plus de volume et de texture. Après être passée entre les mains expertes de son équipe, je devais reconnaître que je n'avais jamais été si belle. Et ses vêtements me rendaient plus sexy que jamais. Au début, j'avais été mal à l'aise de poser presque nue devant cet homme que je connaissais à peine. Maintenant que je savais combien il était généreux et gentil, ce n'était plus pareil.

— On ne partira pas tant que tout ne sera pas parfait. Je vous suggère donc de faire de votre mieux.

Conway Barsetti avait sûrement mieux à faire que jouer les babysitteurs, mais il passait pourtant le plus clair de son temps avec moi. Il m'avait utilisée comme modèle pour dessiner. Maintenant, il faisait office de professeur particulier pour m'enseigner à défiler. Il devait y avoir des dizaines d'employés dans ce bâtiment. Ne pouvait-il pas trouver quelqu'un d'autre pour s'en charger ?

— Pourquoi ?

— Pourquoi ? répéta-t-il en s'approchant lentement, sa posture impeccable.

— Pourquoi me faites-vous travailler comme une mule ?

— Parce que je n'accepte rien de moins que le meilleur.

Si vous voulez porter la lingerie Barsetti devant le monde entier, il va falloir le mériter. Les autres filles vendraient père et mère pour recevoir la même attention.

— Alors pourquoi ne les faites-vous pas bosser à ma place ?

Il m'était absolument impossible de contrôler ma langue. J'étais incapable d'accepter qu'on me prenne de haut. Un jour, ce serait peut-être mon arrêt de mort. Après tout, au lieu de me soumettre à Knuckles, je lui avais désobéi et je m'étais enfuie. S'il me retrouvait un jour, j'en payerais le prix. Même si j'étais le cul à l'air sur un podium, je refusais qu'on me parle comme à un chien.

Conway pencha légèrement la tête, en me dévisageant de son regard glacé. La tension monta d'un cran. Avec lui, j'avais parfois l'impression d'être en danger de mort. Conway Barsetti était un homme effrayant, d'autant plus quand il laissait parler le silence. C'était le fait d'attendre sa réponse, plus que la réponse en elle-même, qui était terrifiant. Je n'avais jamais rencontré quelqu'un qui dégageait autant de puissance. Mais il ne répondit jamais à ma question, se contentant de changer de place dans le public.

— Défilez. Aller et retour. C'est parti.

Il appuya sur le bouton d'une télécommande dans sa poche, lançant la musique.

Je me redressai autant que possible et marchai sur le podium, en faisant attention de ne pas sortir le ventre.

J'avais les mains posées sur les hanches pour mieux sentir les mouvements de mon corps.

Conway faisait les cent pas entre les chaises, les doigts sur le menton. Il s'était rasé ce matin ; la forme carrée de sa mâchoire était donc bien visible. Je remarquai également ses robustes phalanges, ainsi que les veines apparentes sur ses mains. Tout chez lui était très viril, de la couleur sombre de ses yeux jusqu'au bout de ses ongles.

— Redressez-vous.

— Je ne peux pas me redresser plus que ça, fis-je en continuant de marcher et en imaginant un fil invisible me tirer vers le plafond.

— Vous êtes avachie.

— Comment ça, avachie ? demandai-je en m'arrêtant au bout du podium. L'autre jour, vous m'avez dit que je faisais des progrès.

— Vous faites des progrès, mais cela ne veut pas dire que c'est parfait. Quand on vous dit que vous faites des progrès, vous recevez le pire compliment qui puisse exister. Cela ne veut absolument rien dire.

Il n'avait pas élevé la voix, mais sa colère s'accentuait. En fait, moins il parlait fort, plus il était agacé. Rares étaient ceux qui parvenaient à être encore plus intimidants en baissant le ton.

Conway Barsetti y arrivait parfaitement.

Il monta les marches, les mâchoires serrées maintenant

que je lui tenais tête. Il s'avança vers moi, la démarche puissante.

— Voilà ce qui m'agace chez vous.

Je fis de mon mieux pour ravaler ma fierté avant de lui balancer une insulte.

— Je vous observe plus que vous ne le croyez, continua-t-il en tournant autour de moi comme un requin prêt à attaquer. Et quand vous pensez qu'on ne vous regarde pas, vous êtes excellente. Vous avez la grâce, l'autorité et l'assurance. C'est ce que vous êtes réellement. Je sais que vous en êtes capable, mais vous choisissez de ne pas le montrer.

En s'arrêtant juste devant moi, il poursuivit :

— Montrez-nous. Montrez qui vous êtes à tout le monde. Dans la vie, on est toujours sur un podium. On est toujours en représentation, même quand on pense que personne ne nous regarde.

Nous travaillâmes pendant des heures, mais Conway n'était jamais satisfait. Comme il était perfectionniste, même la perfection ne lui suffisait pas. Il se leva de son siège dans le public et monta sur le podium. Sans prévenir, il posa la main sur mes reins.

Comme je ne m'y attendais pas, je me raidis. Les muscles de mon dos se contractèrent, m'obligeant à rentrer le ventre et sortir les épaules. Son contact fit battre mon cœur un peu plus vite et pulser mon sang dans mes veines à une vitesse grand V. J'eus soudain le souffle court et le bout des doigts en feu. Ces talons hauts me faisaient mal aux pieds, mais la douleur disparut instantanément. Chaque fois qu'il m'avait touchée, j'avais réagi de la même manière. Je ne m'y habituais pas.

Conway resta debout derrière moi, son souffle balayant ma nuque.

— Parfait, dit-il en me caressant le bas du dos. Dites-vous que j'ai la main posée juste là à tout instant. Vous vous tenez mieux. Votre centre de gravité change de place. Maintenant, défilez.

J'avançai lentement, et ses doigts glissèrent de mon dos. Je marchai jusqu'au bout du podium en imaginant sa main toujours posée sur moi. La douleur avait quitté mes plantes de pied. Comme je me tenais plus droite, j'avais naturellement les épaules en arrière. Sa caresse avait allumé un feu dans mon ventre que je sentais encore. Son contact avait des effets surprenants sur moi. Il me donnait l'impression d'être à la fois morte et vivante. Comme si un éclair m'avait frappée, je brûlais de l'intérieur.

— Arrêtez.

Je m'arrêtai au bord du podium, sa main invisible toujours posée sur mes reins.

— On y est presque, dit-il en s'approchant derrière moi.

Ses pas résonnèrent sur le podium. Il prenait toujours son temps quand il marchait – parce qu'il savait que les gens l'attendraient. Il se porta à ma hauteur et regarda mon visage plutôt que mon corps.

— C'est le plus difficile. Vous devez projeter votre feu et votre énergie vers le public.

— Projeter mon feu ? répétai-je.

— Votre présence, expliqua-t-il. Votre attitude. Votre personnalité. Mais vous devez le faire sans prononcer un mot. La plupart de mes mannequins ne ressemblent pas seulement à des reines, elles se comportent aussi comme telles. Elles ont une assurance et une autorité qui mettent en valeur ma lingerie. C'est une chose qui ne s'enseigne pas facilement : il ne me suffira pas de poser la main sur votre chute de reins. Vous devez la puiser en vous-même. Je sais que vous en êtes capable parce que je vous ai vue le faire. J'étais assis dans ce même public quand je vous ai vue pour la première fois.

Je me rappelais cet instant, mais je ne me souvenais pas d'avoir projeté quoi que ce soit.

— J'étais seulement moi-même.

— Alors recommencez, dit-il en s'éloignant, les mains dans les poches. Si vous faites tout cela en même temps, vous serez la reine de ce podium.

— Vous voulez que je défile ce week-end ?

Je l'avais entendu en parler à Nicole. Il avait créé sept

modèles cette semaine et passé commande en urgence pour qu'ils soient prêts à temps pour le défilé.

— Oui.

— Si vous n'êtes pas content de moi, vous devriez peut-être attendre le prochain défilé.

— Non, fit-il en se retournant vers moi, les bras croisés. Vous serez mon grand final.

— C'est-à-dire ?

— C'est vous qui porterez ma plus belle pièce, que j'appelle Reine des Diamants. Je veux que vous la présentiez aux yeux du monde entier, dit-il en montrant d'un geste le public vide, avant de se retourner vers moi.

Il voulait qu'une débutante porte la pièce maîtresse de son défilé ? C'était ridicule !

— Je suis sûre que les autres mannequins ont plus d'expérience que moi...

— Je ne veux pas d'un autre mannequin. Je veux que ce soit vous.

— Pourquoi ?

Il me fixa du regard avec une franche hostilité.

Je n'aurais pas dû poser cette question.

— Cela n'a pas d'importance. Faites ce qu'on vous dit – et vous n'avez pas intérêt à me décevoir.

MILAN ÉTAIT UNE BELLE VILLE, RICHE EN HISTOIRE ET

en pouvoir, située au nord de l'Italie, non loin des frontières avec la France et la Suisse. Je n'avais encore découvert que cette région – il me restait encore Venise ou Vérone à explorer. Mais le peu de temps que j'avais passé à Milan l'avait rendue spéciale à mes yeux. Les États-Unis faisaient bien vingt fois la superficie de l'Italie, mais ils n'avaient pas le même charme.

Il était facile de se perdre dans toute cette beauté, parfois.

De mon hôtel, je pouvais aller où je voulais. Les larges trottoirs et les rues pavées me conduisaient au marché, au café ou à l'épicerie où je faisais mes courses. Et la vue depuis ma fenêtre, même sans donner sur la campagne ou la rivière, était magnifique.

Mais cela ne m'aidait pas à oublier ce à quoi j'essayais d'échapper.

Ou plutôt qui.

Knuckles était un des criminels les plus cruels de New York. Il était connu, mais intouchable par la police. Cela signifiait qu'il avait plus de pouvoir que quiconque – il n'avait même pas besoin de se cacher.

Même si j'avais appelé la police, ils n'auraient rien pu faire. Ils auraient peut-être enregistré ma plainte, mais rien de plus. Ensuite, ils m'auraient arrêtée pour avoir manqué de payer mes impôts fonciers et rembourser l'énorme emprunt que j'avais fait à la banque.

Nathan...

Il m'avait vraiment mise dans la merde.

J'étais presque contente qu'il soit mort.

Presque.

Cela faisait maintenant quelques semaines que j'étais à Milan et je savais que je devais me satisfaire de ma nouvelle vie. C'était chez moi, maintenant. Plus rien ne m'attendait en Amérique, à part quelques amis qui devaient se demander ce qui m'était arrivé.

J'étais devenue un mannequin de lingerie.

Je n'aurais jamais choisi de me dévêtir pour gagner ma vie, mais cela n'avait pas d'importance. J'étais désespérée. Et à situation désespérée, mesures désespérées. Il fallait que j'oublie mes principes pour faire ce qui était nécessaire à ma survie.

Je gardais donc la tête haute et je continuais d'avancer.

J'allai travailler le lendemain, entrant dans le bâtiment historique qui m'évoquait plus une galerie d'art qu'un immeuble de bureaux. À New York, tous les gratte-ciels se ressemblaient. Certains se démarquaient par leur taille, mais ils n'étaient finalement que des murs de vitres reflétant la lumière du soleil.

Je faisais des efforts pour être sublime en arrivant le matin, mais je regrettais l'époque où un peu de mascara et de rouge à lèvres me suffisait. Je pouvais toujours porter un jean et un tee-shirt, mais je passais au moins une heure à me coiffer. Quant à mon maquillage, il fallait que j'applique plusieurs couches de fond de teint et de fard à joue. Quand j'entrais dans le bâtiment, j'étais prête pour un shooting.

Je montai à l'étage où se trouvait l'atelier de Conway. Chaque fois que je frappais, il était occupé et me saluait à peine. Cette fois, je ne pris même pas la peine de m'annoncer.

Conway était debout devant son mannequin de couture. Cette fois, il n'était pas en costume. Il portait un jean sombre qui tombait sur ses hanches et un tee-shirt noir qui épousait la forme de ses biceps à la perfection. Comme il me tournait le dos, je voyais ses omoplates tendre le tissu. Cette tenue dévoilait bien plus sa morphologie que ses costumes habituels. Il avait le torse large, mais les hanches étroites. Ses triceps étaient si développés qu'on les distinguait de ses biceps. Il avait les bras encore mieux dessinés que je ne l'avais cru. Et la couleur sombre de son tee-shirt lui allait très bien au teint, ainsi qu'à sa personnalité et à ses cheveux noirs.

Les bras croisés sur sa poitrine, il fixait du regard un top babydoll argenté pendu au cou de son mannequin de couture. Des diamants reflétaient les lumières des appliques murales. Même sans regarder l'étiquette, je savais que ce modèle devait être hors de prix.

Comme la maison de ma mère qu'on m'avait saisie.

— C'est sublime.

N'importe quelle femme se serait sentie belle en portant une telle pièce.

Conway se tourna vers moi, sans montrer le moindre signe d'agacement. Il semblait toujours énervé par quelque chose et déçu que tout ne soit pas absolument parfait. Mais il était de meilleure humeur aujourd'hui. Ou peut-être que mon compliment lui avait fait plaisir.

— Je pense qu'il sera encore plus beau sur vous.

Il claqua des doigts et me fit signe de me placer à côté du mannequin de couture.

Aussitôt, je plissai les yeux.

— Conway, je vous suis reconnaissante pour ce travail, mais je ne vous laisserai pas me traiter comme un chien. Arrêtez de claquer des doigts, fis-je en claquant à mon tour des doigts sous son nez pour lui montrer combien c'était agaçant.

Au lieu de me foudroyer du regard, il eut l'air amusé. Cette fois, il tendit le bras pour me montrer où il voulait que je me place.

C'était bien mieux que de claquer des doigts.

Je retirai mes vêtements parce que je savais qu'il voulait que j'essaye son modèle. Je pliai mes affaires et les posai en pile sur la chaise. J'avais gardé mes sous-vêtements.

— Enlevez vos sous-vêtements.

— Alors tournez-vous.

Il esquissa un sourire.

— Je vois des femmes nues tous les jours.

— Eh bien, moi, vous ne me verrez pas nue tous les jours.

Il étouffa un rire, bien que je sois très sérieuse. Mais peut-être était-ce mon air grave qui le faisait rire. Il recula d'un pas et se retourna.

Ce jean mettait en valeur ses fesses.

J'enlevai mes sous-vêtements et j'enfilai la robe par-dessus ma tête. Le top n'avait pas besoin d'être attaché. Il tombait sur mon corps, si fin et léger que j'avais l'impression de ne rien porter du tout.

J'enfilai ensuite le string. Soudain, j'étais entièrement vêtue de diamants. Je portais une fortune sur moi. On m'aurait arraché cette robe, si j'étais sortie comme ça.

— C'est bon ? demanda-t-il, les mains dans les poches, sa posture impeccable même s'il ne portait pas son costume habituel.

On devinait aisément son physique formidable sous ses vêtements et la définition de ses muscles.

Je rejetai mes cheveux derrière mes épaules avant qu'il ne me voie.

— Ouais.

Il se retourna et son regard s'éclaira avec une approbation évidente. Il marcha lentement vers moi pour m'examiner de la tête aux pieds, observant la manière dont le tissu mettait en valeur mon teint halé, une main sur le menton, visiblement perdu dans ses pensées. Son tee-shirt épousait les muscles de son torse comme il épousait ceux de son dos, en laissant deviner sa beauté sous le tissu de coton. Le noir lui allait comme un gant, parce que c'était une couleur qui soulignait non seulement son teint, mais aussi sa rudesse de caractère.

Il s'approcha de moi, assez prêt pour pouvoir me toucher. Il fixa du regard ma poitrine et la manière dont le tissu se drapait sur mon corps. Puis il tendit la main pour toucher la bretelle sur mon épaule gauche. Il frotta son pouce sur le tissu et ma peau nue.

Je cessai immédiatement de respirer, parfaitement immobile. L'odeur de son savon pénétra dans mes narines. Je me demandai soudain quelle serait son odeur après une séance de musculation intense. Il avait le bout des doigts calleux, mas ça me plaisait. Son contact m'évoquait celui du papier de verre, rigide et dur, mais aussi agréable.

Ses mains glissèrent le long de mes épaules, puis de mes bras fins jusqu'à mes coudes. Il ne touchait pas la lingerie, mais examinait mon corps en se servant de ses mains comme d'un instrument de mesure. S'il ne me regardait pas dans les yeux, c'était parce qu'il était concentré sur mon corps et sur la manière dont sa lingerie bougeait sur moi.

— Prenez une grande inspiration.

J'obéis, inspirant l'air à pleins poumons. Ma poitrine se dilata.

Il regarda mes seins se soulever, sans me lâcher. Avec les paumes, il massait mes avant-bras.

Je n'avais jamais autant apprécié la caresse d'un homme.

Il posa ensuite les mains sur ma poitrine. Il ne me demanda même pas la permission avant de poser les doigts juste au-dessus de mes tétons, examinant mon corps d'une manière bien trop intime. Troublée, j'oubliai à nouveau de respirer.

— Prenez une grande inspiration.

Je savais qu'il avait remarqué l'effet qu'il me faisait. J'espérais seulement qu'il ne comprendrait pas ce que cela signifiait. Je pris une autre grande inspiration, sentant le poids de ses mains sur moi. Ses doigts s'enfoncèrent légèrement dans ma peau quand ma poitrine se souleva.

Ses mains descendirent plus au sud, effleurant mes tétons, puis mon ventre. Il caressa ma taille et la manière dont elle s'incurvait sous ma cage thoracique. Ses pouces s'enfoncèrent un peu plus dans la chair de mes hanches.

Puis Conway tomba à genoux devant moi pour examiner la partie basse de mon corps.

Je ne pouvais plus respirer.

Il serra mes hanches entre ses doigts, comme un homme caressant sa maîtresse. Ses mains descendirent lentement, touchant mes cuisses, mes genoux, jusqu'à mes chevilles. Son regard m'examinait avec la même intensité.

Mes poumons me firent mal quand je ne pus contenir plus longtemps ma respiration. J'expirai bruyamment, incapable de me contrôler.

Conway se releva, en m'effleurant avec les doigts. Il souleva ma robe pour examiner le tissu de mon string. Quand il fut à nouveau debout, il se retrouva soudain beaucoup plus près de moi. Son visage n'était plus qu'à quelques centimètres du mien. Son souffle tiède me caressa la peau. Les mains sur mes hanches, il enfonça les doigts dans ma chair.

— Tournez-vous.

Sa voix de bariton me balaya comme une vague, enflammant mes terminaisons nerveuses et me faisant frémir. Il y avait un tel silence dans la pièce que son murmure m'avait semblé assourdissant.

Je n'hésitai pas avant de lui obéir. Je me retournai vers le miroir qui se trouvait derrière moi et dans lequel je voyais Conway par-dessus mon épaule. Il glissa la main sur ma nuque, puis dans mes cheveux, me forçant à exposer mon cou. Son regard sembla me dévorer vivante, tandis que son autre main empoignait toujours ma hanche. Il me serra ensuite contre lui, sa poitrine derrière mon dos.

Ce fut à cet instant que je la sentis. Son énorme queue à travers son jean, longue, épaisse et palpitante.

Je ne voulais pas rougir devant lui, mais je n'aurais pas pu m'en empêcher.

Conway ne regarda pas mon visage dans le miroir. Il était absorbé par la contemplation de mon corps. Il me força à pencher la tête et déposa un baiser sur ma nuque.

Ses lèvres étaient si chaudes que je faillis fondre.

Je fermai les yeux et pris une grande inspiration, tous mes muscles contractés en réaction à cette attaque sensuelle. Sans m'en rendre compte, je laissai échapper un gémissement. Ses caresses étaient tellement agréables, comme ce baiser sur ma peau... Son souffle chaud m'effleura, attisant le feu qui brûlait en moi.

Il posa son front sur ma nuque.

— Tellement belle, putain...

Ces mots me firent l'effet d'une caresse physique. Il serra plus fort mes hanches et déposa un baiser sur mon épaule.

Je ne l'arrêtai pas. Je le laissai faire. Je fermai les yeux et m'abandonnai entre ses bras, le laissant m'embrasser avec sa jolie bouche et me toucher avec ses mains viriles. Je n'étais pas là pour devenir un de ces mannequins qu'il baisait dans le lit installé au coin de son atelier. J'avais seulement besoin d'argent, en attendant de trouver un métier plus convenable. Je n'avais pas besoin de mieux connaître Conway pour savoir que c'était un playboy. Il m'avait dit qu'il n'avait jamais eu de petite amie. Cela signifiait qu'il enchaînait les conquêtes d'un soir. Je ne voulais pas figurer sur son tableau de chasse.

Il embrassa ensuite mon cou, en me serrant plus fort contre lui.

Ce serait tellement simple de le laisser faire. J'avais envie de me retourner et de laisser cette bouche se poser sur la mienne. J'avais envie d'explorer avec les mains ce corps que j'avais tant caressé avec les yeux. Au fond de moi, j'avais envie d'être une de ses conquêtes.

Mais la porte s'ouvrit à la volée.

Lacey Lockwood fit irruption, furieuse avant même d'avoir posé les yeux sur nous. Elle était coiffée pour défiler sur le podium, les paupières maquillées et charbonneuses. Perchée sur des escarpins étincelants et le corps moulé dans une robe noire, elle était mannequin jusqu'au bout des ongles.

Conway cessa de m'embrasser, mais ne lâcha pas mes hanches.

Lacey mit moins de deux secondes à comprendre ce qui se passait.

— Elle porte la Reine des Diamants ?

Cette fois, Conway me lâcha et se tourna vers elle.

— Oui.

Si elle avait tapé du pied, elle aurait eu l'air d'une gamine capricieuse. Elle avait un si beau visage qu'il était presque étrange de le voir déformé par la colère. Les poings sur les hanches et les narines dilatées, elle gronda :

— Je pensais que c'était moi, le grand final, samedi prochain.

Conway n'éleva pas le ton.

— Je n'ai jamais dit que ce serait le cas.

Elle écarquilla les yeux.

— Elle ne sait même pas ce qu'elle fait !

— Et toi non plus, répondit froidement Conway. Tu

viens d'entrer sans t'annoncer dans le bureau de ton patron pour lui dire comment faire son travail.

Je restai plantée là. Si seulement j'avais pu m'éclipser et disparaître dans un trou de souris... Plus Lacey était en colère, plus ça tournerait mal pour moi. Quand Conway ne serait pas là, elle liguerait les autres mannequins contre moi et elles me le feraient payer.

— Alors que c'est à *moi* de te dire comment faire *ton* travail.

Conway était un homme irritable, mais il resta cordial et ne haussa pas le ton une seule fois. Il avait un tel pouvoir qu'il n'en avait pas besoin.

— Tu passes en deuxième. Maintenant, sors de mon bureau.

Au lieu d'obéir, Lacey me regarda comme si j'étais un insecte dégoûtant qu'elle venait de trouver dans la cave.

— Qu'est-ce que tu lui trouves de si fascinant ? Elle a passé son audition en jean et en tee-shirt. En jean !

— Et c'était quand même la meilleure, répliqua Conway. Elle est sublime tout habillée. Peux-tu en dire autant ? C'est ça, le mannequinat. Sors d'ici. Je ne me répèterai pas.

Lacey resta bouche bée, stupéfaite que Conway la rabroue de cette façon.

J'étais, moi aussi, en état de choc. Lacey était un des visages de la ligne. Quand elle était interviewée, elle répétait combien Conway était formidable. Elle lui léchait les pieds avec conviction.

Lacey sortit en trombe, ses cheveux balançant sur ses épaules de droite à gauche. Elle claqua la porte derrière elle, mais pas assez fort pour faire le moindre dégât. Ses talons claquèrent sur le parquet à mesure qu'elle s'éloignait dans le couloir.

J'étais soulagée que ce soit fini, mais je savais que ce n'était sans doute que la première escarmouche.

— Vous devriez peut-être la choisir, elle. Elle a plus d'expérience que moi.

— Ce n'est pas elle que je veux, dit-il en ouvrant un écrin noir sur son bureau dont il sortit un collier en diamants. C'est vous.

Il attacha le collier sur ma nuque, en effleurant mes clavicules avec les doigts.

— Elle s'en remettra. Ignorez-la.

— C'est difficile d'ignorer quelqu'un qui me déteste.

— Je fais ça tout le temps, dit-il en reculant pour admirer son œuvre.

Il faisait comme s'il ne venait pas de m'embrasser de la manière la plus intime qui soit. Peut-être faisait-il cela à tout le monde et que cela n'avait pas grande importance à ses yeux.

— Personne ne vous déteste. Tout le monde vous adore.

— Mais ils ne me connaissent pas vraiment. Ils m'admirent pour mon argent. Lacey me lèche les pompes depuis son premier jour. Ce n'est pas moi qu'elle veut, c'est ce que je peux faire pour elle. Je ne lui dois rien du tout.

— Je ne veux pas causer de problèmes... Je peux défiler en deuxième à sa place. Pour Lacey, c'est sa carrière qui est en jeu. Moi, j'ai juste besoin d'argent. C'est plus important pour elle que pour moi. Nous savons tous les deux qu'elle est sublime.

Il fit remonter ses doigts le long de mon cou jusqu'à m'attraper par le menton. Il me força à le regarder dans les yeux.

— Sa beauté n'est rien comparée à la vôtre, Dix. Vous avez quelque chose qu'elle n'a pas. Toutes les filles le savent et c'est pour cela qu'elles se sentent menacées. Et elles ont raison. Vous serez mon grand final parce que c'est votre place, dit-il en faisait à nouveau glisser ses doigts sur mon cou. Je ne changerai pas d'avis.

9

CONWAY

COMME MA SŒUR NE M'AVAIT PAS APPELÉ DE LA semaine, je lui passai un coup de fil.

— Salut, Con, répondit-elle d'un air pressé comme si elle sortait. Tout se passe bien ?

— Qu'est-ce que tu fais, ce soir ?

Anastasia allait habiter dans mon appartement pendant quelques semaines et je n'avais donc pas très envie de rester chez moi. C'était une gentille fille, mais je n'avais pas envie de lui faire la conversation. Je ne pouvais pas lui louer un appartement ou la laisser seule à Milan pendant que je séjournerais dans ma villa de Vérone, parce qu'elle ne devrait pas rester seule après ce qu'elle avait vécu.

Mais cela ne voulait pas dire que j'avais envie de la voir.

— Pourquoi ai-je l'impression de subir un interrogatoire chaque fois que tu m'appelles ?

— Je te pose juste une question.

Je rentrais chez moi depuis mon atelier, en marchant le plus lentement possible.

— Non, je ne crois pas.

— Pourquoi ne te contentes-tu pas de répondre ?

— Parce que je n'y suis pas obligée.

— Peut-être que j'ai envie de passer du temps avec toi, la taquinai-je.

— C'est ça…, dit-elle. Même pas en rêve.

— N'en sois pas si sûre…

J'aimais beaucoup ma sœur. Elle avait un caractère bien trempé, mais je préférais cela à une gamine stupide et banale.

— Alors, qu'est-ce que tu fais ce soir ?

— Tu es l'homme le plus riche d'Italie et tu me demandes ce que je fais ce soir ?

— Plus tu refuses de répondre, plus je m'inquiète.

Elle soupira dans le combiné.

— Bon, d'accord. J'ai un rencard.

Je m'arrêtai net sur le trottoir. Le psychopathe possessif et protecteur qui vivait en moi s'était réveillé.

— Ce n'est pas lui qui passe te chercher, j'espère.

— Non. Papa et toi, vous me l'avez assez répété.

— Comment l'as-tu rencontré ?

— À l'université.

— C'est un étudiant ?

— Oui.

— Comment s'appelle-t-il ? demandai-je. Je veux son nom complet.

— Arrête un peu, Conway. Je vais raccrocher, maintenant.

Après avoir été témoin de tant d'horreurs, je savais que tout homme représentait une menace. N'importe qui pouvait gagner sa confiance et l'enlever quand elle aurait baissé sa garde. J'avais vu des femmes défiler nues sur une estrade, devant un public de connards en train d'enchérir pour acheter leur liberté. On les avait enlevées chez elles et on leur avait fait subir des choses inimaginables. Je ne laisserais pas cela arriver à ma sœur.

— Où allez-vous ?

— Au revoir, Conway.

Elle raccrocha.

Je grondai. J'avais mis son téléphone sur écoute et je recevais les coordonnées GPS directement sur mon téléphone. C'était de l'espionnage, mais je m'en fichais bien. Elle avait vingt-et-un ans, elle était belle et intelligente, mais la moindre erreur pouvait bouleverser sa vie.

Je suivis le signal GPS jusqu'à un petit café près de la route. En terrasse, de grands parasols protégeaient les tables du soleil estival. Une fontaine jaillissait au milieu et le clapotis de l'eau se mêlait à la musique italienne du café.

Un homme se leva de sa chaise à l'arrivée de ma sœur. Il l'embrassa sur la joue.

Je commençai à l'apprécier un peu plus.

Il lui tira une chaise à côté de lui.

Je restai debout de l'autre côté de la rue et les observai. Ils échangèrent de nombreux sourires et bavardèrent. Tout semblait aller pour le mieux. Il ne se montra pas trop affectueux, en lui touchant la main ou la jambe sous la table, par exemple. Il portait une chemise à col et un jean. Il avait l'air jeune – un gamin à l'université.

Quand l'addition arriva, il régla la note.

Bien.

Ils quittèrent le restaurant ensemble et se mirent en route, sans doute pour rentrer chez elle. Je les suivis à distance. À mi-chemin, il la prit par la main.

Il la raccompagna jusqu'à sa porte. Ils échangèrent quelques mots sur le seuil, avant qu'il ne l'embrasse pour lui souhaiter une bonne soirée.

Je détournai les yeux pour ne pas les voir.

Puis il s'en alla.

Elle rentra chez elle, et il fit demi-tour.

J'avais peut-être un peu dramatisé.

Je me mis en route vers chez moi, à l'ouest de la ville.

Mon téléphone sonna et le nom de ma sœur apparut sur l'écran.

Je décrochai.

— Tu veux qu'on se voie finalement ?

— Conway, la prochaine fois que tu me suis, tu vas voir ce que tu vas prendre.

Clic.

ANASTASIA PASSAIT SON TEMPS À REGARDER LA télévision et à manger ce qu'il y avait dans ma cuisine. Elle n'essayait même plus de discuter avec moi, parce que je répondais du bout des lèvres et passais le plus clair de mon temps dans mon bureau, à dessiner toutes les nouvelles idées qui me venaient en tête.

Depuis que Dix était entrée dans ma vie, j'étais toujours très inspiré.

Quand je sentais son corps sous mes mains, j'avais envie de la vénérer avec mes lèvres. J'avais envie de la goûter, de lécher son parfum au lieu de me contenter de le respirer. J'avais envie de frotter ma queue entre ses fesses pour lui montrer l'effet qu'elle me faisait.

Pour qu'elle sache qu'elle était parfaite dans ma lingerie.

Ses seins étaient beaux et bombés dans un soutien-gorge pigeonnant. Ses fesses étaient fermes et rondes dans un string. Quand elle adoptait la bonne posture, elle avait plus de grâce et de présence que toutes les reines qui aient jamais vécu. Contrairement aux autres femmes dans mon univers, elle était parfaitement sincère et honnête. Elle se fichait de mon argent ou de ma lingerie.

Cela la rendait fascinante à mes yeux.

Et j'en appréciais d'autant plus mon travail.

Je sortis de l'immeuble en jean et tee-shirt et me dirigeai vers le Club Lingerie. Carter y était déjà. C'était l'endroit où nous parlions affaires, parce que j'y avais des yeux et des oreilles partout. De belles femmes en lingerie se pavanaient à tous les étages et celles-ci ne se doutaient pas qu'elles étaient là pour faire diversion. Personne n'entrait à moins d'avoir été fouillé et accepté par le service de sécurité.

Je tournai au coin de la rue et passai sous les lampadaires. Je croisai des groupes de filles en tenue de soirée, prêtes à sortir. Milan était une ville qui ne dormait jamais. Les cafés restaient ouverts très tard et les bars toute la nuit. Certaines personnes me reconnurent, mais je passais souvent inaperçu.

Je préférais cela.

Je ne cessais de penser à mon nouveau mannequin. Elle avait complètement bouleversé le programme de mon prochain défilé – les tenues, l'ordre de passage et même moi... À peine un mois plus tôt, je menais une vie prévisible et ennuyeuse. Et puis, on m'avait dit qu'une femme avait passé son audition en jean et en tee-shirt – et en demandant à faire autre chose que du mannequinat.

Je n'avais jamais rien entendu d'aussi étrange.

J'étais tellement perdu dans mes pensées que je crus la reconnaître dans la femme qui me croisa dans la rue. Elle avait les cheveux bruns ramenés sur une épaule et portait une robe d'été bleue, son sac à main en bandoulière sur une épaule. Quand je m'approchai, elle leva la tête et me regarda.

Elle avait les yeux de la même couleur que ceux de Dix.

Je commençais à croire que ce n'était pas une coïncidence. Depuis que j'avais goûté sa peau sous mes lèvres je l'imaginais partout – y compris dans mon lit. Mais, cette fois, j'étais certain que c'était bien elle.

Elle s'arrêta devant moi, un sac de courses à la main. Son regard bleu croisa le mien avec assurance et elle esquissa un doux sourire. Cependant, en voyant ses joues rosir, je compris qu'elle pensait toujours à mes baisers.

— Conway.

J'adorais l'entendre faire rouler mon nom sur sa langue.

— Dix.

Je m'arrêtai à mon tour devant elle, mais plus près que ne l'aurait fait un étranger. J'aurais été incapable de garder mes distances. Je devais me rapprocher de façon plus intime. J'avais l'impression qu'elle m'appartenait – et pas seulement parce qu'elle était payée pour porter ma lingerie.

— Où alliez-vous comme ça ?

— C'est un peu cher de faire une lessive à l'hôtel, donc je vais au lavomatique.

J'avais pitié d'elle. J'aurais voulu lui écrire un gros chèque et faire disparaître tous ses problèmes. Si cela arrivait à quelqu'un d'autre, je ne m'inquièterais pas. Je n'étais pas sûr de savoir pourquoi je m'inquiétais pour elle. Dans ma culture, on prenait soin des belles femmes. Celle-ci aurait dû avoir un homme pour la protéger et s'occuper d'elle.

Mais elle était seule au monde.

En fait, j'étais tout ce qu'elle avait.

— Venez dîner avec moi.

— Maintenant ? demanda-t-elle avec incrédulité.

— Oui.

Ce que j'avais prévu ce soir ne me semblait plus très important. Je me fichais bien de Carter et du Club Lingerie.

— J'ai pourtant l'impression que vous alliez quelque part.

— Cela n'a plus d'importance. Allons-y.

Je posai la main sur sa chute de reins, la partie de son anatomie que je préférais toucher, et la guidai sur le trottoir. Je serrai instinctivement le tissu de sa robe sous mes doigts, imaginant sa peau nue. Après avoir vu si souvent son cul sublime dans ma lingerie, je mourrais d'envie de faire rouler son string le long de ses belles jambes.

Et d'enfouir ma queue en elle.

— Vous ne m'avez pas demandé si j'avais envie d'y aller.

— Vous avez raison, fis-je sans m'arrêter. Et je ne comptais pas le faire.

Nous arrivâmes dans un petit café où j'avais déjà déjeuné à plusieurs reprises. On nous donna une table en terrasse, où il n'y avait personne. Le personnel avait dû me reconnaître et voulu me donner un peu d'intimité.

Dix s'assit en face de moi, sa posture impeccable. Elle semblait prendre mes conseils à cœur et faisait toujours comme si les gens la regardaient. Elle n'était pas maquillée, ce soir-là, et ses cheveux n'étaient pas aussi volumineux qu'au moment où elle entrait dans mon atelier.

Mais cela me plaisait.

Il n'y avait qu'elle et moi. Nous n'étions pas au travail. Nous allions simplement dîner ensemble. J'avais envie de dîner avec la femme, pas avec le mannequin.

Et j'avais autant envie d'elle qu'hier.

Elle regarda son menu en passant les doigts dans ses cheveux. Elle ne s'en rendait pas compte, mais elle était naturellement sexy sans faire d'efforts. Quand elle réfléchissait, elle se mordillait la lèvre inférieure. Et la lumière rasante du soleil couchant éclairait parfaitement les angles de son visage. La robe bleue qu'elle avait choisie lui allait très bien au teint. Quand je la prendrais en photo, je lui demanderais peut-être de venir comme ça au shooting – naturelle.

Je ne lisais pas mon menu : je préférais la regarder, elle.

Quand elle sentit mon regard insistant posé sur elle, elle leva le sien. Pleine d'assurance et de témérité, elle soutint mon regard. Peu de femmes étaient capables de supporter mon attention avec un tel aplomb. Quand elle s'était retrouvée debout sur cette estrade à côté des neuf autres candidates, elle avait compris que je la fixais du regard. Elle m'avait vu et tous ses muscles s'étaient bandés comme pour se préparer au combat. Elle n'était pas du genre à céder devant la menace. Si elle était si forte, de quoi avait-elle peur ?

Cela signifiait-il qu'elle avait un ennemi dangereux ?

Elle soutenait toujours mon regard.

— Moi aussi, je peux jouer à ce jeu-là.

— Tant mieux. J'adore vous regarder, fis-je en posant les coudes sur la table et en me penchant en avant pour mieux la voir. Vous avez des yeux d'un bleu... phénoménal. Et un visage dont rêvent tous les peintres.

Des sourcils au menton, elle était belle. Toutes les femmes avaient certaines caractéristiques physiques qui les rendaient uniques et merveilleuses. Mais Dix les avait toutes.

— Et je ne parle même pas de votre corps.

— C'est l'artiste qui parle ? Ou l'homme ?

L'art et la sexualité étaient intimement liés à mes yeux.

— Les deux.

Le serveur s'approcha de notre table. Son arrivée soulagea la tension. Dix commanda, et je choisis au hasard. Il nous apporta deux verres d'eau, ainsi qu'unc bouteille de vin. Quand il nous eut servi, nous nous retrouvâmes à nouveau seuls.

Elle but une gorgée de vin et se lécha les lèvres.

— C'est bon.

— Je suis ravi qu'il vous plaise.

Elle fit tourner le vin dans son verre, avant de regarder l'étiquette sur la bouteille.

— Les vignobles Barsetti...

Elle se tourna vers moi en plissant les yeux.

— Vous avez aussi des vignobles ?

— Pas moi. Ma famille.

— Votre famille ? demanda-t-elle. Elle vit en Italie ?

— Mes parents vivent non loin de Florence. Tout comme mon oncle et ma tante.

— Oh... C'est sympa. C'est loin d'ici ?

— À cinq heures de toute.

— Le vin est très bon. Ils doivent savoir ce qu'ils font.

— Mon père s'est lancé dans le vin il y a quarante ans. C'est une affaire de famille, maintenant. Nous avons aussi des vignobles en Toscane.

— Je l'aurais sans doute su, si je buvais plus de vin. Mais je préfère les alcools forts.

Et c'était quelque chose qui me plaisait chez elle.

— À mesure que l'on vieillit et que l'on voyage, on découvre de nouveaux plaisirs.

— Vous êtes proche de votre famille ?

Cela ne me dérangeait pas de répondre à ses questions, mais je voulais quelque chose en échange.

— J'accepte de vous parler de ma vie. Mais je veux que vous me parliez de la vôtre.

Elle étouffa un rire, en baissant les yeux vers son verre de vin.

— Moi qui croyais que nous pourrions avoir une conversation normale...

— Nous pourrions avoir une conversation normale si vous lâchiez prise. Vous n'avez aucune raison de me cacher quoi que ce soit. Si j'avais prévu de vous dénoncer, ce serait déjà fait. Plus je vous regarde, plus j'ai envie de vous garder sous mon aile. Grâce à vous, mes ventes vont monter en flèche. Je peux créer de belles choses, mais j'ai besoin d'une belle femme pour les rendre extraordinaires.

Elle fit à nouveau tourner son vin dans son verre, avant de boire une gorgée.

— Vous êtes proche de votre famille ?

— Oui. La famille, c'est très important, dans ma culture.

— Ils doivent être fiers de vous.

Mon père m'avait appris les valeurs de l'indépendance et du respect de soi. Il m'avait dit que j'hériterais de ses vignobles à sa mort, mais il ne voulait pas que je m'en contente. J'avais donc poursuivi mon propre rêve.

— Oui, ils sont fiers. Ils sont aussi ouverts d'esprit, mais la nature de mes affaires est parfois un peu gênante.

— Parce que vous créez de la lingerie coquine ?

— Parce que je crée des vêtements de nuit qui donnent aux femmes l'impression d'être plus désirables... ce qui permet aux hommes de passer un excellent moment. Je ne pourrais pas faire ce métier si je ne comprenais pas l'impact qu'il peut avoir dans l'intimité. C'est ce qui est un peu gênant... C'est pour cela que je n'en discute pas avec ma famille.

— C'est compréhensible.

— Vous êtes allée à l'université ?

— J'ai fait des études de commerce.

— Et que comptiez-vous faire avec ça ?

— Travailler aux ressources humaines ou dans le marketing.

Je la voyais bien dans ce rôle. Elle avait l'assurance qu'il fallait pour ça. Elle aurait pu mener une équipe à la baguette.

— Vous avez décroché votre diplôme ?

— Non. J'ai fait deux ans, puis j'ai dû arrêter.

— Vous comptez finir vos études ?

— Non, répondit-elle en secouant la tête. Je ne retournerai jamais aux États-Unis.

Je la fixai du regard, dans l'espoir qu'elle me dise pourquoi elle était en fuite.

Quand elle détourna les yeux, je compris qu'elle ne dirait rien.

J'étais agacé qu'elle refuse de se confier à moi, même si elle ne me devait rien.

— Vous avez un téléphone portable ?

Elle ne devait pas s'attendre à ce que je pose cette question, car elle écarquilla les yeux.

— Non, je n'en ai pas.

— Pourquoi ?

— Il faudrait que je donne des informations personnelles pour m'en procurer un. Je ne peux pas faire ça.

Cette belle femme était donc toute seule dans un pays étranger et elle n'avait même pas de téléphone... C'était grotesque.

— Je vais vous en fournir un. Ce sera un téléphone de travail.

— Vous m'avez déjà beaucoup aidée, Conway. Ne vous inquiétez pas pour moi.

— Vous ne devriez pas rester sans téléphone : ce n'est pas sûr. Vous en aurez un, alors ne discutez pas.

— Vous pouvez déduire le coût de mon salaire.

C'était hors de question.

— Vous avez parlé à Lacey ?

— Non. Elle m'évite comme la peste.

— J'espère qu'elle va se calmer...

— Je me fiche bien qu'elle se calme. Je peux la remplacer en un clin d'œil.

— C'est le visage de la lignc. Si elle rejoignait la concurrence...

— Elle ne trouverait jamais de contrat aussi juteux. C'est une femme très orgueilleuse, donc je ne pense pas qu'elle le fera.

Dix s'adossa à sa chaise, le dos toujours parfaitement droit. Les rayons du soleil caressaient ses épaules. Elle n'avait même pas besoin d'huile de bronzage : sa peau dorée avait un bel éclat.

Je n'aurais changé qu'une seule chose chez elle : sa tenue.

Je lui aurais fait porter ma lingerie en diamants.

— Dites-moi votre prénom.

Elle prit une grande inspiration, sans se départir de son assurance.

— Je ne devrais pas vous appeler Dix, maintenant que vous êtes mon mannequin numéro un. J'aimerais vous appeler autrement.

— Appelez-moi comme vous voulez.

Si nous avions été seuls, je l'aurais attrapée par le cou et poussée contre le mur. Je me contentai de serrer les dents et de plisser les yeux.

— Pourquoi pas Unc ?

— Vous méritez mieux que ça. Je ne comprends pas pourquoi vous refusez de me le dire.

— Je ne comprends pas pourquoi vous voulez tant le savoir.

— Vous m'inspirez plus que toute autre femme. Nous partageons un lien, vous et moi... Vous le sentez, vous aussi.

Elle se raidit.

— Je veux savoir qui vous êtes réellement.

— Vous m'avez beaucoup aidée et je vous en remercie. Vous avez l'air d'être un type bien. Mais je ne peux pas prendre ce risque. Je ne peux pas me permettre de vous donner mon prénom. Je ne peux pas laisser de trace de mon passage. J'ai été honnête avec vous quand vous m'avez embauchée. Vous avez accepté mes conditions. Et maintenant, vous revenez sur votre parole.

— Je ne reviens pas sur ma parole. Je veux juste mieux vous connaître.

— Vous me connaissez, Conway. Vous connaissez la personne que je suis maintenant. Vous connaîtrez la personne que je serai demain. Mais vous ne connaissez pas la personne que j'étais hier, c'est tout. Et je veux que ça reste comme ça. C'est le seul moyen si je veux survivre.

Survivre ? Mais de quoi avait-elle si peur ?

— Je peux vous aider. Je suis l'homme le plus puissant de la planète...

— L'un des plus puissants, corrigea-t-elle. Il existe des hommes plus forts et plus cruels que vous.

Mon cœur battit la chamade dans ma poitrine. J'eus soudain très peur pour la vie de cette femme que je connaissais à peine. Elle était devenue ma muse. Elle avait allumé un feu en moi comme nulle autre femme avant elle. Maintenant, j'avais des fourmis dans les doigts et les pensées en ébullition. Rien n'aurait été possible sans elle. Je ne pouvais pas me permettre de la perdre.

— Je ne peux pas vous aider si vous ne me faites pas confiance.

— Désolée, mais je ne vous fais pas confiance.

Je soutins son regard, hors de moi. Je pouvais reconnaître une demoiselle en détresse, mais comment la protéger si elle refusait de me révéler son identité ? Elle pensait peut-être que je n'étais qu'un créateur de lingerie, mais j'avais des liens avec un monde dont elle ne soupçonnait pas l'existence. Je connaissais plus de monde qu'elle ne le croyait. J'avais l'argent et les moyens de la sauver.

Et je le ferais.

— OÙ ÉTAIS-TU ? DEMANDA CARTER AU TÉLÉPHONE.

— J'ai eu un imprévu.

— Ton imprévu avait une chatte ?

— On peut dire ça.

Je m'étais promis de ne jamais coucher avec mes

mannequins, mais Une me rendait la tâche de plus en plus difficile.

— Qu'est-ce que tu veux ?

— Un de mes mannequins refuse de me donner son vrai nom. Elle a un sombre passé. Elle essaye d'échapper à quelque chose. Je lui ai donné plusieurs fois la possibilité de se confier à moi, mais elle est encore plus têtue que moi.

— C'est agaçant, non ?

J'ignorai sa remarque.

— Il faut que je sache qui elle est.

— Que sais-tu sur elle ?

— Je sais à quoi elle ressemble. Et qu'elle est américaine.

Je m'assis au bord du lit, agacé par l'obstination d'Une. Pourtant, cela me plaisait qu'elle soit forte et têtue. Je n'aurais pas pu l'expliquer.

— Tu as une photo d'elle ?

— Non. Passe dans mon atelier demain. Elle sera en train de se préparer pour le défilé. Tu prendras sa photo.

— Très bien. Tu penses qu'elle essaye d'échapper au FBI ?

— Je n'en suis pas sûr. À sa manière d'en parler, j'ai l'impression qu'elle est en danger de mort.

— Humm... C'est vrai qu'il y a des tarés dans la nature.

— Bon, on se voit demain, alors ?

— Ouais, sans faute.

— Très bien. Salut.

— Con ?

— Quoi ?

— Vanessa m'a dit de te dire qu'elle était fâchée contre toi.

Je l'avais espionnée pendant un rencard et suivie jusqu'à chez elle. J'avais eu tort de faire ça, mais c'était arrivé si souvent que je pensais pouvoir m'en tirer à bon compte – jusqu'à ce qu'elle me prenne en flagrant délit.

— Je sais.

LES FILLES N'ÉTAIENT PAS RAVIES QU'UNE DÉFILE EN dernier.

Et elles ne cachaient pas leur dégoût.

Nous venions de faire une répétition générale des neuf premiers actes avec la musique. Les filles connaissaient leur métier et défilaient parfaitement. Quant à Anastasia, elle passait avec les premières, dans le fond. Personne ne la remarquerait et elle avait assez de présence sur le podium pour que tout le monde croie à son histoire.

Au dernier acte, Une défila seule sur le podium, comme je le lui avais appris. Elle ne montra pas exactement le feu que j'adorais, parce qu'elle était nerveuse. Les autres filles devaient l'intimider, à force de parler d'elle en coulisses.

Une n'était pas du genre à se laisser faire, mais même elle avait ses limites.

Elle marcha, prit la pose, puis fit demi-tour. Elle portait des chaussures à cent mille dollars et un ensemble de lingerie deux fois plus coûteux. C'était la pièce maîtresse de mon défilé, celle que seuls les hommes les plus fortunés offriraient à leurs maîtresses. Nous présentions d'abord les ensembles les moins chers, puis nous terminions par les plus coûteux. C'était le meilleur mannequin qui bouclait le défilé.

Et Une était mon meilleur mannequin.

Elle posa à la fin de son défilé, en faisant de son mieux pour faire tout ce que je lui avais appris.

Ce n'était pas encore parfait.

À mes côtés, Carter siffla d'un air admiratif.

— Bordel de merde, fit-il en levant son téléphone pour prendre des photos d'elle. Avec des jambes pareilles, elle pourrait courir pendant des heures.

— Si tu continues de parler d'elle comme ça, je jetterai ton cadavre à la flotte.

Il prit une nouvelle photo en gloussant.

— J'ai touché un point sensible ?

Je l'ignorai et regardai Une faire demi-tour.

L'ensemble dévoilait ses fesses. Elle avait le plus beau derrière du monde.

Carter leva à nouveau son téléphone.

Je le lui arrachai.

— Arrête de m'emmerder.

Il leva les yeux au ciel et tendit la main vers moi.

— Si tu ne supportes pas que je la regarde, comment vas-tu faire pendant ton défilé ?

C'était une pensée qui ne m'était jamais venue à l'esprit, parce que je n'avais jamais été attaché à mes mannequins. Quand des hommes parlaient devant moi de baiser Lacey Lockwood, je n'en avais rien à faire. J'avais même déjà vu des types se masturber à mes défilés. Cela ne m'avait jamais dérangé. Mais je refusais que Carter prenne une photo de ses fesses.

— Trouve-moi l'info que je t'ai demandée le plus vite possible, c'est tout.

CONWAY

La nuit du défilé fut chaotique.

Il y avait des caméras et des appareils photo partout, des rédacteurs en chef en train de réseauter, des distributeurs essayant de capter mon attention. Mais je m'empressais de tourner les talons chaque fois que je saluais quelqu'un. Les flashs des photographes m'aveuglaient.

J'acceptai les attentions de chacun avec politesse, en dissimulant mon agacement. J'adorais mon métier, mais pas le fait d'être connu. On me posait toujours des questions ridicules. Par exemple, où trouvais-je mon inspiration ?

En baisant, évidemment.

Mon équipe m'escorta dans le vestibule et nous entrâmes enfin dans le vieil opéra. Les hommes et les femmes les plus distingués de la région allaient assister à un défilé à l'endroit même où l'on trafiquait à l'occasion des êtres humains.

Et ils ne s'en doutaient pas une seule seconde.

Si cela s'ébruitait, c'en serait fini de ma réputation. Les gens commenceraient à se demander comment je traitais mes mannequins, comment je gérer mes affaires... Je me disais à chaque fois qu'il fallait que j'arrête, mais je me laissais toujours convaincre.

Je me dirigeai vers la rangée qui m'était réservée. Mes conseillers m'attendaient déjà, assis de part et d'autre de mon siège, pour que les gens autour de moi ne puissent pas me parler. Mais, au lieu de m'asseoir, je fis un tour dans les coulisses.

Des femmes presque nues allaient et venaient devant les miroirs, arrangeant leur coiffure et leur maquillage, perchées sur des talons immenses. Certaines me prirent par le bras ou m'enlacèrent à mon passage pour se calmer les nerfs.

Je les laissai faire pour ne pas passer pour un connard.

Je marchai jusqu'à trouver Une.

Elle s'était coiffée et maquillée. Maintenant, elle se tenait debout devant le miroir, vêtue du sublime ensemble de lingerie que nous avions adapté à son corps. Les diamants la faisaient briller de mille feux. Il fallait être une très belle femme pour faire honneur à cette pièce. Je fis plisser le tissu sur son corps. Il était tellement beau qu'il était difficile de ne pas le fixer du regard.

Je me plaçai derrière elle, hypnotisé par la reine de beauté devant moi. Pour être certain de ne pas avoir les mains baladeuses, je les glissai dans mes poches.

Nos regards se croisèrent dans le miroir. Les siens étaient d'un bleu brillant et intense qui apportait une touche de couleur à l'ensemble. Ses cheveux bruns dégringolaient en belles boucles volumineuses sur ses épaules. Son ombre à paupière argentée était assortie aux diamants qu'elle portait.

Parfaite.

Debout derrière elle, je la dépassais d'une tête, même si elle était perchée sur des talons vertigineux.

— Vous semblez nerveuse...

— Je suis sur le point de défiler devant un public pour la première fois. Ouais... Je suis un peu nerveuse.

— Ne soyez pas nerveuse.

— Plus facile à dire qu'à faire, répondit-elle en étouffant un rire.

Je la pris par les épaules et soufflai dans son oreille :

— Dès que je vous ai vue... J'ai su. Vous êtes la femme la plus belle et la plus fascinante qui ait jamais défilé sur ce podium. Je ne vous ferais pas défiler si je ne vous en pensais pas capable. Je risque gros en vous faisant passer en dernier. Je ne l'aurais pas fait si je n'étais pas sûr de moi.

Sous mes doigts, je sentis son pouls et son souffle s'accélérer. Son corps s'éveillait comme le mien. Il y avait un lien presque palpable entre nous, une étincelle dans l'air.

Je déposai un baiser sur son épaule, juste au-dessus de la bretelle de sa robe babydoll. Je me fichais bien qu'on me voie vénérer le corps de cette femme. Aussitôt, elle prit une grande inspiration, visiblement aussi affectée par ma présence que moi par la sienne. Je soufflai à nouveau dans son oreille :

— Faites-moi confiance.

QUAND LE DÉFILÉ COMMENÇA, ON ME LAISSA ENFIN UN peu tranquille. J'en avais marre de serrer des mains et d'écouter les autres me donner leur avis sur mon travail. Tous voulaient prendre une photo avec moi pour la poster sur les réseaux sociaux et rendre leurs followers verts de jalousie.

On baissa les lumières et on lança la musique. Puis les premières filles entrèrent.

Parfaitement en rythme, une ligne de belles femmes défila sur le podium sans trébucher une seule fois sur leurs talons ridiculement hauts. Leurs chaussures ressemblaient presque à des chaussons de ballerines. Chaque mannequin portait une de mes créations. Certaines filles avaient répété avec un autre modèle, qu'elles avaient maintenant échangé contre un de mes nouveaux ensembles. J'aurais pu attendre le prochain défilé pour les présenter.

Mais j'étais un homme très impatient.

Je sentis sur ma peau l'énergie de la foule. J'entendis leurs murmures enthousiastes, je vis des téléphones levés vers le podium. Toutes les femmes sur la scène étaient sublimes et rendaient ma lingerie plus belle encore.

Anastasia fit du bon travail. Elle n'avait qu'un tout petit rôle, dans le fond, loin des objectifs, mais c'était une jolie fille. Je lui avais fait porter quelque chose de sage : c'était le seul une-pièce de mon défilé.

Les actes se succédèrent, chacun présentant un thème différent. La lingerie pouvait avoir de nombreuses fonctions différentes, et je les montrais toutes pendant mon défilé. J'avais utilisé différentes couleurs, comme le rouge et l'orange, et des teintes plus neutres, comme le noir et le blanc. Puis on passa à des bleus et des verts très vifs.

Chaque acte était accueilli par un tonnerre d'applaudissements.

Nicole prenait des notes à côté de moi.

— Je vois que tout le monde est impressionné.

Je l'avais entendue, mais je tenais à rester concentré sur ce qui allait suivre.

L'ambiance changea. Une lumière éthérée fut projetée sur le podium et la musique se fit plus lente, plus solennelle. Les autres mannequins disparurent en coulisses, abandonnant la scène à une seule femme – la reine du spectacle.

De la fumée s'éleva en volutes et la plus belle femme du monde surgit du brouillard. Elle marcha comme si l'opéra lui appartenait, comme si nous étions tous ses sujets, ses talons frappant le sol au rythme de ses enjambées pleines d'assurance. Son déhanché était impeccable, sa posture élégante, et elle regardait le public comme si elle avait le droit de le toiser de haut. Je ne pus m'empêcher de sourire.

Elle s'arrêta une première fois et prit la pose, tendant la jambe et passant ses cheveux par-dessus son épaule. Puis elle se tourna de l'autre côté pour montrer ses courbes interminables et la manière dont le tissu reluisait sur sa peau. Ses yeux bleus brillaient comme s'ils avaient pris feu. Elle avait libéré l'insolence que je lui connaissais.

Elle se remit en marche.

Une armée d'objectifs se dressa sur son passage, les photographes essayant de capturer son image. Ils diraient qu'ils voulaient seulement prendre en photo le sublime ensemble de lingerie qu'elle portait, mais je savais que ce n'était pas le cas.

C'était elle qu'ils voulaient prendre en photo.

Elle prit à nouveau la pose, en rejetant ses cheveux par-dessus son épaule et en toisant la foule avec une froide assurance. Puis elle fit demi-tour et les autres mannequins ressortirent pour terminer le défilé.

Je ne quittais plus ses fesses du regard.

Au lieu du string que j'avais imaginé, elle portait un bas de bikini qui dissimulait une plus grande partie de son anatomie. Mais cela n'enlevait rien à sa beauté et à la délicieuse rondeur de ses fesses. Elle avait le plus beau cul du défilé.

Peut-être le plus beau cul du monde.

Les filles prirent la pose une dernière fois pour les photographes. Des confetti argentés tombèrent du ciel et elles s'enlacèrent les unes les autres en souriant et en gloussant. La musique changea à nouveau, et Une refit son apparition. Les filles s'écartèrent pour lui faire honneur.

Ce fut à cet instant que tout le monde se leva pour applaudir.

Une standing ovation.

Je restai assis, mon sourire mal dissimulé derrière ma main. J'étais terriblement fier de cette femme qui avait défilé sans la moindre expérience. Elle était faite pour ce métier. C'était la femme la plus fascinante de ce défilé.

Et elle m'appartenait.

Après le défilé, une réception était organisée dans ma villa de Vérone. Je possédais plusieurs acres de terre et une maison à trois étages, dont les murs étaient couverts de lierre grimpant. Un voiturier s'occupait des véhicules. Les invités allaient et venaient dans le manoir et les jardins. Une immense terrasse surplombait les collines. On pouvait admirer les oliviers, les parterres de fleurs et la pelouse impeccablement tondue.

Les filles portaient toujours les ensembles qu'elles avaient présentés pendant le défilé. Elles étaient les reines de la fête, prêtes à faire honneur à ma lingerie bien après la fin du défilé. Elles se mêlaient aux invités, discutant avec les rédacteurs en chef des magazines de mode.

Mais il y en avait une qui attirait particulièrement les regards.

Une avait piqué l'intérêt de tous au défilé. Elle faisait maintenant l'objet de toutes les attentions. Dès qu'elle se déplaçait dans ma propriété, tous les yeux la suivaient.

Je ne m'étais pas préparé à ça.

Je fendis la foule qui l'entourait et passai un bras autour de sa taille. Dès que je la touchai, elle se rapprocha de moi, comme si elle ne voulait pas que nous soyons séparés.

— Excusez-moi. Je dois lui parler.

Une main sur ses reins, je la conduisis un peu plus loin. Elle faisait du très bon travail, souriait et discutait avec tout le monde depuis quelques heures, mais elle ne tiendrait pas indéfiniment. Je l'emmenai dans mon bureau à l'étage, un endroit où personne n'avait le droit d'entrer, à part une bonne.

Dès que la porte se referma derrière elle, elle leva les yeux au ciel et soupira.

— Putain...

Ce mouvement était incroyablement érotique. Elle renversa la tête en arrière comme si elle avait un torticolis. J'eus soudain envie de poser mes grandes mains sur ses épaules pour les masser.

Je m'approchai d'elle et empoignai ses hanches sous son top scintillant. Je posai instinctivement mon front sur le sien et serrai contre moi la star de mon défilé. Les yeux baissés vers son visage, je la vis lentement se calmer. Notre étreinte la réconfortait autant que moi et lui apportait la même sérénité. Quand je l'embrassais, cela faisait battre son cœur à toute allure. Mais quand je la serrais contre moi, c'était comme si son stress s'évanouissait.

Je ne la lâchai pas.

— Vous avez été formidable.

— Merci... Vos conseils m'ont beaucoup aidée.

Je passai les doigts dans ses cheveux, écartant quelques mèches pour dégager son visage.

— Vous êtes une reine. Il suffisait simplement que votre roi vous le rappelle.

J'effleurai sa joue avec les doigts. Elle avait la peau douce comme un pétale de fleur, mais elle n'était pas fragile. Je fis descendre ma main vers sa gorge, sentant battre son pouls.

— Et comme je suis votre roi, il est de mon devoir de

vous dire que vous avez été parfaite. Aussi parfaite que les diamants que vous portez.

Elle tourna la tête vers moi, son rouge à lèvre particulièrement vif sur son teint pâle. Son regard s'enflamma, reflétant la lumière de ma lampe, aussi brillant que les diamants qui ornaient son corps.

Ma bouche saliva à l'idée d'explorer la sienne. Que ressentirais-je en l'embrassant, en inspirant son souffle dans mes poumons ? J'eus soudain envie de sentir ses lèvres charnues trembler sous les miennes pendant que je la baisais. J'eus envie de voir son corps s'enfoncer dans le matelas sous le poids du mien. J'eus envie de caresser cette langue avec la mienne. J'eus envie d'avaler ses gémissements dans ma bouche.

Je me rappelai fermement que je ne m'adonnais pas à ce genre de pratique.

Je n'embrassais jamais personne.

Je posai une main sur sa chute de reins et glissai l'autre dans ses cheveux, la serrant fort contre moi et me délectant de notre alchimie naturelle. Ma bouche n'était peut-être pas sur la sienne, mais je ressentais la même adrénaline que deux amants partageant un baiser. J'avais l'impression de la baiser, à cet instant, tout habillé.

Elle devait ressentir la même chose, car son pouls s'accéléra.

— Toute cette attention... Je ne m'y attendais pas.

— Je ne suis pas étonné.

Le seul autre mannequin qui avait suscité une telle réaction était Lacey, mais tout le monde semblait l'avoir oubliée. Maintenant, ils étaient fascinés par cette femme qui était devenue ma muse.

— Je peux faire une pause pendant trente minutes ? Rester assise là ?

J'aurais préféré l'emmener dans ma chambre et lui donner tout le silence qu'elle voulait, du moment qu'elle soit nue et transpirante. Je ne cessais d'imaginer des tableaux érotiques de ma queue en elle. Je ne mélangeais jamais les affaires et le plaisir, parce que cela ne générait que des problèmes. Mais, avec elle, les affaires et le plaisir étaient intimement liés.

Personne ne m'avait jamais fait un tel effet.

— Oui. Je vais vous faire monter de l'eau et quelque chose à manger.

— Merci. Je meurs de faim.

Je pris son visage entre mes mains et fixai sa bouche du regard, admirant les petites dents derrière ses lèvres charnues. J'eus envie d'étaler son rouge à lèvre sur sa bouche avec un baiser passionné. Je n'étais pas aussi fort que je le pensais. Je n'arrêtais pas d'y penser.

Au lieu de ça, je l'embrassai sur le front.

Puis je sortis enfin, sans un regard en arrière. Si je la regardais une seconde de trop, je craignais de la baiser sur le bureau – dans cet endroit où je n'avais jamais emmené une seule femme avant elle.

CARTER ATTENDIT QUE JE FINISSE DE DISCUTER AVEC
Demetri Opal, avant de s'approcher avec un verre de
scotch.

— Tu as déchiré, ce soir.

Vanessa l'accompagnait, vêtue d'une robe de soirée
noire assortie à ses cheveux bruns. Son teint olive et bronzé
mettait en valeur ses yeux couleur de mousse. Elle portait
avec beaucoup de classe un collier serti de diamants. Elle
me fixa d'un regard à la fois agacé et rempli de fierté.

— Je suis toujours fâchée contre toi... Mais je n'aurais
raté ça pour rien au monde, dit-elle en m'embrassant sur la
joue. Félicitations.

Je savais que Vanessa m'admirait depuis l'enfance. Son
avis comptait beaucoup à mes yeux, même si je ne le lui
avais jamais dit. Ma sœur avait la même beauté naturelle
que ma mère, mais elle avait également hérité de la
brusquerie de mon père. Elle n'était pas comme toutes les
femmes. Elle était bien plus forte. C'était une qualité que
j'admirais chez elle, mais qui me donnait aussi envie de la
protéger. Je n'accepterais qu'un roi ou un président comme
beau-frère, un homme digne d'elle.

C'était le moment de lui présenter mes excuses, mais
j'en étais incapable.

Je ne m'excuserais jamais de la protéger.

— Je suis content que tu sois venue.

Du coin de l'œil, je remarquai la présence d'Une, vénérée par un groupe d'hommes qui insistaient pour prendre des photos avec elle. Chaque fois qu'un homme posait la main sur sa taille ou la complimentait, je serrais les dents. Ils lui tournaient autour comme autant de vautours.

Carter suivit mon regard.

— Ta gamine va faire les gros titres. Elle fascine tout le monde.

Cela aurait dû me rendre fier, mais ce n'était pas le cas. Tout le monde profitait maintenant de la femme qui était devenue ma muse. Des hommes prenaient des photos d'elle, sans doute pour plus tard. Ils commençaient déjà à fantasmer sur la femme qui avait nourri mes propres fantasmes.

Cela ne me plaisait pas du tout.

— Elle est sublime, dit Vanessa. Comment l'as-tu trouvée ?

Je ne quittais plus Une des yeux, fixant son derrière du regard. Elle était maintenant capable de garder à tout instant une posture impeccable, tout en faisant la conversation aux invités.

— Elle a passé une audition le mois dernier.

— Elle avait déjà fait du mannequinat ? demanda ma sœur.

— C'est une débutante, répondis-je. Elle n'avait jamais mis les pieds sur un podium.

— Pour une débutante, elle est vraiment épatante, dit Carter qui regardait dans la même direction que moi.

Leurs compliments m'agacèrent. Je m'attendais à ce qu'elle soit la reine de mon défilé, mais je commençais à le regretter, maintenant que tous tombaient sous son charme. Je ne voulais pas qu'on la regarde. Je voulais la garder pour moi tout seul.

Ma muse.

Vanessa aperçut Nicole et marcha vers elle pour lui dire quelques mots.

Je me sentis mal d'avoir ignoré ma sœur, mais je n'avais plus les idées claires. C'était comme si un ours jaloux s'était réveillé dans ma poitrine.

— Conway.

Je me tournai vers Carter.

— Quoi ?

— J'ai les informations que tu m'as demandées, dit-il en levant une enveloppe blanche.

J'aurais enfin les réponses à toutes mes questions. Je saurais à quoi elle voulait échapper. Je connaîtrais son nom. Je saurais absolument tout sur elle – pour le meilleur et pour le pire.

Sans attendre d'être seul, je lui arrachai l'enveloppe des mains et l'ouvris.

Puis je lus du début jusqu'à la fin.

11

SAPPHIRE

Je n'avais pas réalisé que le défilé serait un tel événement.

Et je ne m'étais pas attendue à recevoir autant d'attention.

Tout le monde semblait me trouver très intéressante. On me prenant en photo tout le temps. L'ensemble que je portais s'était vendu une heure après le défilé. Mon image était partout sur les réseaux sociaux.

En une nuit, j'étais devenue une idole.

Ce n'était pas une bonne chose.

En essayant de survivre, j'avais commis une terrible erreur.

Maintenant, j'étais terrifiée à l'idée que Knuckles me retrouve.

Cela n'arriverait peut-être pas : Knuckles ne semblait

pas être le genre d'homme à s'intéresser au monde de la mode. En outre, j'étais très différente maquillée et coiffée. Il était tellement absurde d'imaginer que je puisse devenir un personnage public alors que j'essayais de me cacher qu'il penserait peut-être que je n'étais qu'un sosie. Et ce n'était pas comme si mon nom avait été donné à la presse.

Mais cela ne m'empêchait pas d'être paranoïaque.

Et terrifiée.

Peut-être aurais-je dû fuir quand j'en avais l'occasion.

LUNDI MATIN, JE ME RENDIS AU STUDIO BARSETTI LA peur au ventre.

J'étais devenue un des visages de la marque. Visiblement, mon arrivée était une aubaine. Grâce à moi, la lingerie Barsetti avait atteint de nouveaux sommets. Conway ne se comportait pas avec moi comme avec les autres mannequins. Il était plus doux, presque gentil.

Ou peut-être était-il comme ça avec toutes les filles en privé.

Je me sentais mal de devoir lui faire une chose pareille.

Il se comportait parfois comme un con, mais il avait un cœur sous sa carapace. Il m'avait donné de l'argent, alors qu'il n'y était pas obligé. Il m'avait même proposé de me fournir un téléphone. Il m'avait dit qu'il me trouvait belle alors que je me trouvais laide.

Et il avait plusieurs fois proposé de m'aider.

Je n'étais pas certaine de pouvoir lui faire confiance. C'était d'autant plus difficile que sa présence faisait jaillir des étincelles dans mon corps. Quand ses lèvres effleuraient ma peau, je me liquéfiais à ses pieds. Aucun homme ne m'avait jamais fait ressentir de telles choses d'une simple caresse.

Je savais qu'il serait furieux contre moi, d'autant plus que je ne pouvais pas lui donner d'explication.

J'entrai dans son atelier, sans être certaine qu'il y serait. Il venait de faire un triomphe et croulait sous les nouvelles commandes. Si j'avais parlé un mot d'italien, j'aurais pu comprendre ce qu'on disait de lui dans la presse. Quoi qu'il en soit, je ne voyais pas pourquoi il serait déjà retourné au travail.

Mais il était là.

Et il n'était pas lui-même.

Il était plus irritable que d'habitude, m'adressant un regard plein de mépris. J'eus l'impression qu'il était déjà en colère contre moi avant même que j'ouvre la porte. Il était debout derrière son bureau, les mains posées à plat devant lui. D'ordinaire, je le trouvais absorbé par son travail, la tête penchée vers son carnet à dessin. Mais, cette fois, il ne travaillait pas. C'était comme s'il avait attendu toute la matinée que j'entre dans son atelier.

Savait-il que j'allais lui présenter ma démission ?

Je fis quelques pas, en prenant soin de rester de mon

côté de la table, hors de sa portée. Cet homme me faisait fondre, mais je le trouvais également terrifiant. Si je devenais son ennemi, je savais qu'il se transformerait en monstre.

Il me regarda droit dans les yeux, dans l'attente que je prenne la parole.

Que se passait-il ?

Une minute passa. La tension et le silence étaient à couper au couteau.

Je craquai enfin.

— Que se passe-t-il, Conway ?

— Que se passe-t-il ? répéta-t-il dans un murmure aussi terrifiant qu'un cri poussé à pleins poumons. Il se passe beaucoup de choses, Sapphire.

Je ne pus m'empêcher de sursauter en entendant mon prénom. Mon cœur se mit à battre la chamade dans ma poitrine, maintenant qu'il me jetait mon secret à la figure. Il savait que j'avais des dettes jusqu'au cou. Il savait qu'on me recherchait pour évasion fiscale. Il savait que j'avais tout perdu et qu'il ne me restait plus rien.

Je me sentis faiblir.

— Pourquoi ne m'avez-vous rien dit ? murmura-t-il. J'aurais pu vous aider !

— Vous n'auriez rien pu faire, Conway...

— Je suis milliardaire. On peut régler n'importe quel problème avec de l'argent, fit-il en claquant des doigts. Et vos problèmes auraient été réglés.

Il ne devait pas tout savoir. Si c'était le cas, il comprendrait que j'avais plus d'un million de dollars de dettes. Je devais à Knuckles sept cent cinquante mille dollars, mais ce n'était marqué nulle part. C'était une dette de sang.

— Je n'aurais pas pu accepter votre argent. Vous ne me devez rien.

— Vous auriez pu travailler pour le gagner.

Même si j'avais fait du mannequinat pendant cinq ans, jamais je n'aurais pu rembourser cette dette. Et même si j'avais fini par y arriver, Knuckles ne m'aurait pas lâchée pour autant et j'aurais fait tout cela pour rien.

Il serrait si fort le rebord de son bureau que ses jointures étaient blanches.

— Pourquoi êtes-vous si énervé ? Ça ne regarde que moi, Conway. Je n'étais pas obligée de vous le dire.

— Pourquoi suis-je si énervé ?

Son visage taillé à la serpe était beau, même déformé par la colère, mais son regard brillait d'un éclat létal.

— Votre propre frère vous a fait ça ? Il vous a mise dans cette situation, puis vous a abandonnée ?

Je baissai les yeux : j'avais encore du mal à penser à Nathan. Je le détestais pour ce qu'il m'avait fait, mais sa perte restait une plaie béante. Nos parents étaient morts et mon frère n'était plus que cendres. J'étais la seule personne qu'il me restait.

— Je n'ai jamais entendu des conneries pareilles.

Je relevai les yeux.

— Dans une famille, on ne fait pas ce genre de chose, continua-t-il.

Je me répétais que Nathan avait eu ses raisons. Il ne l'avait peut-être pas fait exprès, il ne l'avait peut-être pas voulu... Mais je ne le saurais jamais, parce qu'on ne communiquait pas avec les morts.

— C'est comme ça, c'est tout...

Les mâchoires serrées, il secoua la tête.

— Quand j'ai perdu le contrôle de la situation, j'ai décidé de quitter les États-Unis. J'avais tellement de dettes que je ne voyais pas comment m'en sortir. Je ne peux pas finir mes études, parce qu'aucune banque n'accepterait de me prêter de l'argent. Cela signifie que je ne pourrai jamais décrocher un poste avec un salaire suffisant pour rembourser ma dette. Bref, j'étais coincée... Alors je suis partie.

Lentement, les traits de son visage s'adoucirent.

— Je vous ai vu à la télévision. Je savais que vous prépariez des auditions, alors je suis venue. J'avais besoin d'argent. Je me suis dit que je pouvais recommencer ici. Je n'ai pas donné mon nom pour qu'on ne puisse pas me suivre à la trace. Mais après ce qui s'est passé ce week-end... Je ne peux pas rester. Ce n'est qu'une question de temps avant qu'on ne me retrouve.

Il laissa retomber ses bras le long de son corps et fit rapidement le tour de son bureau.

Je retins mon souffle, le voyant approcher. Mon cœur battit plus vite dans ma poitrine. Même si je venais de vider mon sac, sa présence me serrait la poitrine. Je ressentais un désir, une attirance...

Il s'arrêta juste devant moi.

— J'ai une nouvelle proposition à vous faire.

Il ne me ferait pas changer d'avis. Travailler pour lui faisait de moi une cible.

— Depuis que vous êtes entrée dans cet atelier, vous avez changé ma vie. Je produis des nouveaux modèles à un rythme infernal, tous plus beaux les uns que les autres. Vous m'inspirez comme aucune autre femme avant vous. Tout ce que j'ai créé pour mon dernier défilé a été encensé par la critique, et c'est grâce à vous, Sapphire. Je ne peux pas vous laisser partir.

J'eus envie de reculer pour échapper à l'influence de sa présence, mais je n'osai pas bouger, prise au piège de sa chaleur corporelle.

— Ce week-end, j'ai compris que je ne voulais pas vous partager. Je ne veux pas que d'autres hommes admirent la femme qui m'inspire tant... Je veux la garder pour moi tout seul. Je vous propose donc de devenir ma muse... Ma muse personnelle.

Cela signifierait que je serais avec lui à tout instant, à moitié nue. Il aurait tout le loisir de semer des baisers sur mon corps, puis il demanderait autre chose... J'aurais l'impression de vendre mon corps contre de l'argent – une vulgaire prostituée.

— En échange, je payerai votre dette.

Je relevai brusquement les yeux vers ses prunelles vertes pleines d'assurance. J'avais entendu ce qu'il venait de me dire, mais j'avais besoin de lire la confirmation dans son regard. Il venait de m'offrir un cadeau généreux – le plus généreux qu'on puisse me faire dans ma situation.

— Et qu'attendriez-vous de moi ?

Il posa la main sur mon bras et la fit glisser sur ma peau.

— Tout.

— Alors vous attendriez de moi que je couche avec vous ?

Sa caresse se termina au creux de mon coude.

— Oui.

L'argent était sur la table, mais je ne le trouvais plus aussi alléchant.

— Je ne veux pas coucher avec vous contre de l'argent. Je peux défiler en lingerie, mais j'ai mes limites et je ne suis pas une pute, Conway.

J'avais besoin d'argent, mais je n'étais pas désespérée à ce point. N'importe qui aurait accepté. J'aurais pu régler ma dette auprès des autorités américaines. Mais il y avait quelque chose dans cette offre qui ne me plaisait pas. Conway m'avait toujours touchée comme si je comptais pour lui. Il m'embrassait avec une telle tendresse, me serrait contre lui quand j'avais peur, me complimentait quand je me sentais laide... J'avais peut-être des sentiments pour lui. Le fait qu'il me voie comme un objet sexuel était insultant. J'aurais pu coucher avec lui... Mais je voulais que ce soit important.

— Je vous ai peut-être mal jugé. Je pensais que nous partagions un lien... Visiblement, j'avais tort.

— Nous partageons un lien, Sapphire. Mais j'aime le sexe, pas les sentiments. J'aime les sensations physiques. Je veux seulement vous baiser, vous utiliser... Si je me suis mal fait comprendre, j'en suis navré.

Je n'avais aucune raison d'attendre autre chose de lui, mais j'étais quand même déçue. Comme il était entouré de femmes sublimes toute la journée, il ne devait pas avoir envie de s'engager dans une relation. Les femmes n'étaient que des jouets à ses yeux. Mais je ne voulais pas être un jouet... Pas pour ma première fois.

— Acceptez mon offre, insista-t-il en posant la main sur ma taille, qu'il serra doucement. Je veux que vous deveniez mon fantasme. Je veux assouvir mes désirs avec vous. Je veux que vous m'aidiez à créer mes modèles les plus sexy. En échange, je ferai disparaître tous vos problèmes.

Même en restant, j'aurais encore un gros problème sur les bras. Knuckles finirait par me retrouver et me couper en morceaux, avant de jeter mon cadavre à la flotte pour nourrir les poissons. Je ne pouvais pas prendre ce risque. Je devais presque un million à cet homme et Conway ne payerait jamais cette somme pour moi.

— Non.

Conway me fixait d'un regard incrédule, un sourcil haussé. Il aurait pu avoir n'importe quelle femme sans payer un centime. Il savait que j'étais attirée par lui, il avait dû remarquer les réactions de mon corps à sa présence. Il ne s'attendait pas à ce que je le rejette, lui et son argent.

— Je n'ai peut-être plus rien... Mais je refuse d'avoir moins que rien.

IL M'ÉTAIT PLUS DIFFICILE DE QUITTER CONWAY QUE JE ne voulais bien l'admettre. Je m'étais attachée à lui. J'avais aimé qu'il me mette sur un piédestal et m'appelle sa reine. J'avais aimé le fasciner et lui inspirer de si beaux modèles. Il était l'un des hommes les plus séduisants que j'aie jamais vus. Le fait qu'il me trouve la moindre valeur était extrêmement flatteur.

J'avais l'impression de partager un lien avec lui.

Je me sentais en sécurité. Je me sentais aimée. Je l'avais traité de sale con, mais il ne m'en avait jamais voulu. Il semblait plus amusé qu'agacé par mon insolence. Et quand il avait découvert mon secret, il m'avait proposé de m'aider.

Il voulait monnayer sa place entre mes cuisses, me baiser selon ses termes. C'était un bel homme qui n'avait pas besoin de payer pour coucher. Sa proposition était donc presque flatteuse... mais également perverse et étrange.

Je pensais ne plus jamais le revoir.

Ce chapitre de ma vie était terminé.

Mais je n'étais pas sûre de savoir combien de chapitres il me restait à vivre.

Je retournai me coucher dans ma chambre d'hôtel. Demain matin, à l'aube, je partirais. Je n'avais pas encore décidé où j'irais. Il me semblait trop risqué de rester en Italie. La France et la Suisse n'étaient pas loin – deux pays où je pouvais me rendre en train et où il y avait de nombreuses auberges de jeunesse. Avoir un téléphone portable m'aurait facilité la tâche, mais je refusais de demander quoi que ce soit à Conway.

Je ne voulais pas dépendre de lui.

Je pouvais me débrouiller toute seule.

Dès que j'entrai dans ma chambre, je remarquai le bout de papier abandonné sur le lit que le personnel de l'hôtel avait déjà fait. Je me raidis. Ce morceau de papier m'en rappelait d'autres... Des menaces silencieuses glissées dans mon sac ou posées sur le canapé pendant que je dormais.

Je m'approchai, le sang battant dans mes oreilles.

C'était comme si un torrent se déversait dans mes canaux auditifs. Mon cœur pompait à toute allure, alors que je m'apprêtais à lire les mots qui hantaient encore mes cauchemars.

Je fis un pas de plus. Le morceau de papier portait un message dans une écriture masculine que j'aurais reconnue n'importe où.

COURS.

JE FOURRAI TOUTES MES AFFAIRES DANS MON SAC ET sortis par la fenêtre. Il y avait un escalier de secours qui conduisait dans la rue. Je préférais tenter ma chance par ici plutôt qu'emprunter la porte d'entrée.

Il devait être en train de me surveiller.

Je sautai à pieds joints dans la ruelle et me tournai vers la rue principale. Une voiture noire était garée sur le trottoir, flanquée de deux armoires à glace. Les deux hommes avaient tous les deux le cou et les bras tatoués. Ils portaient des lunettes de soleil alors qu'il faisait noir. Inutile de les connaître pour savoir ce qu'ils faisaient là.

Je tournai les talons et partis dans l'autre direction. Knuckles était du genre à aimer jouer avec sa nourriture avant de s'en mettre plein la panse. Il voulait me voir me débattre et fuir avant de me prendre au piège.

Ce n'était peut-être qu'un jeu.

Peut-être allait-il me laisser partir – cette fois.

Je traversai la rue et me faufilai dans une autre ruelle, en marchant le plus vite possible sans courir. Si je courais, j'attirerais l'attention.

Je revins sur mes pas, en passant par des boutiques, pour être plus difficile à suivre. Je trouvai des vêtements abandonnés dans une poubelle et changeai de tenue, enfonçant une casquette sur mes yeux. Les vêtements étaient amples et mes cheveux cachés sous ma casquette. Personne ne devrait pouvoir me reconnaître.

Je continuai de marcher, en essayant de me perdre dans cette ville que je ne connaissais pas si bien. Si je trouvais une bonne cachette et que j'y restais assez longtemps, peut-être penseraient-ils que j'avais quitté la ville. Il fallait que je m'égare dans un rayon de quinze kilomètres.

Maintenant que le danger était imminent, que je pouvais perdre la vie, j'avais envie de courir retrouver Conway. Je ne m'étais jamais sentie plus en sécurité qu'avec lui. Chaque fois qu'un homme me mettait mal à l'aise, Conway accourait pour me porter secours. Il imposait le respect à tous autour de lui, et personne n'aurait jamais imaginé m'insulter en sa présence. J'avais raté l'occasion de devenir sa muse…

J'aurais peut-être dû accepter son offre.

Mais si je lui avais avoué ce à quoi j'essayais vraiment

d'échapper, il aurait peut-être retiré sa proposition.
Pourquoi un homme respectable tel que lui aurait-il
accepté de tremper dans ce genre d'affaire louche ? Il avait
peut-être envie de moi, mais pas assez pour déclarer la
guerre.

Je continuai de courir.

12

CONWAY

JE N'AVAIS JAMAIS RENCONTRÉ UNE FEMME SI orgueilleuse.

Elle préférait emprunter le chemin le plus difficile que revenir sur ses principes.

J'étais furieux, mais je ne pouvais m'empêcher de respecter et d'admirer sa décision.

Il était encore plus douloureux de la perdre, maintenant.

Mais je ne pouvais pas laisser cette femme têtue toute seule dans ce monde cruel sans la moindre ressource. Elle était bien trop innocente. Si je n'avais pas été si agacé par sa réponse, je lui aurais donné les moyens de survivre quand elle était encore dans mon bureau.

J'entrai dans le lobby de son hôtel et m'annonçai à la réception.

— Je cherche une femme nommée Sapphire. Je ne sais

pas sous quel nom elle a réservé. Elle est américaine. Très discrète.

L'employée de l'hôtel ne m'aurait jamais donné ces informations en temps normal. Mais elle m'avait reconnu et se montra donc coopérative.

— Sa chambre est vide. Elle n'est pas venue nous dire qu'elle partait, mais elle n'est plus là.

Elle était déjà partie ? L'idée que nous ne nous revoyions plus la dérangeait visiblement moins que moi.

— Vous savez où elle aurait pu aller ?

— Non.

Je sortis et m'arrêtai sur le trottoir. Une voiture noire était garée en face de l'hôtel, et deux hommes d'allure louche me lorgnaient. Ils ne faisaient pas partie des Skull Kings, mais il était évident qu'ils appartenaient à un groupe de même réputation.

Sapphire avait peut-être eu raison de partir.

J'avais vingt mille euros et un téléphone en poche pour elle.

Si seulement je les lui avais donnés...

Maintenant, je ne la reverrais plus jamais.

13

SAPPHIRE

J'ÉTAIS ASSISE PAR TERRE, DOS AU MUR. LES POUBELLES qui s'amoncelaient autour de moi seraient mon seul réconfort, cette nuit. Habillée de vêtements amples, le visage dissimulé sous ma casquette, je ressemblais à une clocharde. Cela faisait fuir les gens.

Et j'étais une clocharde.

Les genoux remontés contre ma poitrine, je fermai les yeux et somnolai. Sans montre ou téléphone, j'ignorais quelle heure il était. Mais il devait être environ minuit.

Si Knuckles savait où j'étais, il m'aurait déjà trouvée.

J'avais dû brouiller les pistes en retournant sur mes pas et en changeant de vêtements.

Mais je ne criais pas victoire. Le week-end dernier, j'avais défilé en lingerie Barsetti. Maintenant, je dormais au milieu des poubelles. Il me restait de l'argent que Conway m'avait donné, mais j'avais dépensé la plupart pour me loger et me nourrir. J'allais devoir économiser si je voulais me payer un billet de train.

J'étais endormie quand je sentis qu'on soulevait ma casquette. Quelqu'un me l'enlevait pour voir mon visage.

Je me réveillai brusquement. Je ne pouvais pas laisser quelqu'un me dérober le peu que j'avais. J'ouvris grand les yeux et vis un homme, un peu plus âgé que moi, m'adresser un grand sourire. Ce n'était pas un clochard : il était bien habillé et portait une montre coûteuse. Mais il avait un sourire faux et il n'y avait rien de plaisant chez lui.

Je lui donnai un coup de pied dans le genou et le repoussai.

— Dégage !

Il tomba lourdement sur le sol et remonta son genou contre sa poitrine.

— C'est elle. C'est bien la pute du défilé.

Ils m'avaient reconnue.

L'homme derrière lui se jeta sur moi.

— C'est ce que j'appelle de l'argent facile...

Maintenant, je me fichais bien de mes affaires. Mon sac ne ferait que me ralentir, et ma vie était plus importante que les vêtements que j'avais sur le dos ou les photos que j'avais emportées. Je bondis sur mes pieds, bien décidée à m'en sortir.

L'homme me rattrapa par le coude et me tira en arrière.

— Oh non, tu ne vas pas t'en sortir comme ça, salope.

Je me tordis le poignet pour lui échapper, puis lui donnai un coup de poing dans le nez. Je frappai aussi fort que possible, aidée par l'adrénaline. J'entendis un craquement.

— Putain !

Il tituba, en couvrant son nez d'où le sang commençait à gicler.

Je tournai les talons et partis en courant. « De l'argent facile », avaient-ils dit. J'avais tout de suite compris qui ils étaient et ce qu'ils avaient l'intention de faire de moi.

Je ne les laisserais pas faire.

Je tournai à droite dans la rue principale. Dès que j'aurais atteint une rue fréquentée par des passants, je serais plus en sécurité. À une heure du matin, il n'y avait pas beaucoup de monde dans les rues, mais mieux valait cela que rester dans cette petite ruelle.

En émergeant des ombres, je croisai la route de Knuckles. Il leva les yeux vers moi. Il était détendu et parlait au téléphone. Visiblement, il ne s'attendait à me voir surgir sous son nez.

Du haut de son mètre quatre-vingt-dix, il était intimidant, même à cette distance, tout en os et en muscles. C'était un taureau que l'on avait provoqué – un taureau monstrueux au cœur de démon.

— Je te rappelle, dit-il avant de glisser son téléphone dans sa poche. Salut, chérie... C'était bien, ton jogging ?

Je tournai les talons, mais mes agresseurs me

bloquaient la route. Cette fois, ils avaient dégainé leurs armes. J'étais presque sûre qu'ils ne faisaient pas partie du même groupe. J'avais seulement eu la poisse de me retrouver coincée entre deux feux.

Je savais exactement ce qui se passerait si Knuckles m'attrapait. Il me violerait jusqu'à ce que je le supplie de m'achever. Il me torturerait chaque jour, avant de faire exploser mon crâne, comme il l'avait fait à Nathan.

Les autres types se contenteraient probablement de me vendre.

Et mon futur propriétaire serait sans doute plus agréable que Knuckles.

Je pris ma décision.

———————

On m'attacha à un lit sale dans un coin, les mains derrière le dos, avant de me déshabiller. On me retira même ma culotte. Les hommes qui m'avaient enlevée n'avaient pas encore essayé d'abuser de moi – heureusement.

C'était un cauchemar.

J'avais fui les États-Unis dans l'espoir de démarrer une nouvelle vie. Mais je me retrouvais exactement dans la même situation qu'avant. Je ne serais plus jamais libre, vendue comme esclave à un homme de pouvoir.

J'étais furieuse d'être allongée nue sur ce lit. On

m'avait arraché mes droits les plus élémentaires en me déshabillant de force, alors que mon seul crime était ma beauté. Ces hommes m'avaient enlevée pour vendre ce que j'avais entre les cuisses – même s'ils n'en avaient aucun droit.

C'était écœurant.

Je restai toute la nuit sur ce lit, sans boire ni manger. Ils ne me laissèrent même pas aller aux toilettes. J'étais traitée comme un chien. Je ne fermai pas l'œil de la nuit. La dernière fois que je m'étais endormie, j'avais baissé ma garde. C'était pour cette raison que je me retrouvais là.

La porte s'ouvrit et un homme entra. Avec ses cheveux bruns et ses yeux d'un bleu de cristal, il était presque séduisant. Mais son horrible sourire suffisant l'enlaidissait.

— La femme dont tout le monde parle…, dit-il en s'approchant du lit, bien trop près de mes jambes à mon goût. Je te demanderais bien ce que tu fichais dans les ordures, mais ça ne m'intéresse pas.

Il commença à déboutonner son jean.

Non, cela ne pouvait pas m'arriver ! Je n'allais pas rester allongée sans rien faire et laisser un connard me violer, avant de me vendre comme une vache à l'abattoir.

— Gardez votre pantalon et fichez le camp de ma chambre !

Il baissa son jean en ricanant.

— T'es attachée au lit et t'as la prétention de me dire ce que je peux faire ou non ?

Quand il sourit à nouveau, je levai la jambe et lui donnai un coup de pied dans les parties.

Il réagit à la vitesse de l'éclair, bloquant le coup avec son genou.

— T'es rapide, mais pas assez.

Il baissa son boxer, révélant son érection.

Je refusai de regarder.

— C'est une tradition, chez les Skull Kings. Chaque fois qu'on reçoit une nouvelle fournée, on baise les filles une par une, puis on fait payer les autres pour avoir nos restes.

Je n'arrivais pas à croire que cela allait m'arriver. Il avait l'intention de me baiser, d'éjaculer en moi. Je n'étais pas sûre de savoir ce qui m'écœurait le plus. Je pouvais me débattre, mais je ne tiendrais pas longtemps. Il appellerait un de ses hommes pour me tenir les jambes. Puis ce deuxième type me violerait à son tour.

— Tu vas vraiment baiser une vierge avant de la vendre ?

Je ne mentais pas, mais j'aurais dit la même chose même si je n'étais pas vierge. J'aurais fait n'importe quoi pour m'en sortir.

— Vierge ? répéta-t-il en me tirant par les chevilles vers le bord du lit. Une femme qui se désape devant des millions de personnes ne peut pas être vierge.

Je le frappai aussi fort que possible.

Il encaissa le coup avec une grimace, mais tira plus fort. Sa queue en érection frétilla entre ses cuisses.

Je ne pouvais pas le laisser faire.

Je multipliai les coups de pied, usant de toute ma force pour le repousser. Je n'arrêterais pas de me débattre avant d'être morte. S'il avait vraiment envie de moi, il n'avait qu'à me faire sauter la cervelle.

Il me gifla si fort que je m'évanouis quelques secondes. Je sentis un hématome se former sur ma joue et une migraine éclater sous mon crâne. Je retombai mollement sur le lit. Immobilisée, je ne pus l'empêcher de fourrer un doigt en moi.

— Putain, qu'est-ce que tu es étroite...

J'eus besoin de quelques secondes pour revenir à moi. On ne m'avait jamais frappée aussi fort. Je me souvins à peine comment respirer. C'était comme si tout mon corps s'était éteint.

— Cette petite pute dit la vérité, fit-il en retirant son doigt et en reculant.

Dieu merci !

J'étais déçue de ne pas encore avoir trouvé l'homme qui méritait de prendre ma virginité. Je rêvais d'amour et de passion, d'un lien fort. Je ne voulais pas me contenter d'une aventure sans lendemain. Mais plus j'avais attendu, plus j'étais devenue difficile. Maintenant, aucun homme ne serait à la hauteur de mes fantasmes.

Mais j'avais eu raison d'attendre. C'était ce qui m'avait sauvée aujourd'hui. Du moins, pour quelque temps.

ON NOUS FIT AVANCER EN LIGNE, LES MAINS LIGOTÉES derrière le dos, comme des animaux.

Nous étions toutes complètement nues, pour que les acheteurs puissent juger de nos qualités.

Nous n'étions pas autorisées à parler entre nous. Les autres femmes venaient de milieux différents, mais elles étaient toutes belles et exotiques. Ce n'étaient pas des femmes qui n'avaient plus rien, ramassées dans la rue. Elles étaient propres et en bonne santé.

Je me demandais où les Skull Kings les avaient trouvées.

Nous passâmes une porte et nous retrouvâmes sur une scène. La pièce était sombre, éclairée seulement par quelques bougies et des lumières tamisées. Nous devions être sous terre, parce qu'il n'y avait pas de fenêtres. Je ne savais pas exactement où nous étions, car nous avions été droguées pendant le transport.

En ligne, nous restâmes debout sur l'estrade. Nous ne pouvions pas nous couvrir de nos bras, parce que nous avions les mains ligotées dans le dos. Chaque centimètre de nos chairs était exposé à tous les regards. Tous les yeux pouvaient voir la peau rasée entre mes jambes, ainsi que mes tétons durcis par le froid et, même si je ne voulais pas le reconnaître, par la terreur que je ressentais.

J'étais terrifiée à l'idée qu'un homme m'achète.

Serait-il aussi cruel que ceux qui m'avaient enlevée ? Ma situation pouvait-elle empirer ?

Je fouillai l'océan de visages devant moi, mais il m'était difficile de distinguer les traits de chacun dans le noir. Des tables nappées de rouge étaient disséminées dans toute la pièce. Il n'y avait qu'un homme par table, jamais deux ensemble. Des serveuses topless allaient et venaient pour leur apporter des boissons.

Les enchères commencèrent.

L'homme qui avait essayé de me violer était debout sur le podium, les avant-bras tatoués. Il était tout habillé de noir et arborait son horrible sourire suffisant. Il devait faire cela souvent. Nous n'étions qu'une nouvelle fournée de femmes à vendre à ses yeux. Avec les bénéfices, il s'achèterait des putes, de grosses maisons et des voitures de sport... C'était écœurant.

Nous étions des êtres humains.

— Nous y voilà. Vous savez tous comment ça fonctionne.

Il pointa du doigt la femme la plus proche de lui. Nous étions cinq. J'étais la dernière de la file.

— Je vous présente Marissa Yaris, la fille d'un diplomate français, Charles Yaris. Après avoir terminé ses études à l'université, elle est partie faire un stage à

Londres. Elle est sortie avec des amis en ville... Une piqûre dans le cou et la voilà parmi nous. Jeune et innocente, elle fera une esclave docile.

Était-ce comme cela que nous serions vendues ? Allait-il préciser à chaque fois que nous ferions des esclaves dociles, après une courte biographie ? Cette pauvre fille avait à peine commencé sa vie et elle avait déjà accompli tant de choses. Ses parents devaient être morts d'inquiétude.

— Quand je sortirai de là, je te couperai la queue.

Je n'aurais jamais dû dire une chose pareille, mais c'était sorti tout seul. Il avait traité cette femme comme si elle ne valait rien.

L'homme se tourna vers moi sans se départir de son éternel sourire.

— Nous avons gardé le meilleur pour la fin, mais nous y reviendrons plus tard, dit-il en se retournant vers son public d'hommes sans visage. Nous commençons les enchères à cent mille.

Cent mille ?

Quelques hommes enchérirent jusqu'à cinq cent mille.

Puis une voix familière retentit.

— Six cents.

C'était une voix que j''avais entendue presque tous les jours. J'étais même capable de reconnaître ses émotions. Il me critiquait vertement quand je faisais un pas de travers mais, quand j'obéissais, c'était l'homme le plus doux du monde.

Cela ne pouvait pas être lui.

Comme je l'avais fait le jour de mon audition, je plissai les yeux pour l'apercevoir dans le public. Je me concentrai jusqu'à ce que mes yeux s'ajustent à l'obscurité. Et je vis sa mâchoire carrée, ses yeux verts et son cou de taureau.

Conway.

Il était en train d'enchérir.

Ferait-il vraiment une chose pareille ? N'était-il qu'un porc comme les autres ? Ou était-il là pour me sauver ? C'était une pensée excitante, mais je ne voyais pas comment c'était possible. Comment aurait-il su que j'avais été enlevée ? Et pourquoi enchérissait-il pour acheter une autre femme ?

Le prix monta jusqu'à atteindre un million et demi.

Conway Barsetti venait d'acheter une femme !

— Vendue ! s'exclama l'homme sur l'estrade en tapant des mains, avant de passer à la fille suivante.

Conway ne fit pas monter les enchères, cette fois.

Il avait dû me reconnaître. Il ne m'avait jamais vue nue ou avec un hématome au visage, mais il connaissait assez bien mon corps pour savoir que j'étais la femme debout sur la scène.

Son visage était inexpressif. J'ignorais ce qu'il pensait.

D'ailleurs, pensait-il à quoi que ce soit ?

Quand toutes les autres eurent été vendues, ce fut mon tour.

Conway, par pitié, achète-moi.

J'aurais dû accepter son offre. Je préférais appartenir à un homme comme lui qu'à Knuckles ou au chef des Skull Kings. Conway ne me ferait jamais de mal. Il ne m'aurait jamais giflée comme cet homme l'avait fait.

— Nous avons un petit bijou, ce soir, les amis. Le mannequin dont tout le monde parle. Elle s'est perdue en ville et nous est tombée entre les pattes. Les femmes pensent toujours qu'elles ont le sens de l'orientation…, fit-il en secouant la tête. Conway Barsetti va-t-il enchérir ? Ou est-ce un autre chanceux qui la ramènera chez lui ? Elle est vierge… Je peux le confirmer.

J'eus le réflexe de fermer les yeux, rongée par la honte. Il venait de dévoiler un détail très intime de ma vie privée à un public d'inconnus. Maintenant, ils ne connaissaient pas seulement mon corps nu, mais aussi ma vie sexuelle. Ils m'avaient retiré toute dignité.

Mais je ne ploierais pas l'échine devant eux.

— Nous commençons les enchères à trois millions.

À mon grand écœurement, tous les panneaux se levèrent. Tous les hommes dans la pièce voulaient m'acheter.

Ce fut alors que j'aperçus Knuckles, un cigare aux lèvres, le panneau levé.

— Chérie, je serais ravi de te prendre ton innocence…

Étais-je en plein cauchemar ? Knuckles était venu m'acheter. J'avais fui pour lui échapper mais, s'il battait l'enchère de Conway, je tomberais entre ses griffes. Tous mes cauchemars deviendraient réalité. Il me violerait et me noierait en même temps. Il m'avait promis de m'achever de cette façon, de me regarder m'étouffer, la tête sous l'eau, pendant qu'il me baiserait.

S'il te plaît, Conway !

Je lui avais dit que je refusais de baiser en échange d'argent. Maintenant, j'aurais fait n'importe quoi pour lui appartenir. C'était le seul homme bon que j'aie rencontré depuis que j'avais quitté les États-Unis. Il m'avait offert de l'argent pour vivre et m'avait traitée avec respect. Si je devais être l'esclave de quelqu'un, je préférais être la sienne.

Les enchères montèrent jusqu'à dix millions.

Cinq hommes se faisaient la guerre : Knuckles, Conway et trois autres.

Knuckles leva son panneau.

— Vingt millions !

Il n'allait pas céder.

Les trois autres hommes abandonnèrent. Ils reposèrent leur panneau sur la table.

Conway leva le sien.

— Vingt-cinq.

Knuckles se tourna vers lui, lui décochant un regard

menaçant qui aurait fait trembler n'importe qui. Il leva son panneau.

— Cinquante.

Je posai les yeux sur Conway, qui semblait parfaitement indifférent. Cinquante millions de dollars, c'était beaucoup d'argent. Conway n'avait aucune raison de dépenser autant de fric, alors qu'il pouvait simplement me remplacer par un autre mannequin. Mais Knuckles ne cèderait pas. Maintenant, c'était personnel.

Conway leva son panneau.

— Cent.

Cent millions de dollars !

Putain de merde !

Knuckles était vert de rage. Je le vis serrer la mâchoire, son cigare entre les doigts, tout prêt de se brûler. Il était évident qu'il avait fait de Conway son ennemi, furieux qu'un autre puisse me désirer plus que lui.

— Cent millions, une fois.

Knuckles fixa Conway du regard.

Conway ne baissa pas les yeux.

— Deux fois.

Je ne supportais plus la pression. Knuckles allait-il enchérir ?

Le chef des Skull Kings tapa du marteau.

— Vendue à Conway Barsetti pour cent millions de dollars. La pute est à vous.

Les acheteurs se levèrent pour aller chercher leur marchandise.

Knuckles resta assis, me lançant un regard brûlant, promesse de vengeance.

Conway s'approcha du podium avec le même air indifférent. Il venait de dépenser cent millions de dollars pour m'avoir. Il ne devait donc pas être si indifférent, mais c'était bien l'impression qu'il me donnait. Il me tira par la jambe pour que je descende de la scène, me touchant sans le moindre égard. Puis il retira sa veste et la posa sur mes épaules.

J'étais enfin couverte. J'avais retrouvé un peu de dignité.

Il me contourna et dénoua mes liens. Ce faisant, il souffla dans mon oreille :

— Ne parlez pas tant que je ne vous l'aurai pas dit.

Il m'avait sauvée de longues heures de torture. J'obéis, reconnaissante.

Maintenant que j'avais les mains libres, je serrai sa veste autour de mon corps, couvrant mes chairs du mieux possible. Elle était si longue qu'elle me battait les cuisses et cachait mes fesses. Mes pieds étaient nus et mes jambes visibles, mais je préférais montrer cette partie de mon anatomie plutôt que mes seins.

Conway me tira par le bras, sans me montrer la douceur que j'espérais. Il s'approcha de l'autre femme qu'il avait achetée. Cette fois, il déboutonna sa chemise pour la lui donner.

Sa propre chemise.

Je ne pus m'empêcher de regarder le corps que j'avais si souvent imaginé dans mes rêves. Son torse musclé était une œuvre d'art aux lignes puissantes. Son ventre était ferme, ses abdominaux solides comme du béton. Il avait le dos aussi cambré que le mien, sans doute parce qu'il était très musclé. Ses bras étaient forts et ses épaules si baraquées qu'il n'avait pas besoin d'épaulettes. Mais c'était son torse que je préférais. Large, puissant et solide. Sa peau bronzée le rendait encore plus beau.

Je venais d'échapper de peu à une tentative de viol. Je n'étais donc pas aussi excitée que j'aurais pu l'être. J'avais juste envie de sortir d'ici, de me retrouver le plus loin possible de ces hommes dégoûtants – surtout de Knuckles.

Conway nous prit toutes les deux par la taille et nous conduisit vers la sortie du bâtiment. En montant les escaliers, je compris que je ne m'étais pas trompée : nous étions bel et bien sous terre. Nous traversâmes le vestibule et je reconnus enfin l'endroit.

Le vieil opéra.

Nous nous dirigeâmes vers un fourgon, dont je ne reconnus pas la marque. Les fenêtres teintées étaient d'un noir opaque. Conway ouvrit la portière à l'arrière et aida Marissa à monter. Puis il m'ouvrit la portière côté passager.

J'entrai sans poser de questions.

En regardant par la fenêtre, je vis Knuckles dans la rue. Il avait allumé un nouveau cigare sur lequel il tirait comme si c'était de l'oxygène. Je n'avais jamais imaginé me sentir en sécurité si près de cet homme.

Mais, grâce à Conway, c'était le cas.

Conway démarra. Une main sur le volant, il passa un appel.

— Ça s'est bien passé ? demanda une voix masculine.

— Oui, mais il y a un imprévu, répondit Conway. J'ai besoin que tu prennes la fille quelques heures, avant qu'on la rende à sa famille.

Il voulait rendre Marissa à sa famille ?

— Qu'est-ce qui s'est passé ? demanda l'homme.

— Je ne peux rien dire pour le moment. Emmène Anastasia prendre l'avion demain matin.

L'homme ne posa pas de questions.

— D'accord, Con, mais t'as intérêt à me donner des explications plus tard.

— Promis.

———

Nous nous arrêtâmes dans une villa à la campagne. Du lierre grimpait sur les murs, comme chez Conway. Celui-ci conduisit Marissa à l'intérieur, en me laissant seule dans la voiture. Il revint au bout de quinze minutes.

Nous redémarrâmes et reprîmes la route. Seule la lumière des phares, de la lune et des étoiles nous éclairait.

J'ignorais ce qui allait se passer, mais je ne pouvais m'empêcher de me sentir en sécurité. Après avoir passé la nuit au milieu des ordures, puis dans le repaire de dangereux psychopathes, j'étais soulagée de me retrouver sous l'aile rassurante de Conway.

Il serrait si fort son volant que ses jointures étaient blanches. Mais il ne disait rien.

Je n'avais jamais autant détesté son silence.

Je brûlais d'envie d'engager la conversation, mais j'avais compris que je n'en avais nullement le droit. Il venait de dépenser une fortune pour m'acheter. Je n'osais pas lui désobéir – pas cette fois.

La radio était coupée, et il fixait la route du regard, toujours torse nu. Même en position assise, son ventre était plat comme une planche. Il me faisait souvent des compliments sur mon apparence physique, mais c'était lui qui était admirable.

— Je n'arrive pas à croire que vous soyez si bête...

Je pensais qu'il commencerait par me demander si j'allais bien, qu'il me prendrait par la main et déposerait un baiser sur mes phalanges. Visiblement, je m'étais trompée.

— Vous savez ce qui se serait passé si je ne vous avais pas achetée, n'est-ce pas ?

Cette seule pensée me fit frissonner.

— Je suis passé à votre hôtel et la réceptionniste m'a dit

que vous étiez partie. J'étais venu vous apporter de l'argent et un téléphone, mais vous aviez déjà mis les voiles. Vous avez refusé une offre imbattable pour vous faire enlever par les Skull Kings.

Je me sentis coupable à l'idée qu'il ait essayé de m'aider.

— Après tout ce que vous avez traversé, je pensais que vous aviez compris que nous vivions dans un monde pourri. Je pensais que vous aviez compris que les hommes pouvaient être cruels. Mais vous ne comprenez rien à rien. Vous vous êtes crue invincible ! Si je ne vous avais pas achetée, vous auriez été violée juste après la...

— Arrêtez.

— Vous ai-je autorisée à parler ? demanda-t-il en se tournant vers moi. Je déteste les femmes comme vous. Vous pensez que vous êtes capables de vous défendre et il faut que ça tourne mal pour que vous réalisiez combien vous êtes faibles. Je connais la chanson... J'ai essayé de vous aider.

— En me demandant de baiser en échange.

— Comme si vous n'en aviez pas envie..., siffla-t-il. Ça n'a pas de sens. Pourquoi êtes-vous partie, Sapphire ? Où pensiez-vous aller ? Je ne suis pas un saint, mais je pense avoir prouvé que je n'étais pas non plus un démon.

Maintenant qu'il avait dépensé une fortune pour me sauver la mise, il méritait de connaître la vérité.

— Voilà ce qui se passe...

Il me lança un regard en coin, attentif.

— Mon frère a emprunté sept cent cinquante mille dollars pour parier avec des criminels, à New York. Il a pris un risque et il a tout perdu. Comme il ne pouvait pas rembourser sa dette, le chef de l'organisation criminelle l'a tué. On l'appelle Knuckles.

Conway plissa les yeux, comme s'il reconnaissait ce nom.

— Après la mort de mon frère, Knuckles m'a dit que c'était à moi de le rembourser, maintenant. Il m'a dit qu'il allait faire de moi son esclave sexuelle... Il s'est mis à compter les jours avant la date fatidique où je serais obligée de céder, en glissant des mots dans mon sac à dos ou sur le canapé pendant que je dormais. C'était de la torture psychologique. Ça l'amusait de jouer avec moi. Je ne le supportais plus. Et, même s'il menaçait de me faire subir un sort encore plus terrible si j'essayais de fuir, j'ai décidé de tenter le tout pour le tout. Je n'allais pas attendre qu'il me mette la main dessus... Alors je me suis enfuie.

Conway continuait de conduire, mais la voiture ralentissait lentement.

— Pourquoi ne me l'avez-vous pas dit ?

— J'avais peur. C'est pour cette raison que je ne vous ai pas donné mon nom. C'est ce fichu défilé qui l'a mis sur ma piste.

— Mais pourquoi ne me l'avez-vous pas dit quand je vous ai fait cette offre, l'autre jour ?

— Parce que vous n'auriez pas remboursé Knuckles, et je ne vous l'aurais pas demandé, de toute manière...

— Mais vous pouvez me demander de payer cent millions ? demanda-t-il avec incrédulité.

— Je ne vous l'ai pas demandé...

— Vous m'imploriez des yeux, Sapphire. Je me trompe ?

Non, il ne se trompait pas.

— Si vous m'aviez simplement dit ce qui se passait, j'aurais pu vous aider. Mais vous ne l'avez pas fait. Vous ne m'avez pas fait confiance, malgré tout ce qui vous était arrivé. Je vous ai offert d'éponger vos dettes... Et vous avez refusé !

— J'aurais dû vous remercier ? sifflai-je. Vous m'avez proposé de rembourser mes dettes si je couchais avec vous.

— Cinq cent trente mille dollars de dettes ! gronda-t-il à son tour. Ce n'est pas rien, même pour quelqu'un comme moi. Vous n'avez pas un sou, pas même pour assurer votre survie. Dans votre situation, on ne fait pas la fine bouche. Vous avez eu tort de refuser. C'était une offre très généreuse et vous n'avez même pas pris le temps d'y réfléchir.

Il n'avait pas tort.

— Ce n'était pas comme ça que je voulais perdre ma virginité...

Il secoua la tête.

— Eh bien, maintenant, je l'ai achetée pour cent

millions de dollars, votre virginité, et vous allez me la donner. Vous m'appartenez de la tête aux pieds. Je vais vous baiser quand j'en aurai envie, vous habiller comme j'en aurai envie et je ferai tout ce dont j'ai envie, grogna-t-il en serrant plus fort son volant, les mâchoires serrées, le regard rivé sur la route.

Je portais toujours sa veste, enveloppée dans son odeur. Le tissu était doux sur ma peau. Malgré tout ce qu'il venait de me dire, je me sentais en sécurité.

— Je suppose que c'est de bonne guerre...

Si Conway ne m'avait pas sauvée, je me serais retrouvée dans une situation bien pire que celle-ci. Il n'avait pas seulement sauvé ma vie, mais aussi ma dignité. Même si je travaillais pour lui pour le restant de mes jours, jamais je ne pourrais lui rembourser la somme qu'il venait de débourser. Et si Knuckles avait pu m'acheter, je serais déjà dans un sale état.

Conway n'était pas un saint.

Mais ce n'était pas non plus un démon.

Je n'avais pas le choix et aucun moyen de m'en sortir par moi-même. Je ne pouvais pas retourner aux États-Unis. Et, dès que je m'éloignerais une seule seconde de Conway, je serais vulnérable. Knuckles ne me raterait pas une seconde fois.

Conway ne me proposerait plus de rembourser ma dette et, même s'il le faisait, je ne l'accepterais pas. Il avait déjà dépensé suffisamment d'argent.

C'était ma vie, désormais.

J'étais la propriété de Conway Barsetti.

Sa prisonnière docile.

— Merci de m'avoir achetée...

Je n'avais pas encore prononcé ces mots à voix haute. La situation était sordide. Je remerciais un homme de m'avoir achetée pour me baiser. Mais je lui étais reconnaissante de ne pas être un monstre. Je préférais être coincée avec Conway qu'avec un autre. Quand on traverse une telle épreuve, on est obligé de revoir ses principes.

Conway ne répondit pas. Il continuait de conduire.

— Voilà comment ça va se passer. Je vous utiliserai pour créer mes modèles et vous ferez exactement ce que je vous dirai. Vous ne verrez pas d'autres hommes, seulement moi. Je vous nourrirai et je vous protégerai toute votre vie. En échange, vous serez ma muse. Compris ?

J'étais la femme avec laquelle il assouvirait ses fantasmes. J'obéirais à ses ordres et je serais celle qu'il voulait que je sois à tout instant. Mon travail était de lui plaire et de lui apporter l'inspiration. J'avais toujours eu un tempérament rebelle, mais je ferais de mon mieux pour être docile. Après ce qu'il avait fait pour moi, je lui devais la vie. Je lui donnerais ce qu'il voulait.

— Oui.

14

SAPPHIRE

J'ÉTAIS DÉJÀ VENUE CHEZ LUI, MAIS C'ÉTAIT APRÈS LE défilé, à l'occasion d'une réception avec de nombreux invités. Les jardins et les bâtiments m'avaient semblé presque étriqués.

Maintenant, la propriété était vide.

Un mur de pierre entourait l'enceinte de la villa. Nous roulâmes au moins un kilomètre et demi avant d'atteindre la maison à trois étages, devant laquelle jaillissait une fontaine. Son domaine était doté de vignobles, d'une roseraie et de buis parfaitement taillés. La dernière fois, je n'avais pas remarqué le pré entouré d'une clôture blanche où paissaient des chevaux. Il y avait aussi une écurie. Comme il faisait noir, je la distinguais à peine, mais les lumières des spots éclairaient faiblement le domaine.

— Vous avez des chevaux ?

Conway se gara et coupa le moteur.

Je compris qu'il ne me répondrait pas.

En sortant de la voiture, je serrai un peu plus sa veste autour de moi et laissai le vent emporter mes cheveux. J'avais perdu toutes mes affaires et il ne me restait plus que cette veste, qui n'était même pas à moi.

Un homme vêtu d'une chemise mauve et d'un pantalon bleu marine sortit de la maison. Il avait la peau bronzée et une moustache fournie. Il devait avoir cinquante ou soixante ans. À en croire sa forme physique et son teint, il devait travailler dur dans la propriété de Conway.

— Bonsoir, Conway. Je vais m'occuper de la voiture.

Conway lui jeta les clés.

L'homme les attrapa au vol sans difficulté, même dans l'obscurité.

— Quels sont vos ordres ?

Il ne fit pas le moindre commentaire sur la tenue de Conway ou sur le fait que je sois enveloppée dans sa veste. Il était peut-être courant que Conway rentre chez lui à moitié nu, avec une femme à son bras.

— Sapphire logera dans la grande chambre d'ami. Elle a besoin d'un bon repas et d'un grand verre d'eau.

Le valet n'eut pas de réaction particulière.

— Sans faute, monsieur. Je m'en charge tout de suite.

Conway lui adressa un signe de tête, avant de monter les marches du perron en direction de la porte d'entrée.

Je le suivis. Comme je n'allais visiblement pas assez vite, il se retourna vers moi.

Je m'empressai de le rattraper, en serrant sa veste sur mon corps.

Nous entrâmes dans l'immense vestibule, au plafond haut. Un double escalier montait vers les étages supérieurs. Les premières marches étaient flanquées de deux énormes statues de pierre, représentant des soldats romains du début de l'empire, armés de lances, le corps aussi rigide et puissant que celui de Conway.

Celui-ci se dirigea vers l'escalier de droite, les muscles de son dos roulant sous sa peau. Avec ses épaules larges et sa taille étroite, il ressemblait aux statues qu'il avait érigées dans sa maison. Nous montâmes au deuxième étage. Je pris le temps d'admirer les œuvres d'art sur les murs. Les peintures à l'huile étaient toutes uniques et magnifiques. Elles apportaient une touche de couleur aux tons toscans de la propriété. Les fenêtres en bois étaient ouvertes sur l'extérieur et laissaient entrer un agréable courant d'air frais dans la maison.

Conway s'arrêta devant une double porte, au deuxième étage, qu'il poussa avant d'entrer.

— Voici vos appartements. Ils comprennent une salle de bain privée, un salon et un balcon. Vous devriez avoir assez de place.

Je repérai immédiatement le lit, à la courtepointe rouge

et orange. Les tons méditerranéens se mariaient parfaitement avec ceux des boiseries. Il faisait noir dehors et l'on ne pouvait apercevoir le paysage, mais j'imaginais sans peine que la vue était splendide. Des tableaux étaient accrochés aux murs. Les appliques éclairaient la décoration d'une belle et agréable lumière. Dans la pièce attenante, je vis le salon, ainsi que les portes menant sur le balcon. Les étagères étaient remplies de livres et une grande télévision trônait devant un canapé.

Ces appartements n'avaient rien à envier à une suite présidentielle.

— C'est... sublime.

Même si je n'avais pas dormi au milieu des poubelles, la nuit précédente, j'aurais été émerveillée. Il était presque injuste que ce soit lui qui ait dépensé autant d'argent et moi qui profite de sa fortune.

— Dante peut vous apporter tout ce que vous voulez. Vous avez le droit d'utiliser la salle de sport et la piscine. Je vous demanderai juste de rester hors de mon chemin durant les prochains jours.

Aussi froid que la glace, il se détourna et marcha vers la porte.

— Pourquoi ?

La main sur la poignée, il ne prit pas la peine de se retourner.

— Parce que je ne veux pas vous voir.

Sa maison était extraordinaire.

Je ne l'avais pas encore vue en plein jour. C'était une belle journée sans nuages. Le ciel dégagé était si bleu que j'avais l'impression d'avoir un océan au-dessus de la tête. Mon balcon donnait sur les écuries et le vignoble. Et, quand le soleil réchauffait la terrasse, c'était l'endroit le plus agréable du monde.

Ma salle de bain faisait presque la taille de ma chambre. Une grande baignoire se trouvait juste sous une fenêtre qui donnait sur l'entrée de la maison, et il y avait également une douche et deux lavabos. Si ce n'était qu'une chambre d'ami, je me demandais à quoi ressemblait celle de Conway.

Je partis explorer les jardins à pied, en suivant le sentier qui longeait les prés. Je m'arrêtai pour admirer les robes des chevaux, avant de marcher jusqu'à la piscine et l'esplanade où la réception avait eu lieu, le week-end dernier.

C'était un véritable palace.

Je ne rencontrai pas Conway par hasard, même si je l'avais secrètement espéré. Il m'avait dit qu'il ne voulait pas me voir pendant quelques jours. Je savais qu'il était fâché contre moi – fâché que j'aie été si bête.

Je lui avais coûté une fortune.

Dante s'approcha soudain.

— Sapphire, puis-je vous apporter quelque chose ?

J'étais de retour à la maison, debout dans un salon assez

grand pour servir de salle de bal. Cette maison avait trois étages, et je n'avais pas encore tout exploré.

— Non merci, je visite, c'est tout...

— J'ai remarqué que vous n'aviez pas touché à votre petit déjeuner.

Dante se tenait droit dans sa chemise à col, les bras derrière le dos. Je le trouvais distant, assez froid, comme s'il me détestait déjà, avant même d'avoir appris à me connaître.

— Mon petit déjeuner ?

— Je l'ai posé dans votre salon.

Il était entré dans mes appartements ?

Dante dut remarquer ma surprise et mon embarras, car il précisa :

— Il y a une deuxième porte de service dans votre salon. J'ai reçu l'instruction de vous apporter votre petit déjeuner chaque matin.

— Je suis désolée... Je ne l'avais pas vu.

Il ne retint pas son soupir.

— Dans ce cas, je vais vous préparer de quoi déjeuner. Venez.

— Vous n'êtes pas obligé... Je peux m'en occuper...

— Vous n'aimez pas ma cuisine ?

— Heu... Je n'ai jamais dit ça.

— Vous n'avez pas touché à votre petit déjeuner, et maintenant vous refusez de déjeuner ? demanda-t-il d'un ton incrédule. J'ai étudié les arts culinaires toute ma vie.

Ma cuisine est la meilleure du pays. Si ce que je vous prépare ne vous plaît pas, le problème ne vient pas de moi, mais de vous.

Nous étions partis du mauvais pied...

Il me fixait du regard, tel un serpent. S'il montrait les dents, il aurait des crochets.

— Je n'ai pas vu le plateau dans le salon. Et j'aimerais beaucoup déjeuner, parce que je meurs de faim. Je ne voulais pas vous déranger, c'est tout...

— Me déranger ? demanda-t-il avec surprise. Mais c'est ma vocation, Sapphire. Si vous m'empêchez de faire mon métier, vous m'arrachez une partie de mon âme. Je vis pour servir mon maître et ses invités. Je veux qu'ils se sentent comme des princes.

Je n'avais pas l'impression d'être une princesse. Juste un désagrément.

Il me fixait toujours d'un regard furieux, comme s'il s'attendait à ce que je réponde.

Qu'étais-je censée faire ?

— Heu... Désolée, je n'avais pas compris.

— J'accepte vos excuses, dit-il en me contournant, le corps rigide de fierté. Où prendrez-vous votre déjeuner, Sapphire ?

— J'ai le choix ?

Il s'arrêta net et se retourna vers moi, les yeux plissés.

Avais-je dit une bêtise ?

— Vous pouvez manger où vous voulez. Dites-moi simplement où, et je ferai en sorte que vous mangiez là.

— Vous avez un endroit à me conseiller ?

— Par cette belle journée ensoleillée, répondit-il en montrant la fenêtre d'un geste, la terrasse serait un excellent choix.

— Très bien, alors je mangerai sur la terrasse.

Il tapa une fois dans ses mains.

— Parfait. Vous serez servie dans quelques minutes.

Je m'installai sur le balcon, sous un parasol blanc, admirant les acres de terres que possédait Conway. Les chevaux paissaient paisiblement dans le pré. Le soleil éclairait la plaine d'une lumière agréable et faisait briller l'eau de la piscine. Une brise tiède me réchauffait les joues.

Dante me servit le déjeuner comme si j'étais au restaurant. Il commença par m'apporter un thé glacé, une corbeille de pain, puis une salade verte avec de la vinaigrette et du poulet grillé aux tomates.

Il était presque quinze heures et je n'avais pas encore vu Conway.

Dante revint débarrasser mes assiettes.

— Cela vous a plu ?

— Oui, c'était extraordinaire. Merci.

— Un dessert ?

Le repas n'était pas fini ?

— J'ai le ventre plein, merci.

Il m'adressa un regard courroucé.

— Je veux dire... Oui, volontiers.

— Très bien. Je vous apporte une tasse de café et des biscotti. Je viens justement d'en préparer.

— Super.

Je n'étais pas sûre de savoir ce que Conway attendait de moi, mais je n'étais probablement pas censée grossir. Il voulait sans doute que je reste exactement comme j'étais.

Dante revint déposer devant moi une tasse de café, une assiette de biscotti, ainsi qu'un vase contenant une rose rouge.

— Puis-je vous servir autre chose ? Je peux vous apporter du tiramisu et de la tarte au citron.

Il devait tout avoir dans sa cuisine.

— Conway est à la maison ?

Le visage de Dante se durcit.

— Il travaille en ce moment.

Conway avait dû lui demander de me tenir éloignée. J'étais censée m'occuper, en attendant qu'il soit d'humeur à discuter avec moi.

— Pourriez-vous lui faire passer un message ?

— Oui. Mais je ne peux pas l'obliger à m'écouter.

— Dites-lui...

Je ne savais même pas quoi lui dire. Je voulais lui présenter mes excuses. Après tout, je l'avais obligé à débourser cent millions de dollars pour me sortir d'une situation difficile. Mais cela n'avait pas de sens de lui présenter mes excuses par le biais d'une autre personne.

— Dites-lui que j'aime beaucoup sa maison.

LES JOURS PASSÈRENT ET JE NE VIS PAS UN SIGNE DE
Conway. Je n'étais même pas sûre qu'il dorme à la maison.
Je savais qu'il avait un appartement à Milan. Peut-être
vivait-il là-bas, en attendant de digérer sa colère.

Je profitais de mon séjour au paradis. Aux États-Unis,
j'avais été le genre d'étudiante fauchée à se nourrir de
nouilles instantanées et d'œufs durs tous les jours.
Maintenant, un chef me préparait tous mes repas et me
demandait si je souhaitais un dessert et du café. Je me
prélassais devant la piscine en contemplant la campagne
italienne et j'avais accès à une salle de sport assez grande
pour dix personnes.

Ce devait être la vie que menaient tous les riches.

J'étais assise en terrasse avec un verre de vin, les pieds
dans l'eau de la piscine. Je portais une robe d'été que
j'avais trouvée dans mon armoire. Conway avait dû
envoyer quelqu'un m'acheter des vêtements, en lui
donnant mes mensurations exactes. Je n'avais jamais rien
eu d'aussi beau dans ma penderie. Comme si je veillais
sur son royaume, Conway m'avait habillée comme
une reine.

Des pas se firent entendre derrière moi. Les pas lourds
d'un homme costaud. Ce n'était donc pas Dante, qui était

mince. C'était un homme qui portait le poids du monde sur ses épaules.

Conway.

Il s'assit à côté de moi sur la margelle et retroussa son pantalon pour pouvoir mettre les pieds dans l'eau. Puis il s'empara de mon verre et but une gorgée de vin rouge, non sans l'avoir fait tourner juste avant de le porter à ses lèvres. Il reposa le verre et se lécha les lèvres.

Ma punition était terminée.

Le soleil se couchait à l'horizon. Des éclats orange, roses et bleus, comme des coups de pinceaux, striaient le ciel. Cette terrasse était parfaitement située pour assister aux plus magnifiques couchers de soleil que j'aie jamais vus – et Conway en profitait tous les jours.

Il regarda le soleil se coucher lentement, puis disparaître à l'horizon.

— Je suis content qu'elle vous plaise.

J'eus besoin de quelques secondes pour comprendre qu'il répondait au message que je lui avais fait passer.

— Je n'avais jamais rien vu d'aussi beau. En visitant Milan, je me suis pourtant habituée aux belles choses... Mais cet endroit est incomparable. On dirait un décor de cinéma.

— Tout est plus beau dans la vie qu'au cinéma.

— Pour vous, peut-être...

Un homme fortuné comme lui menait une existence dorée. Il vivait entouré de fleurs, de voitures de sport et de superbes femmes. Quant à moi, chaque jour était une épreuve. Je devais surmonter un obstacle après l'autre.

— La vie est ce qu'on en fait, chérie.

Je pris une brusque inspiration. J'avais horreur de ce mot. Chaque fois que je l'entendais, mon ventre se nouait et je me sentais impuissante, comme quand Knuckles m'attrapait par le cou.

Conway me jeta un regard en coin.

— Qu'est-ce que j'ai dit ?

Je fixai l'horizon du regard. Les étoiles commençaient à briller au-dessus de nos têtes.

— Je déteste ce mot...

— Pourquoi ? demanda-t-il.

Il parlait d'une voix de bariton, grave et masculine, et savait toujours se faire entendre en quelques mots seulement.

— C'est comme ça que Knuckles m'appelle...

Je ne lui donnai pas d'autre explication. Inutile d'entrer dans les détails, de lui dire qu'en me réveillant sur le canapé d'un ami, je trouvais toujours un mot de lui sur ma poitrine. Il aimait me regarder courir – c'était sa came.

Il porta le verre de vin à ses lèvres et but une gorgée.

— Comment s'est passée votre journée ?

— Nous n'avons jamais aussi bien vendu. Les critiques sont excellentes. Tout le monde dit que je n'ai jamais rien créé d'aussi beau... Et ce n'est pas peu dire.

— Je suis ravie de l'entendre...

Je me sentis rougir : je savais que c'était moi qui lui avais inspiré ces pièces. En examinant mon corps avec un regard plein de désir, il avait créé les plus beaux modèles de lingerie que le monde ait jamais vus.

— Et c'est grâce à vous.

— Je n'ai pas fait grand-chose, Conway, fis-je en lui prenant le verre des mains.

— Non, mais vous avez fait plus que vous ne le pensez.

Je sortis les pieds de l'eau avant que la peau de mes orteils ne soit trop fripée.

— Dante ne m'aime pas.

— Vous avez raison. Il ne vous aime pas.

Je n'aurais pas dû me soucier de ce que pensait Dante, mais j'étais déçue de ne pas m'entendre avec lui.

— Je ne voulais pas le vexer.

— Il est très fier de son travail. Si vous lui donnez l'impression que vous avez besoin de lui, il changera d'avis.

— Pourquoi aurais-je besoin de lui ?

— Tout et n'importe quoi.

— Eh bien, je n'ai pas besoin qu'on m'obéisse au doigt et à l'œil. Je suis parfaitement capable de faire mon lit, ma lessive et de me préparer un sandwich.

— Ce n'est pas comme ça que ça marche, dans cette maison. C'est humiliant pour Dante. Vous lui donnez à croire qu'il ne sert à rien. Et s'il ne sert à rien, il n'a pas de travail. Laissez-lui sa dignité.

Je n'y avais pas réfléchi de cette façon.

— Il vit ici ?

— Il a ses quartiers près de la cuisine.

— Et il n'a pas de famille ?

— Il a une petite amie qui vit à quelques kilomètres d'ici. Et deux enfants, mais ils sont déjà adultes.

— Il n'a pas de temps libre ?

— Si, après le dîner, il fait ce qu'il veut. Et je passe beaucoup de temps à Milan, donc il ne travaille pas trop dur. Il a beaucoup de temps libre.

— C'est sympa. Il doit aimer vivre ici... dans un si bel endroit.

Conway haussa les épaules.

— Il ne se plaint pas.

J'aurais adoré être domestique, si cela voulait dire habiter dans cette propriété.

— Si je peux faire quelque chose pour vous, je serais ravie de vous aider. Je peux faire le ménage ou du secrétariat. Le courrier, ce genre de chose...

Je lui devais ma vie et une somme rondelette. J'aurais passé mes dix prochaines vies à le rembourser.

— Vous allez faire quelque chose pour moi... Mais rien de tout cela.

Il retira ses pieds de la piscine et se leva. Il portait un tee-shirt moulant et un jean qui tombait sur ses hanches.

— J'ai laissé quelque chose pour vous sur le lit. Enfilez-le et attendez-moi à genoux.

Je reconnus le corset noir posé sur le lit. Au niveau des hanches, la dentelle était élastique. Il verrait ma peau à travers le tissu. Les bonnets du soutien-gorge étaient bien rembourrés, ce qui faisait pigeonner mes seins. Le string noir était orné de diamants.

Je l'étirai quelques secondes entre mes doigts avant de l'enfiler.

Mon cœur battait si vite dans ma poitrine qu'il me faisait mal. Chaque coup résonnait dans ma cage thoracique. Je n'arrivais pas à rester calme et à me détendre. Mon cœur savait ce qui allait arriver, et l'adrénaline montait en flèche.

Je me coiffai avec un fer à friser et me maquillai comme Conway l'aimait. Mes paupières charbonneuses mettraient en valeur mes prunelles bleues. Je sortis un tube de rouge à lèvres brillant. Il ne l'avait pas précisé, mais j'imaginai qu'il voulait que je sois à genoux au pied du lit.

J'obéis.

Au fond de moi, j'étais morte de honte. J'étais sur le point de coucher avec un homme parce qu'il m'avait achetée à un autre encore plus cruel. Je n'avais plus le droit de choisir mon destin. J'étais à la merci d'hommes plus puissants que moi. Depuis cet horrible jour, je me sentais impuissante. Quand j'allais encore à l'université et que j'avais un toit au-dessus de ma tête, je croyais encore que tout était possible. Je pensais qu'en travaillant dur, je pourrais vivre le rêve américain.

Quelle idiote...

Je n'étais qu'un pion dans un jeu que jouaient d'autres hommes. Un jouet qu'ils se disputaient. Pourtant, j'étais aussi soulagée de me retrouver là. Ce n'était pas comme si une vie meilleure m'attendait au-delà des murs de cette propriété. Mais ce n'était pas ce dont j'avais rêvé.

Je n'avais pas le choix.

Je restai donc à genoux.

Je trouvais Conway attirant et j'avais tout de suite senti qu'il y avait quelque chose entre nous. Il avait des qualités et il n'était pas violent, contrairement aux autres. J'aurais pu tomber plus mal.

Il ne me restait plus qu'à faire preuve de reconnaissance.

Et essayer de prendre du plaisir.

La porte de ma chambre s'ouvrit et Conway entra. Le torse et les pieds nus, il ne portait plus que son jean. Il referma la porte derrière lui et me fixa du regard.

Il avait les yeux si sombres que je n'aurais su dire s'il était satisfait. Il me dévisagea longuement, les bras le long du corps et les poings serrés. Puis il s'approcha lentement. Il me traitait comme une reine mais, quand il était aux commandes, il me reprenait ma couronne. Je compris qu'il comptait prendre son temps.

Je me rappelai fermement de respirer.

Conway m'avait toujours touchée avec douceur, me prodiguant des caresses dans le cou et sur les épaules. Il serait sûrement un amant doux et passionné. Il m'exciterait avec ses caresses avant de prendre ce qu'il voulait.

Je levai le menton en le voyant approcher. J'étais assise sur mes talons, les seins exposés à son regard, comme présentés sur un plateau. Mon souffle était de plus en plus court, de plus en plus lourd. Le corset me serrait et m'empêchait de bien respirer. Mes cheveux tombaient sur une de mes épaules, prêts à être agrippés.

Il était parfaitement immobile devant moi, comme s'il n'avait pas besoin de respirer pour vivre.

— Bordel de merde...

Son regard était concentré, comme quand il travaillait, mais plus sexy et plus ambitieux, si incandescent qu'il me brûlait la peau. Je me sentais déjà nue.

— Muse.

Je levai les yeux vers lui, comprenant instinctivement que c'était mon nouveau surnom.

— Sur le lit.

J'étais tellement nerveuse que j'arrivai à peine à me relever. Comme un faon qui vient de naître, je titubai vers le lit. Les draps étaient en coton égyptien. Quant au matelas, je n'avais jamais dormi dans un lit aussi confortable. Je rampai sur le drap. J'ignorais ce qu'il attendait de moi, mais j'imaginais qu'il voulait me baiser par derrière.

Il m'attrapa par les hanches et me retourna sur le dos. Puis il me tira vers le bord du lit jusqu'à ce que mes fesses pendent au-dessus du vide. Les mains sur mes hanches, il pétrit ma chair et joua avec le tissu de mon string. Il me dévorait du regard. Enfin, il tira sur ma culotte, qu'il fit rouler le long de mes jambes et laissa tomber par terre.

— En entrant, j'avais autre chose en tête. Mais maintenant que je te regarde...

Il m'attrapa par les genoux et m'écarta les cuisses, révélant mes parties intimes, qu'il fixa du regard sans la moindre honte, comme si mon corps lui appartenait.

Ce qui était vrai.

Il tomba à genoux, mes jambes dans ses bras. Il approcha son visage de mes replis intimes, puis souffla doucement sur mon clitoris.

Je me raidis en sentant son haleine chaude. Aucun homme ne s'était jamais retrouvé dans cette position, le visage entre mes cuisses. Je me renversai sur le lit et fixai le plafond du regard en sentant sa langue. Mes hanches ondulèrent immédiatement sous l'effet de sa caresse sensuelle, et je laissai échapper un bruit à mi-chemin entre le miaulement et le gémissement.

Puis il m'embrassa.

Il m'embrassa absolument partout. Sa langue titilla le bourgeon entre mes jambes, pendant que son souffle stimulait ma vulve. Puis il lapa mon entrée, goûtant mon intimité comme aucun autre avant lui.

Je restai allongée et le laissai faire ce qu'il voulait. Je savais que je lui appartenais corps et âme. Je ne pouvais pas refuser. Même si j'en avais eu envie, je n'aurais pas pu l'arrêter.

Et je n'étais pas sûre d'avoir envie de l'arrêter.

Il me souleva les cuisses pour les poser sur ses épaules et frotta son visage contre mon entrejambe. Son baiser se fit plus insistant, plus profond, plus agressif. Ses doigts me pétrissaient les cuisses.

— Cette chatte... vaut bien cent millions.

Une vague de chaleur se propageait dans mon corps, en direction de mon entrejambe. J'avais déjà joui et savais donc ce qui allait se passer. Je n'arrivais pas à y croire... Je n'avais même pas encore embrassé Conway et mon corps me trahissait déjà. C'était grotesque. J'avais été vendue et achetée comme du bétail.

Mais j'allais jouir.

Je ne maîtrisais plus les réactions de mon propre corps. J'aurais dû m'obliger à détester ce qu'il me faisait. J'étais sa muse parce que je n'avais pas d'autre choix. Mais pourquoi y aurais-je pris du plaisir ? Je résistai de toutes mes forces aux réactions de mon corps, me forçant à penser à autre chose, pendant qu'il continuait à faire l'amour à ma chatte avec sa langue.

J'inspirai lentement, en fixant du regard le plafond au-dessus de moi, tous mes muscles bandés pour m'empêcher d'onduler des hanches sous sa langue. Si je restais bien concentrée, j'arriverais peut-être à conserver ma dignité.

Il recula.

J'eus aussitôt un peu plus froid. J'avais refoulé de toutes mes forces les agréables sensations qu'il me procurait. Maintenant qu'elles avaient disparu, elles avaient emporté toute mon énergie. Je serrai les draps sous mes doigts, en attendant la suite.

— Arrêtez.

Son ordre zébra le silence comme le chuintement d'une épée.

— Arrêter quoi... ?

Il se redressa et se pencha au-dessus de moi. Les muscles fermes et bien dessinés, il semblait taillé dans la pierre. Ses lèvres étaient humides de mes fluides, brillantes comme s'il avait mis du gloss.

— Arrêtez de vous battre. Vous ne prouvez rien.

Je n'étais peut-être pas aussi discrète que je le pensais.

Il retomba à genoux entre mes jambes. Sa bouche retrouva mon clitoris palpitant avec la même agressivité, les mêmes coups de langue et de dents.

Mes hanches se mirent à onduler sous lui. Maintenant, c'était lui qui dominait toutes les réactions de mon corps. Je m'enfonçai dans le matelas, terrassée par les sensations. Je voulais garder ce qui me restait de contrôle sur ma vie, mais c'était impossible quand cet homme m'embrassait de cette manière.

Je me tortillai sur le lit, le dos cambré, les hanches animées d'une vie propre.

Une vague de chaleur se propageait à nouveau dans mon corps. J'avais le souffle de plus en plus court. Mes halètements étaient devenus des gémissements, puis des râles. Quand je sentis l'explosion entre mes cuisses, je me cramponnai aux draps. Je n'avais encore jamais eu un tel orgasme, malgré ma réticence et mon insubordination. Je tirai plus fort sur les draps et me laissai emporter par le plus doux des plaisirs.

Il m'embrassa et me lécha jusqu'à la fin, stimulant mon clitoris avec sa langue. Il me donna un dernier baiser avant de reculer.

— Une chatte délicieuse...

Il se leva et déboutonna son jean.

Je regardai fixement le plafond, le souffle court, encore humide entre les jambes – et pas seulement de salive. Je passai les doigts dans mes cheveux, envahie d'une si profonde satisfaction que je ne pensais soudain plus à rien. Le corset me serrait le corps, comprimant mon ventre et faisant pigeonner mes seins.

Il claqua des doigts.

— À genoux. Maintenant.

Je n'appréciais pas qu'on me claque des doigts sous le nez, mais je ravalai mon insolence. Il n'était plus si difficile de lui obéir maintenant qu'il m'avait fait jouir si fort. Il m'avait embrassée à un endroit où je n'avais encore jamais été embrassée – et cela avait été délicieux.

Je m'en voulais d'avoir aimé ça.

Je tombai à genoux par terre, assise sur mes talons, comme la dernière fois. Les mains posées sagement sur les cuisses, je le regardai baisser son pantalon. Ses cuisses semblaient encore plus musclées, moulées dans son boxer noir. Il était viril de la pointe de ses cheveux jusqu'à ses jambes épaisses et taillées au burin. Il ne devait pas avoir un gramme de graisse. Je l'avais rarement vu manger dans son atelier. Je comprenais mieux pourquoi.

Il baissa son boxer, révélant une énorme queue en érection. De larges veines sillonnaient son membre et son gland luisait déjà d'humidité. Les poils autour de ses bourses étaient tellement bien taillés qu'on ne voyait presque plus que la peau. Je n'avais pas beaucoup d'expérience en la matière, mais son gabarit me sembla impressionnant. C'était le genre d'engin que l'on voyait dans les films porno, pas dans la vraie vie.

Mais sa queue était aussi intimidante que le reste de sa personne.

Maintenant que j'étais dans cette position, à genoux, les yeux au niveau de sa taille, je compris très exactement ce qu'il voulait que je fasse.

Il prit son membre dans la main et se caressa plusieurs fois, avant de s'approcher de moi.

— Embrasse-moi, demanda-t-il en pointant son gland vers ma bouche.

Je me penchai et plantai un baiser sur son gland, embrassant sa peau lisse. Je sentis sous mes lèvres l'humidité visqueuse de son désir, qui s'étala sur ma bouche comme du gloss.

— Regarde-moi.

Je levai les yeux vers lui. Il avait toujours le même regard intense, mais le visage plus rouge qu'auparavant, sous l'effet de l'excitation. Il glissa les doigts dans mes cheveux, empoignant mes boucles.

Puis il saisit son membre dans la main et le pointa vers le plafond.

— Commence par là.

Je posai ma bouche sur la peau fripée de ses bourses, que j'embrassai comme j'avais embrassé son gland. Je commençai lentement, sans jamais le quitter du regard, en faisant de mon mieux pour me concentrer sur ce que je faisais. Après l'orgasme qu'il m'avait donné, je voulais lui procurer du plaisir, moi aussi. Je ne voulais pas qu'il regrette son achat et qu'il me revende à Knuckles.

— Utilise plus ta langue.

J'embrassai ses bourses comme j'aurais embrassé la bouche d'un homme, en utilisant ma langue. Ma salive enroba peu à peu sa peau fripée, ce qui permit à mes lèvres de glisser plus facilement.

— Suce-moi.

J'aspirai une bourse dans ma bouche, en ouvrant grand la mâchoire. Je l'embrassai comme il m'avait embrassée, avec les lèvres, la langue et les dents. Je tirai doucement sur la peau de ses testicules, avant de donner un coup de langue.

Sa main tenait mes cheveux bien en place, formant un poing sur ma nuque. Il se servait de l'autre pour caresser son membre.

— Caresse-moi.

Il me laissa prendre le relai, sans me quitter du regard.

Je caressai son membre, lentement, de bas en haut, tout en suçant ses bourses. Je suivis des yeux le mouvement de ma main, pendant quelques secondes, attentive à la leçon qu'il me donnait.

— Regarde-moi.

Je relevai les yeux vers lui.

Cette fois, il pointa son membre vers ma bouche.

Je compris ce qu'il voulait. J'ouvris grand la bouche et l'engloutis jusqu'à la gorge, en tâchant de garder la langue à plat. Je sentis ma salive le noyer et une douleur se déclarer dans ma mâchoire.

La main sur ma nuque, il s'enfonça un peu plus profondément, jusqu'à ne laisser à l'air libre que quelques centimètres de chair. Ses doigts me tiraient les cheveux.

Puis il donna un coup de reins. Conway n'était pas l'amant doux et aimant que j'avais espéré. Il baisa ma bouche comme si mon corps lui appartenait.

Et c'était le cas.

Le poing serré dans mes cheveux et l'autre main me tordant le cou, il se força un passage dans ma gorge. La salive commença à me dégouliner sur le menton. Des larmes me mouillèrent les yeux. Il menaçait de m'étouffer. Il me baisait si fort que j'étais presque sûre d'avoir un haut-le-cœur très bientôt...

— Pas de haut-le-cœur.

Je le regardai droit dans les yeux, cramponnée à ses cuisses musclées. Mes ongles s'enfonçaient dans sa chair. Respirer était devenu un combat de tous les instants. S'il ne m'avait pas donné un tel orgasme, je n'aurais jamais supporté qu'il me traite de cette façon, sans aucun égard. Il m'utilisait comme il avait menacé de le faire. Mes larmes ne semblaient pas l'émouvoir. En fait, elles l'excitaient.

Sa queue était énorme.

Il accéléra l'allure, me baisant de plus en plus fort, de plus en plus vite.

Je faisais de mon mieux pour m'empêcher d'avoir un haut-le-cœur, les sachant interdits.

Son regard s'assombrit.

— Ma muse...

Son poing serra plus fort mes cheveux. Il accéléra encore le rythme, sans égard pour ma bouche. Quand il en aurait terminé, j'aurais mal à la gorge.

Quand il ferma les yeux et que sa queue palpita dans ma bouche, je compris ce qui allait suivre. Son énorme queue allait se décharger dans ma bouche. Je n'osais même pas imaginer la quantité de foutre que j'allais recevoir.

— Montre-moi avant d'avaler, me prévint-il en serrant ma tête entre ses mains.

Il força le passage, pénétrant tout entier dans ma bouche. Je cherchai mon souffle et mon équilibre. La salive me dégoulinait sur le menton. Mes larmes faisaient couler mon mascara.

J'étais sa propriété, un jouet dont il pouvait user comme bon lui semblait. Il m'avait donné du plaisir, et je devais maintenant lui en donner plus encore. Je devais prouver que je valais cent millions. Même si ma bouche était trop étroite pour son gabarit, même si je n'avais aucune expérience, il ne me rendait pas la tâche plus facile.

Il ne me rendrait jamais la tâche plus facile.

Il s'arrêta brusquement, la queue enfoncée dans ma gorge, et se vida en poussant un long gémissement. Je sentis sa queue palpiter de plaisir, puis un liquide envahir ma bouche et ma gorge.

Je me forçai à ne pas avaler.

Il donna encore quelques coups de reins, en finissant, ses gémissements de plus en plus faibles. Puis il lâcha mes cheveux et ma nuque. Il retira lentement sa queue enrobée de salive de ma bouche, le gland blanc de sperme. Un filet de salive s'étira entre son membre et mes lèvres. Il avait toujours le même regard concentré, mais plus sombre.

— Montre-moi.

Je repris enfin mon souffle, inspirant l'air à pleins poumons par le nez. J'ouvris la bouche et sortis la langue pour lui montrer sa semence. J'en avais plein les dents.

Il m'attrapa par le cou pour examiner son œuvre. En m'adressant un signe de tête approbateur, il dit :

— Avale.

Je refermai la bouche et avalai sa semence. Je fus obligée de m'y prendre à deux fois.

Conway me regarda faire.

— Ouvre.

J'ouvris la bouche et lui montrai.

— Bien.

Il me lâcha et remonta son boxer. Il ramassa son jean par terre et commença à l'enfiler.

Je restai à genoux, dans l'attente de ses ordres.

Il ne dit rien. Il se contenta de sortir de ma chambre et de refermer derrière lui, sans me jeter un dernier regard. J'entendis tourner la poignée. Puis le silence.

Je restai assise par terre, la bouche pleine de salive. Mes yeux étaient humides de larmes. Je pensais qu'il me baiserait, mais il ne l'avait pas fait. Je me demandais si c'était intentionnel ou s'il avait eu seulement envie d'une fellation.

Ainsi serait donc ma vie jusqu'à la fin de mes jours. Je devais être prête à faire mon devoir à tout moment.

Au moins, j'y prendrais du plaisir.

15

CONWAY

J E SORTIS DE LA MAISON EN SLIP DE BAIN, UNE serviette sur l'épaule.

— Dante ?

— Oui, monsieur ? dit-il, apparaissant soudain à mes côtés, comme sortant de nulle part.

— Je prendrai mon petit déjeuner dans quarante-cinq minutes. Dites à Sapphire de se joindre à moi.

— Sans faute. Bonne baignade, monsieur.

— Merci, Dante.

Devant la piscine, je mis mes lunettes. Je plongeai et commençai mes longueurs, dans l'objectif de parcourir mille mètres pour bien commencer la journée. Il faisait chaud, même s'il n'était pas encore huit heures.

Je fis demi-tour sous l'eau et repartis dans l'autre sens, en utilisant tous les muscles de mon corps. Je battais des jambes avec énergie. L'eau fraîche roulait sur ma peau, soulageant mes muscles de plus en plus fatigués.

Quand j'eus terminé mes longueurs, je sortis de l'eau, laissant les gouttes couler sur ma peau, puis dégouliner sur le caillebotis. Je retirai mes lunettes et les jetai par terre – Dante se chargerait de les ramasser et les ranger.

Dante avait préparé la table sur la terrasse pour le petit déjeuner. Il avait mis la nappe et ouvert le parasol blanc pour protéger les chaises du soleil brûlant. Une rose rouge, cueillie dans la roseraie de la propriété, apportait une touche de couleur.

Je me séchai avec ma serviette, en commençant par mes bras et mes jambes, puis mes cheveux. Quand je fus suffisamment sec, je m'installai. Dante avait posé des journaux italiens et mon téléphone sur la table. Je consultai ma boîte e-mail en attendant mon invitée.

Sapphire se joignit à moi. Elle était vêtue d'une robe blanche, ses longs cheveux ramenés sur une épaule. Elle était maquillée et prête à affronter le soleil estival avec son chapeau à large bord. Elle s'assit en face de moi et rapprocha sa chaise, ses yeux bleus fixés sur moi.

Je lisais toujours mes e-mails quand Dante servit les blancs d'œuf, le sauté de légumes et le pain italien.

Sapphire ne m'attendit pas pour commencer.

Nicole m'avait envoyé plusieurs e-mails la nuit dernière, pour me tenir au courant des différentes commandes et des événements. Apparemment, certains fabricants de tissu souhaitaient augmenter leurs tarifs maintenant que les commandes pleuvaient. Je me fichais des questions d'argent, mais je ne laisserais personne me marcher sur les pieds. Je lui répondis et ne touchai pas à mon assiette.

— Pourquoi m'avez-vous demandé de venir si c'est pour m'ignorer ?

Je relevai lentement les yeux vers elle, étonné qu'elle ose me parler sur ce ton.

— C'est mon problème, pas le vôtre.

Je regardai droit dans ses yeux d'un bleu étincelant et me rappelai ce qui s'était passé la nuit dernière. J'avais aimé voir ces prunelles si sombres de désir. Elle n'avait jamais été aussi belle que la bouche pleine de ma semence. Aujourd'hui, assise sous le soleil brûlant, elle ressemblait à une de ces femmes italiennes qui font rêver tous les hommes. Même si je n'avais pas choisi ses tenues et son maquillage, elle aurait été sublime. C'était sa perfection qui mettait en valeur les vêtements que je lui avais donnés.

— C'est mon problème si ça veut dire que j'aurais pu dormir plus longtemps...

— Il est huit heures. Vous ne devriez plus dormir à cette heure-là.

— Tout le monde ne se lève pas au chant du coq.

— Non. Mais personne ne devrait dormir passé huit heures, dis-je.

Je posai mon téléphone. Visiblement, elle n'avait pas

l'intention de me laisser travailler. Et puis, il était bien plus intéressant de la regarder. Je bus une gorgée de café qui me réchauffa le corps.

— Vous nagez tous les matins ?

— Quand il fait beau.

— Et qu'est-ce que vous faites en hiver ?

— De la musculation. Mais je préfère être dehors, dis-je en buvant une deuxième gorgée de café et en mangeant une bouchée d'omelette. D'ailleurs, j'exige que vous pratiquiez une activité physique quotidiennement.

— Quotidiennement ? demanda-t-elle d'un ton incrédule.

— Oui.

— C'est un peu exagéré.

— Ça vous fera du bien.

Elle rajouta une cuillerée de crème dans son café, qu'elle se mit à touiller.

— Je veux bien faire du sport cinq jours par semaine, mais pas le week-end. C'est tout ce que vous obtiendrez, alors n'insistez pas.

Cinq jours ? Je pouvais l'accepter.

— Vous oubliez qui commande, ici. Et ce n'est pas quelque chose que vous devriez oublier.

J'avais baisé sa gorge si brutalement qu'elle devait être endolorie. Je l'avais fait parce que j'en avais le pouvoir. Je pouvais faire tout ce que je voulais avec elle. Elle n'avait plus rien.

— C'est vous qui commandez, mais vous ne pouvez pas tout contrôler.

Si elle acceptait de coopérer, je m'en contenterais. Je voulais surtout satisfaire mes désirs charnels avec elle. Tant qu'elle me donnait ce que je lui demandais dans la chambre à coucher, je supporterais son insolence.

— Vous ne voulez pas que je vous provoque, mais ne faites pas l'erreur de me provoquer, dis-je en ouvrant un journal et en lisant les gros titres, parfaitement conscient du fait qu'elle me dévisageait.

— Vous allez à Milan, aujourd'hui ?

— Oui.

— Je peux venir ?

Je comptais la cacher pour le moment.

— Non.

— Vous voulez que je reste ici toute la journée ?

— Oui.

Elle se tourna vers les collines, ses cheveux agités par une brise légère.

— Quand je rentrerai, vous dînerez avec moi – et vous porterez la lingerie que Dante laissera sur votre lit.

Je levai les yeux vers elle, dans l'attente de ses protestations. La nuit dernière, je l'avais vue prendre toute ma queue dans sa petite bouche, le menton trempé de salive. Je n'oublierais jamais cette image érotique ou la manière dont elle avait ouvert grand les yeux quand j'avais baisé sa bouche.

Elle ne protesta pas.

— J'espère que vous allez me trouver quelque chose à faire. Si je reste assise toute la journée, je vais grossir.

— C'est pour cela que je vous ai demandé de pratiquer une activité physique.

— Ce n'est pas naturel de faire de la musculation tous les jours. Je n'ai pas l'intention de m'y plier, dit-elle en buvant son café et en coupant son omelette. Je préfère rester debout toute la journée et faire quelque chose d'utile. Je pourrais vous aider à l'atelier, même si vous n'avez pas besoin de mon corps pour créer un nouveau modèle. Je suis une fille intelligente et j'ai beaucoup de potentiel.

— Les filles intelligentes ne se retrouvent pas dans votre situation, répliquai-je froidement.

Elle plissa les yeux.

— Je ne suis pas responsable des actions de mon frère.

— Mais vous êtes responsable de tout le reste.

J'étais terrifié à l'idée qu'il arrive quelque chose à ma sœur. Vanessa était si belle que je n'aurais pas pu ne pas le remarquer. Elle avait une élégance de reine et un sourire de mannequin. Quand j'étais plus jeune, tous mes amis s'étaient entichés d'elle.

C'était extrêmement agaçant.

Si elle avait été laide, cela m'aurait facilité la vie.

Et si un homme la désirait comme je désirais

Sapphire ? Et si cet homme était aussi dominateur et malveillant que moi ?

Sapphire secoua la tête, le regard froid.

— Je refuse de m'excuser pour tout ce qui m'est arrivé. Je refuse de porter le chapeau alors que je suis la victime. Seule contre tous et sans ressources, je n'aurais rien pu faire. Je ne vous juge pas, et vous ne devriez pas me juger.

— Je n'ai jamais dit que je vous reprochais quoi que ce soit. Mais vous aviez le choix.... Vous ne vous en êtes simplement pas rendu compte.

J'aurais pu régler ses problèmes d'un claquement de doigts, si elle s'était confiée à moi. Et mon portefeuille serait encore un peu plus épais.

— Mon offre tient toujours. Je veux vous être utile.

Si Dante n'avait pas été à mon service depuis dix ans, elle aurait pu prendre sa place. Mais je refusais de le renvoyer. Dante ne veillait pas seulement sur ma maison, mais aussi sur mes secrets. Une femme était venue vivre chez moi et il n'avait pas posé de questions. Cela ne le regardait pas et il le savait.

— Si je pense à quoi que ce soit, je vous le ferai savoir.

— Je peux toujours faire du mannequinat...

— Non.

Je tournai une page de mon journal et commençai à lire un article. La dernière fois qu'elle avait défilé, elle avait enflammé l'imagination du public. Tous les hommes l'avaient regardée comme un morceau de viande. Ma muse était spéciale à mes yeux. Elle était essentielle à mon travail. Je ne voulais plus la partager avec d'autres.

Elle ne demanda pas d'explications.

— Vous montez ?

— C'est-à-dire ? demandai-je.

— Vous montez à cheval ?

En levant les yeux, je la vis regarder en direction des écuries et des belles juments qui broutaient dans le pré. J'avais de magnifiques chevaux.

— Rarement.

— Alors pourquoi possédez-vous des chevaux ?

— Parce que je fais ce que je veux avec mon argent, répondis-je en enfournant une bouchée de nourriture.

Elle plissa les yeux.

— Vous m'avez peut-être achetée, mais je n'ai pas l'intention de supporter votre arrogance.

— Et je n'ai pas l'intention de supporter vos questions.

— Je n'ai posé qu'une question. J'essaye simplement d'engager la conversation... À moins que vous n'ayez jamais eu de conversation avec qui que ce soit, railla-t-elle en portant la tasse à ses lèvres. Ça ne me surprendrait pas.

Je retins de mon mieux un sourire amusé, ne lui présentant qu'un visage dur et stoïque.

J'admirais son insolence et sa répartie. Elle s'était retrouvée dans des situations difficiles, mais elle avait eu le cran de s'en sortir. Elle n'avait jamais baissé les bras et elle avait sauvegardé ce qui lui restait de dignité. Même quand elle s'était agenouillée devant moi, je n'avais pas pu m'empêcher de la respecter.

Elle avait quelque chose de plus que les autres.

— Pourquoi avez-vous des chevaux ? répéta-t-elle.

— Je prends plaisir à les regarder.

Elle se retourna vers les écuries et les chevaux.

— Je peux les monter ?

— Vous pouvez faire tout ce que vous voulez dans la propriété.

— Vraiment ? demanda-t-elle avec surprise.

— Je viens de vous le dire. Le palefrenier s'appelle Marco. Dites-lui ce que vous voulez faire et il vous y aidera.

Elle termina sa nourriture et passa le reste de la matinée à regarder les chevaux de loin. Ils étaient tous très différents et très beaux. Je ne les montais pas souvent, ni ne les présentais en compétition, mais ils faisaient de beaux trophées. Ils avaient beaucoup d'espace et recevaient tous les soins dont ils avaient besoin.

— J'ai toujours adoré les chevaux, mais je n'avais encore jamais eu l'occasion d'en voir de si près.

Je la regardai contempler mes chevaux, les yeux pleins d'une énergie et d'une excitation qui la rendaient encore plus belle. Le soleil frappait son visage à un angle idéal et faisait briller ses prunelles comme des bijoux.

Au lieu de lire mon journal, je décidai de la fixer du regard.

ANASTASIA ÉTAIT PARTIE. J'ÉTAIS DE NOUVEAU SEUL dans mon immeuble. Il comportait quatre appartements, mais je les avais tous achetés pour ne pas avoir de voisins. Je ne voulais croiser personne dans les couloirs ou les escaliers. L'immeuble était donc entièrement sous mon contrôle. Je n'avais pas beaucoup d'ennemis, mais je préférais être prudent.

Nicole m'avait envoyé toutes les informations sur les ventes de la semaine précédente. Nous étions prêts à distribuer nos modèles en Europe. Quant au marché américain, les pièces étaient en précommande.

Mais les chiffres étaient montés en flèche.

Je n'avais jamais autant vendu en une semaine dans toute ma carrière.

Et je faisais ce métier depuis longtemps.

C'était moi qui avais créé les modèles que mes clients s'arrachaient, mais c'était Muse qui avait attisé la flamme de mon inspiration. Avec ses belles hanches et sa taille de guêpe, elle était encore plus belle que toutes ces femmes qu'on avait jugées dignes d'être peintes nues par les plus grands maîtres. Sa sensualité réveillait de profonds désirs en moi. J'avais déjà beaucoup d'appétit charnel avant de la rencontrer, mais elle avait fait de moi un homme affamé.

Je ne l'avais pas encore baisée parce que j'avais eu très envie de sa bouche. Quand je l'avais trouvée agenouillée dans la chambre, en lingerie, j'avais ressenti un besoin bestial, celui de forcer l'entrée de cette bouche pulpeuse avec ma queue. Bien sûr, j'avais commencé par la goûter, pour savoir si elle était aussi sucrée qu'elle en avait l'air.

Je n'attendrais plus.

Je prendrais sa virginité ce soir – virginité que j'avais achetée.

La sonnette retentit. Je sus immédiatement qui me rendait visite. Je marchai vers la porte d'entrée et ouvris.

Carter entra.

— Tu as le temps de discuter ?

— Tu sais que je n'ai jamais le temps, répondis-je en refermant la porte derrière lui et en marchant vers le bar. Qu'est-ce que tu veux ?

— Je suis ton cousin. Je n'ai pas besoin de raison pour passer.

Je nous servis deux verres de scotch et lui en tendis un.

— Si tu me répètes cette excuse assez souvent, je finirai peut-être par y croire.

Il but une longue gorgée, puis reposa son verre sur la table.

— Alors, tu vas tout me raconter ou je dois te tirer les vers du nez ?

— Deuxième option, répondis-je en m'asseyant dans un fauteuil de cuir.

— J'espérais que tu dirais ça.

Il se laissa tomber sur l'autre canapé. Il portait un blouson de cuir noir et un jean sombre.

— Alors, qu'est-ce qui s'est passé ? J'ai renvoyé Anastasia chez elle. Maintenant, j'ai Marissa à la maison. Ça ne me dérange pas mais, comme je ne peux pas la baiser, je ne sais pas quoi faire d'elle.

— On peut faire beaucoup de choses avec une femme sans pour autant la baiser.

— Il n'y a que baiser qui m'amuse.

Je n'avais pas baisé Muse la nuit dernière, mais je m'étais bien amusé.

— Alors, Conway ? Qu'est-ce qui se passe ?

— Ma muse a été capturée. Ils l'ont mise en vente. Un mec des Chainsaw Yankees était là. Il avait bien l'intention de l'acheter. Je sais que c'est un connard. J'ai fait ce qu'il fallait et je l'ai achetée.

— Tu as acheté deux femmes la semaine dernière ?

— Ouais, répondis-je en buvant une gorgée.

— Combien as-tu payé pour l'avoir ?

— Ça n'a pas d'importance, fis-je, parfaitement conscient qu'il deviendrait fou si je lui disais la vérité. Maintenant, elle est à moi. Elle n'est plus mon employée ou mon mannequin. Elle est simplement à moi. Je vais la garder et l'utiliser pour créer mes modèles... Entre autres choses.

— Comme esclave ? demanda-t-il en haussant un sourcil.

— Elle a accepté.

— Vraiment ? Pourquoi ? Parce que t'es riche ?

— Parce qu'elle n'a nulle part où aller. Si elle s'enfuit, Knuckles la retrouvera. Elle a des dettes jusqu'au cou et elle ne peut pas retourner aux États-Unis. Sa seule solution serait de vivre dans la rue, en espérant que Knuckles ne la retrouve pas. Elle a raison de préférer être mon esclave.

— Combien as-tu payé ?

J'ignorai sa question. Il plissa les yeux.

— Moins tu me réponds, plus je veux le savoir.

— Tu es vraiment un gamin.

— C'est ça..., dit-il en reposant brusquement son verre sur la table. Tu sais que je peux trouver l'information ailleurs. Et je le ferai.

Comme il refusait de céder, je me jetai à l'eau.

— Cent.

— Cent mille ? demanda-t-il avec surprise. Je pensais qu'elle partirait pour un ou deux millions, au moins.

— Non... Cent *millions*.

La surprise de Carter se mua en véritable stupéfaction. Il ouvrit grand les yeux et la bouche, me dévisageant avec incrédulité, comme s'il n'en croyait pas ses oreilles. Pour la première fois de sa vie, Carter Barsetti était bouche bée.

— Tu es complètement malade ?

— Knuckles n'arrêtait pas d'enchérir.

— Alors pourquoi ne l'as-tu pas laissé gagner ?

Je savais ce qui arriverait à Sapphire si je n'intervenais

pas. Elle ne vivrait pas longtemps et ne connaîtrait plus que le viol et la torture avant de mourir. Elle avait tellement de potentiel... Ma muse ne méritait pas de connaître un tel sort. Sa valeur était trop importante pour être gâchée. Je ne pouvais pas laisser mourir une chose si précieuse.

— J'ai besoin d'elle.

— Il y a des milliers d'autres femmes qui sont prêtes à prendre sa place. Elle est belle, mais elle n'est pas la dernière nana sur terre.

— Elle m'inspire à créer de nouveaux modèles. Je n'avais jamais fait un tel triomphe. Mes dernières créations m'ont rapporté vingt millions de dollars en une semaine. Elle n'est peut-être pas la seule femme sur terre, mais elle est unique en son genre.

Il passa les doigts dans ses cheveux, comme s'il avait encore du mal à accepter ce que je venais de lui dire.

— Conway, aucune femme ne vaut ce prix-là. Il ne s'agit pas seulement de travail.

— Bien sûr que si.

— Je ne crois pas, grogna-t-il. Cette femme est importante à tes yeux, non ?

— Elle est importante pour mon travail et mon plaisir.

Il secoua la tête.

— Qu'est-ce que tu vas en faire, maintenant ? Elle va vivre avec toi jusqu'à la mort ?

— Je la garderai tant qu'elle me sera utile. Ensuite, je

ne sais pas. Quand elle prendra de l'âge, Knuckles n'en voudra plus. Elle sera libre.

— C'est ton esclave personnelle ? demanda-t-il. Tu sais que toute notre famille est opposée à l'idée.

— Je lui ai fait une fleur. Si je ne l'avais pas achetée, elle serait tombée sur pire que moi. Elle est d'accord avec moi sur ce point. Elle m'a même remercié.

— Conway, tu sais, je ne suis pas un saint. Je fais des choses dont je ne suis pas fier toutes les nuits. Je paye des putes, je fais rentrer de la drogue dans le pays avec mes voitures. Mais il y a des limites. Nos parents n'accepteront jamais ça.

— Je sais.

Mes parents seraient furieux. Ma mère me giflerait si fort que je verrais trente-six chandelles. Mon père se contenterait de m'assommer avec sa déception paternelle. Il n'aurait pas besoin de me dire quoi que ce soit pour que je me sente mal.

— C'est pour ça qu'ils n'en sauront rien.

— Tu comptes le leur cacher ? Pendant dix ans ?

— Je ne vois pas où est le problème.

— Et s'ils te demandent d'où elle vient ?

Je haussai les épaules.

— Je leur dirai que c'est ma petite amie, ou autre chose...

— Tes parents seront fous de joie que tu te cases enfin. C'est ce que tu veux ?

Je me versai un autre verre.

— Peu importe. Ma vie sentimentale ne les concerne pas.

— Et Vanessa ? demanda-t-il. Qu'est-ce que tu vas lui dire ?

Elle était tellement sincère et innocente que j'allais avoir du mal à lui mentir.

— Ma vie sentimentale ne la concerne pas non plus.

Carter baissa les bras. Il vida son verre.

— Ça reste entre nous. D'accord ?

Carter reposa son verre vide sur la table.

— D'accord. Mais j'ai le droit de tirer mon coup une fois de temps en temps.

Je le menaçai du regard. Aucun homme n'aurait le droit de toucher ma muse. Aucun homme n'aurait le droit de la regarder. Elle m'appartenait. Elle était mon fantasme.

— Non.

— Pourquoi ? Tu me répètes que c'est pour le travail.

— Parce que sa chatte m'a coûté cent millions de dollars, et je serai le seul à en profiter.

JE RETOURNAI À LA VILLA DANS LA SOIRÉE ET LAISSAI MA voiture devant l'entrée. Un de mes employés se chargerait de la mettre au garage. Je possédais de nombreux véhicules, dont des voitures de sport et des SUV.

J'entrai et lançai ma veste à la bonne, Beatrice.

— Bonsoir, monsieur, dit-elle en prenant ma veste sur le bras pour l'emmener au pressing. Dante va servir le dîner dans le salon. Votre invitée est déjà là.

Si possible vêtue de la lingerie qui avait été déposée sur son lit.

Je traversai la maison en direction de la salle à manger, qui pouvait accueillir une dizaine d'invités. Une table immense trônait au centre de la pièce, devant une bordée de fenêtres qui surplombaient les jardins. Des tableaux étaient accrochés aux murs. Le lustre de cristal reflétait la lumière des chandelles.

Ma muse était là, vêtue de la robe qu'elle avait portée au défilé. Je l'avais vue briller de mille feux dans cette tenue sur le podium, autant que les diamants cousus sur sa lingerie. Une rivière de diamants ornait sa gorge, et elle était coiffée et maquillée comme si elle s'apprêtait à défiler une deuxième fois.

Elle m'avait obéi.

Je m'assis en face d'elle et posai ma serviette sur mes genoux.

Elle se tenait bien droite comme une reine de beauté, les mains de part et d'autre de son assiette. Elle avait les paupières plissées, visiblement gênée.

Dante remplit nos verres à vin et retira les couvercles d'argent, dévoilant nos assiettes : du saumon grillé au romarin et fines herbes, accompagné de salade et d'une tranche de pain. Puis il nous laissa seuls.

Je commençai à manger.

Sapphire marqua un temps d'hésitation, avant de s'emparer de sa fourchette et de son couteau.

— Je ne veux pas m'habiller comme ça pour dîner. C'est vraiment gênant.

J'attaquai mon poisson, les yeux rivés sur mon assiette.

— Je me fiche de ce que vous pensez.

— Je n'ai pas envie que Dante me voie dans cette tenue.

— Il ne vous toucherait jamais.

Comme toujours, le repas était excellent. Le poisson était parfaitement cuit et le jus de cuisson était délicieux. Dante savait que je suivais un régime alimentaire strict, mais il trouvait toujours le moyen d'accommoder des produits sains.

— Ce n'est pas le problème.

En levant les yeux vers elle, je me rendis compte qu'elle ne mangeait pas. Je dînais avec la plus belle femme du monde, dans la position idéale pour admirer son décolleté. La couleur argentée de sa lingerie mettait parfaitement en valeur son teint rosé. Entre sa beauté et les diamants qu'elle portait, il était difficile de savoir ce qui avait le plus de valeur.

— Vous êtes capable de défiler dans cette tenue, mais vous ne voulez pas que Dante vous voie ?

— C'est différent et vous le savez très bien.

— Mangez, fis-je en indiquant son assiette avec ma fourchette. C'est délicieux.

Elle ramassa enfin ses couverts et fixa son saumon du regard. Elle marqua une pause délibérée, avant de prendre une première bouchée, qu'elle mâcha longuement dans sa petite bouche, avec les manières d'une aristocrate.

Je la regardai manger, fasciné par les mouvements de sa bouche. Pas une seule fois elle n'étala son rouge à lèvres ou ne fit de bruit de succion. Quand j'avais rempli sa bouche de mon foutre, elle avait été obligée de déglutir plusieurs fois pour tout avaler. Il m'aurait été impossible de refouler ce souvenir maintenant que je la regardais mâcher avec sa petite bouche.

— Vous avez raison, c'est délicieux.

Nous dînâmes en silence. On n'entendait plus que les bruits de nos couverts. Je n'avais encore jamais mangé avec une femme dans ma villa. En réalité, je n'avais jamais invité une femme à me rendre visite ici. Mes aventures étaient réservées à mon appartement de Milan. Dans ma villa de campagne, je passais la plupart de mon temps seul. Mais je refusais d'enfermer Muse dans mon appartement. Elle se serait vite ennuyée. Qu'aurait-elle fait ? Elle aurait regardé par la fenêtre toute la journée comme un chat solitaire ? Ici, elle avait le monde entier à ses pieds.

Sa jolie voix me tira de mes pensées.

— Votre journée s'est bien passée ?

J'avais passé mon temps à aligner des chiffres et à préparer mon emploi du temps des prochains mois. Le plus difficile serait de remplacer mon meilleur mannequin. Je n'avais pas encore commencé à chercher.

— Ma nouvelle ligne se vend très bien partout dans le monde, sauf sur le marché américain, mais ce n'est que partie remise : les modèles sont en précommande. Je n'avais jamais eu autant de commandes ou de précommandes de ma vie dans le monde de la lingerie. Ma ligne fait un carton. C'est très excitant... mais aussi un peu terrifiant.

— Pourquoi est-ce terrifiant ? demanda-t-elle en continuant de manger son saumon et sa salade à petites bouchées.

Elle ne touchait pas au pain.

J'avais ébloui le monde avec mes créations. J'avais offert aux femmes des modèles qu'elles tueraient pour avoir. Les hommes voulaient voir leurs maîtresses porter les plus beaux ensembles de lingerie, et celles-ci voulaient être adorées. Ce n'était pas seulement mon nouveau mannequin qui faisait les gros titres, mais aussi tout ce qu'elle m'avait inspiré. Le grand public attendait déjà impatiemment ma prochaine collection.

— Je ne sais pas si j'arriverai à faire aussi bien.

— Vous faites ce métier depuis combien de temps ?

— Presque dix ans, répondis-je en sirotant le vin blanc que Dante m'avait conseillé.

Il était très calé sur tout ce qui touchait à la gastronomie. C'était aussi un excellent manager. Il veillait quotidiennement à ce que tous les employés fassent bien leur travail. Je le payais grassement.

— Vous devriez être habitué.

— Je n'avais jamais fait un tel carton. Le nom de Barsetti est très connu dans le monde de la lingerie de luxe. Mon travail est très apprécié. Mon nom est synonyme de qualité. Mais c'est différent, maintenant. J'ai atteint des sommets. Je ne suis plus seulement populaire et connu. Les attentes sont beaucoup plus élevées. Je dois égaler la perfection, sinon je risque de décevoir mes clients et les critiques.

Elle termina son poisson.

— Vous ne les décevrez pas.

Je ne méritais pas sa confiance. Elle ne me connaissait pas assez bien.

— Vous ne décevrez personne, parce que c'est important pour vous et que vous êtes un travailleur acharné. Vous ne sortirez pas de nouveaux modèles avant d'être sûr de vous. Et je peux vous aider. Je vous l'ai déjà dit : je veux vous aider... Vous m'avez sauvé la vie.

J'étais heureux qu'elle me soit si reconnaissante. Elle détestait notre arrangement, parce qu'on lui avait arraché sa liberté, mais elle m'était aussi reconnaissante de l'avoir sauvée d'un sort encore plus terrible. Je possédais maintenant une femme obéissante et dévouée. Je ne la voyais pas comme une esclave, mais comme une personne qui avait une dette envers moi.

— Vous m'aiderez, Muse. Ne vous inquiétez pas.

JE REFERMAI LA PORTE DERRIÈRE MOI ET M'APPROCHAI d'elle par derrière, la serrant contre mon torse. Le dos de son top dévoilait en partie son corps. Je repoussai ses cheveux sur une épaule et embrassai sa peau nue. Le goût ne valait pas celui de sa chatte, mais il était quand même agréable.

Je déposai un baiser sur la conque de son oreille, en faisant lentement descendre mes mains sous la courte robe babydoll qu'elle portait. Je caressai sa peau nue avec mes doigts calleux. Je touchai à l'aveuglette son nombril, puis remontai vers ses seins ronds. Je l'avais déjà vue complètement nue, quand elle était montée sur l'estrade pour être mise aux enchères. Je n'avais pas ressenti la moindre excitation, submergé par la rage de la trouver dans cette situation.

Elle m'appartenait.

Mais nous n'étions plus que tous les deux.

Elle était ma muse.

Mon fantasme.

Je dénouai l'attache sur sa nuque et laissai tomber sa robe sur son ventre. Je fis alors glisser mes mains sur son corps jusqu'à sentir la courbe de ses seins. Je posai la bouche sur son oreille, soufflant dans son canal auditif, tout en pétrissant sa chair sous mes doigts. Ses seins avaient la taille idéale pour tenir dans une main d'homme. Je sentis ses tétons pointer sous l'effet de mes caresses et son duvet se hérisser. Je serrai plus fort, les yeux rivés sur son corps, plus excité que jamais auparavant.

— Ma muse...

Je titillai ses tétons avec le pouce et déposai un baiser sur sa nuque.

Elle était parfaite.

J'avais admiré sa sublime plastique quand elle avait défilé sur le podium. J'avais étudié sa morphologie et les mouvements de son corps. Maintenant, elle était physiquement entre mes mains – et elle était ma propriété.

Je passai sa robe par-dessus sa tête. Elle leva les bras pour me laisser faire, le souffle court. Je vis sa poitrine se soulever un peu plus vite au rythme de sa respiration. Elle était tendue, tous les muscles bandés, les lèvres entrouvertes pour pouvoir respirer par la bouche.

Je laissai tomber la robe par terre.

Elle ne portait plus que ses talons et son string, ses fesses rondes appelant la fessée. Je fis descendre la paume de ma main le long de sa colonne vertébrale, en direction de sa chute de reins. Puis je glissai un doigt sous l'élastique de sa culotte.

Je ne savais pas encore comment j'allais la baiser.

J'imaginais déjà mille façons de le faire mais, comme c'était la première fois, je voulais que ce soit mémorable. Je voulais la voir écarter les cuisses, m'enfoncer en elle, lui donner jusqu'à la dernière goutte de ma semence, lui prendre son innocence et faire d'elle une vraie femme.

J'en tremblais déjà.

J'avais claqué une somme astronomique pour l'avoir, même pour moi. Maintenant que je la sentais frémir sous mes doigts, je savais que j'avais bien fait. J'allais enfin la baiser, et je le ferais aussi souvent et aussi longtemps que j'en aurais envie. Elle était un trésor que je ne partagerais avec personne. Elle était mienne.

Je baissai sa culotte sur la peau bronzée et la chair bombée de son derrière, puis sur ses cuisses, en tombant à genoux derrière elle. Avec les lèvres, j'effleurai la peau de ses fesses, guidant ses gestes pour qu'elle lève les pieds.

Ce fut à ce moment-là que je remarquai l'humidité de son string.

Elle mouillait.

Je me relevai, un sourire presque hystérique aux lèvres. Elle ne pouvait plus faire semblant de ne pas en avoir envie. La dernière fois, elle avait refoulé son plaisir, comme pour se prouver à elle-même qu'elle pouvait y arriver, mais cela n'avait pas marché. Nos deux corps étaient attirés l'un par l'autre. C'était un désir que je sentais chaque fois que je la touchais. Et maintenant que je lui avais sauvé la vie, elle respectait mon autorité.

Je bandais comme un fou.

Je la retournai lentement pour que nous nous retrouvions face à face. Elle avait un cou de cygne et les joues rouges. Son corps était tout en courbes sensuelles, peau douce et beauté naturelle.

J'aurais pu passer ma journée à la contempler.

Je la repoussai lentement vers le lit, pressé de pénétrer sa chatte étroite pour la première fois. J'étais déjà très possessif, mais je savais que ce serait pire quand je l'aurais baisée.

Elle ne résista pas et fis même glisser ses mains sur mon torse. Quand elle heurta le matelas avec ses jambes, au lieu de se laisser tomber, elle se pencha vers moi, comme pour m'embrasser.

Je tournai la tête.

Elle se raidit, visiblement blessée. Son regard chercha le mien. Ses mains s'immobilisèrent sur mes pectoraux.

— Je n'embrasse pas sur la bouche, dis-je en lui caressant le dos.

— Pourquoi ?

Je retirai ma chemise et la jetai par terre, sans jamais détourner mon regard d'elle. Elle avait des hanches larges, mais la taille et le buste étroits. Chaque fois qu'elle prenait une inspiration, ses seins semblaient gonfler. Quand elle se tenait droite, son corps était encore plus beau. La courbe de sa taille était parfaite et me donnait envie de l'empoigner. J'aurais voulu embrasser tout son corps à la fois.

— Je ne le fais pas, c'est tout, répondis-je en la soulevant sous les fesses pour l'allonger sur le lit.

La lueur de désir avait déserté son regard. Elle ne me regardait pas comme elle l'avait fait la dernière fois, quand j'avais baisé sa bouche. Maintenant, elle semblait presque indifférente, comme si je lui avais coupé l'envie.

— Pourquoi ? répéta-t-elle, exigeant une réponse, même si elle n'en avait pas le droit.

— Peu importe, répondis-je en baissant mon jean et mon boxer.

Je rampai au-dessus d'elle, l'obligeant à reculer vers les oreillers, pour avoir de la place.

— Moi, ça m'importe, insista-t-elle en posant la main sur mon torse pour me tenir à distance.

— Quand on baise et qu'on s'embrasse, on fait l'amour. Quand on baise, on baise. Je ne fais pas l'amour.

— Vous n'avez jamais embrassé personne ?

— Jamais.

J'aimais la manière dont ses cheveux étaient étalés autour d'elle, comme une auréole. Elle était tendue, et cela me plaisait qu'elle ait peur.

— Vous n'aimez pas ça ?

— Si, j'adore ça. Mais je préfère ne rien ressentir. Je n'aime pas les émotions.

— Pourquoi ?

Je l'avais ramenée dans cette chambre pour la baiser, pour qu'elle me récompense de lui avoir sauvé la vie. Je n'avais pas l'intention de lui faire la conversation.

— Ça suffit, les questions.

Je lui écartai les cuisses avec mon genou et soulevai ses hanches. J'avais le souffle court à l'idée de baiser enfin cette femme, allongée sous moi, qui n'attendait plus que je la pénètre. Elle allait sentir passer sa première fois.

Elle se raidit, sa consternation évidente. Contrairement à la nuit dernière, elle refusait de coopérer. Elle m'attrapa par les biceps et serra fort, les yeux baissés.

Je me positionnai entre ses cuisses et fis mine de la pénétrer.

— Conway...

Je l'ignorai et continuai de pousser, forçant l'entrée de son tunnel étroit. Elle était tellement tendue que je n'y arriverais jamais. Cela risquait de prendre du temps, mais je savais déjà que cela vaudrait le coup d'attendre. Sa résistance m'excitait. Son corps innocent et vierge n'avait encore jamais été conquis par un homme.

— Je... Je n'ai pas envie.

Je la regardai dans les yeux. Elle avait peur.

— Je veux que ce soit différent. Je veux que ça signifie quelque chose.

Je ne bougeai pas, mais j'interrompis mes efforts.

— Je me fiche de ce que vous voulez. Je vous ai achetée – et je peux faire ce que je veux.

— Conway, s'il vous plaît. J'ai attendu toute ma vie. Et vous n'êtes pas celui que j'attendais... Mais je ne veux pas que ça se passe comme ça. Je veux que vous me caressiez, que vous m'embrassiez, que vous soyez gentil. Je sais que c'est bête...

— Oui, c'est bête. Tout le monde raconte que la première fois est une expérience magique, mais c'est un mensonge. Quand on perd sa virginité, c'est embarrassant et ça fait mal. Et il n'existe pas de prince charmant qui puisse vous faire vivre une expérience extraordinaire. Vous ne tomberez pas sur mieux que moi.

Elle était mon obsession – une obsession qui m'avait coûté cher. Elle était aussi la clé de mon succès. C'était elle qui ferait de moi le plus grand créateur de lingerie de la planète. On connaîtrait encore mon nom longtemps après ma mort.

Elle ne se débattait pas, mais la déception se lisait dans son regard.

— Je sais que vous m'avez sauvé la vie. Je sais que vous avez payé une fortune. Je sais que je devrais la fermer et vous laisser faire... Mais vous allez me garder toute votre vie. Je ne vous demande que cette faveur.

— Vous pensez que vous êtes en position de me demander une faveur ?

J'étais plus excité que jamais. J'aurais dû la pénétrer, m'enfoncer dans sa chaleur étroite. J'auras dû la pilonner sans attendre, baiser cette chatte incroyable que je m'étais contenté de goûter jusqu'à présent.

Je lus alors la défaite dans son regard.

— Bon…, dit-elle en écartant davantage les cuisses.

Elle avait cédé : elle était prête à me laisser la prendre comme j'en avais envie.

Mais je détestais la voir si éteinte, si déçue. Cela me faisait mal. J'aurais dû me servir d'elle comme je me l'étais promis, mais quelque chose me retenait. Je n'étais pas un type bien et je n'avais jamais fait semblant d'en être un. Ce n'était donc pas ma conscience qui me retenait.

Je ne pouvais pas.

J'avais tant envie d'elle.

Mais je ne pouvais pas.

J'étouffai un grognement et me relevai, tous mes muscles bandés et contractés sous l'effet de la rage. Mon excitation s'était muée en fureur. N'ayant pas obtenu ce que je voulais, j'étais prêt à ouvrir une crevasse dans le mur à coups de poing.

Je ramassai mon boxer et l'enfilai. Je ne pris pas la peine de remettre mon jean, me contentant de m'en emparer d'un geste rageur et de le jeter sur mon épaule. Je sortis de sa chambre et me dirigeai vers la mienne, à l'autre bout du couloir.

Je claquai la porte plus fort que je n'en avais l'intention.

La porte de mes appartements s'ouvrait sur mon salon privé. Une baie vitrée donnait sur l'ensemble du domaine et il y avait une cheminée dans le coin, idéale pour les soirées fraîches. J'aimais lire au coin du feu mais, la plupart du temps, je me contentais de boire un verre. Je jetai mon jean sur le canapé et me dirigeai vers ma chambre où trônait un immense lit double. Il y avait une deuxième cheminée dans cette pièce, ainsi qu'une penderie et une salle de bain attenante.

Je bandais tellement que j'étais prêt à exploser.

J'allais devoir m'en occuper tout seul.

J'étais déçu d'avoir cédé à mon esclave, de lui avoir donné l'impression qu'elle avait des droits, mais elle m'excitait tellement qu'elle exerçait un pouvoir invisible sur moi. Elle pouvait me demander des faveurs que je n'aurais accordées à personne d'autre. Mais personne d'autre ne m'aurait demandé une chose pareille. Si j'avais déboursé cent millions de dollars pour sauver la vie d'une autre femme, celle-ci n'aurait jamais osé poser des conditions.

Mais Sapphire l'avait fait.

Je baissai à nouveau mon boxer, prêt à me caresser pour relâcher la pression de mon excitation, de ma colère et de ma frustration.

Ce fut alors que Muse entra dans ma chambre.

Elle avait remis sa lingerie ornée de diamants. Ses cheveux étaient ramenés sur une épaule. Comme elle était perchée sur des talons vertigineux, son derrière semblait encore plus rebondi qu'il ne l'était en réalité. Elle me lança un regard désolé avec ses grands yeux bleus.

Puis elle tomba à genoux.

Juste devant moi.

Posant les mains sur mes cuisses et levant le menton, elle dit :

— Laissez-moi me faire pardonner... maître.

―――――――――

LE LENDEMAIN, JE RESTAI CHEZ MOI ET TRAVAILLAI depuis mon bureau, dont la fenêtre donnait sur les écuries. C'était une belle journée. Le soleil brillait si fort que j'étais obligé de plisser les paupières pour regarder dehors.

Au bout de quelques heures, je descendis me chercher une banane dans la cuisine. J'avais mangé le petit déjeuner dans mon bureau pour éviter de croiser Sapphire. Elle m'avait remercié de lui avoir accordé un sursis en me taillant une pipe extraordinaire, mais j'étais frustré d'avoir joui dans sa bouche, et non dans sa chatte.

— Désirez-vous autre chose, monsieur ? demanda Dante.

Je pelai ma banane et la mangeai à petites bouchées.

— Oui. Je veux qu'un gynécologue vienne examiner Sapphire.

Comme à son habitude, Dante ne posa pas de questions.

— Bien sûr, monsieur.

— Où est-elle, d'ailleurs ?

— Je pense qu'elle est partie voir les chevaux.

— Vraiment ?

Je terminai de manger et jetai ma pelure de banane dans la poubelle. Quand nous avions pris notre petit déjeuner ensemble, l'autre jour, elle avait beaucoup parlé des chevaux. Je me demandai si elle avait l'intention de monter aujourd'hui.

— Vous aimeriez faire un peu d'équitation, monsieur ? Je peux vous emmener avec la voiturette de golf.

— Ce ne sera pas nécessaire.

Une promenade sous le soleil me ferait le plus grand bien. J'avais toujours adoré profiter de la chaleur estivale. J'avais l'habitude de travailler à l'intérieur, mais rien ne valait le bon air frais, même si les grandes fenêtres de mon bureau aéraient bien.

Je traversai la terrasse et suivis le chemin jusqu'aux écuries. Les chevaux levèrent la tête à mon arrivée, les oreilles pointées vers le ciel d'un air curieux. Ils tournèrent la tête pour mieux me voir.

Mon étalon noir trotta vers moi dans le pré, sa belle crinière agitée par le vent. Il s'arrêta de l'autre côté de la clôture et me regarda avec ses grands yeux noirs.

Je posai les coudes sur la barrière et me penchai vers lui.

— Salut, mon grand.

Il renâcla, approchant ses nasaux.

— Je n'ai pas de pommes, Carbine.

Il renifla mes mains, à la recherche de nourriture, me réchauffant avec son souffle tiède.

— Je vais aller voir dans les écuries, dis-je en lui caressant le nez, puis les oreilles. Mais tu as déjà le ventre bien rond. Je ne sais pas si tu as très faim.

Il hennit comme s'il m'avait compris.

Je lui donnai une petite tape sur l'épaule, avant de m'éloigner. Carbine me suivit. Je l'entendis marcher le long de la clôture derrière moi, en renâclant de temps à autre.

Marco sortit des écuries, chaussé de bottes et coiffé d'un Stetson.

— Vous lui manquez.

Je jetai un dernier regard à Carbine. M'éloignant du pré, je m'approchai de Marco.

— C'est un bon destrier.

— Oui, quand il est loin des juments, répondit Marco en riant. Qu'est-ce qui vous amène, monsieur ?

— Il paraît que mon invitée est ici.

— Sapphire ?

Cela ne me plut pas d'entendre un autre homme l'appeler par son nom, mais je ravalai mon agacement.

— Oui.

— Elle a passé la matinée à nourrir et bouchonner les chevaux. Elle a l'air d'aimer les animaux. Et les chevaux sont très intéressés par elle.

Tout en me parlant, il releva le bord de son chapeau. Ses bottes brunes étaient couvertes de poussière et son jean lui donnait l'air du parfait rancher. Il m'invita à entrer dans les écuries, au lieu de rester sous le soleil.

— Vous voulez monter ?

— Pas aujourd'hui.

Je balayai les écuries du regard et trouvai Sapphire debout à côté d'un Appaloosa. Elle était en train de le brosser énergiquement pour le rafraîchir. Dante avait dû lui donner des vêtements d'extérieur : elle portait un jean, des bottes et un chemisier à col.

Elle faisait une cowgirl très sexy.

Je levai la main par-dessus mon épaule pour faire signe à Marco.

Comprenant ce que je lui demandais, celui-ci tourna les talons et s'éloigna. Comme Dante, il n'avait pas posé de questions sur mon invitée. Qu'elle soit ou non ma prisonnière ne le concernait pas.

Je m'approchai de Sapphire.

— Vous êtes douée.

Elle releva la tête et regarda par-dessus son épaule en entendant ma voix. Me voyant tout près, elle sursauta.

— Merci... Marco m'a montré comment faire.

Je m'approchai de la tête du cheval pour lui frotter le nez.

— D'après Dante, vous avez passé la matinée ici.

Elle se remit à brosser le cheval énergiquement pour le

débarrasser des poils morts. Le cheval la laissa faire. Il était étonnamment docile avec elle, alors qu'il ne la connaissait pas. Sapphire était une parfaite inconnue, mais cela n'avait pas l'air de le déranger.

— Oui, j'ai demandé si je pouvais donner un coup de main. Marco m'a montré deux ou trois trucs. Je préfère être active que de rester assise toute la journée. Et puis, j'aime les chevaux.

Elle restait concentrée sur ce qu'elle faisait, sans doute pour éviter de croiser mon regard, après la nuit que nous avions passée. Elle était tombée à genoux devant moi et m'avait sucé pour s'excuser de ne pas vouloir baiser. Je l'avais laissée faire parce qu'on ne refusait pas un tel cadeau. Elle avait tout avalé, comme la dernière fois, puis elle était partie.

Je la regardai se hisser sur la pointe des pieds pour brosser l'échine de l'animal. Elle était trop petite pour l'atteindre. Je glissai sous ses pieds un petit marchepied.

— Tenez.

Elle monta, soudain plus haute de trente centimètres.

— Ouah... C'est comme ça que vous voyez le monde ?

Je la dominais encore de quelques centimètres.

— Presque.

En s'appuyant sur l'échine du cheval pour garder l'équilibre, elle s'attaqua aux zones qu'elle n'avait pas encore brossées.

— Marco dit que je dois apprendre à connaître les

chevaux avant de les monter. Ils doivent s'habituer à moi, et moi à eux. Ensuite, tout devrait bien se passer.

— Vous avez raison.

Elle termina de brosser le cheval, puis descendit de son perchoir. Son chemisier était boutonné jusqu'en haut, ce qui mettait en valeur sa taille de guêpe. Son jean moulait ses belles jambes musclées. Nue ou tout habillée, elle était sublime.

— Je peux vous aider ?

— Vous déjeunez avec moi.

— Quand ça ? demanda-t-elle en passant la brosse sous l'évier pour la nettoyer.

Même quand elle faisait quelque chose d'aussi trivial, elle gardait une posture impeccable. Elle avait bien retenu la leçon.

— Dans trente minutes.

— Vous ne travaillez pas aujourd'hui ?

— On est samedi.

— Alors que faisiez-vous ce matin ?

Je plissai les yeux. Mon esclave n'aurait pas dû avoir le droit de poser tant de questions. Je pouvais le lui répéter tant que je le voulais, elle n'avait pas l'air de comprendre. Je refusai de répondre à sa question. Mon silence serait assez clair.

Elle leva les yeux au ciel.

— Vous venez de lever les yeux au ciel ?

— Oui. Et je ne m'en cache pas.

Après le caprice qu'elle m'avait fait hier, je n'arrivais pas à croire qu'elle soit aussi insolente. Je n'aurais peut-être pas dû lui montrer autant de compassion. J'aurais dû la baiser sans hésiter.

— Vous savez que vous pouvez vous retrouver sur le dos à n'importe quel moment, Muse. Ne me tentez pas.

Elle coupa l'eau du robinet et me lança un regard assuré.

— Je pense que vous n'en êtes pas capable. Et vous devriez en être fier.

***

ELLE SE CHANGEA ET ENFILA UNE ROBE D'ÉTÉ AVANT DE me rejoindre sur la terrasse pour déjeuner. Dante ouvrit le parasol pour nous protéger tous les deux du soleil. En ce début d'après-midi, il faisait très chaud et très humide. La campagne était très agréable en été. Je ne me lasserais jamais de toute cette beauté. Pour autant, je n'avais jamais apprécié ce temps chaud et humide.

Ma villa me rappelait la maison de mon enfance. C'était pour cette raison que je m'étais porté acquéreur. Elle n'était pas en Toscane, bien entendu, mais beaucoup plus au nord. En hiver, il arrivait même que nous ayons de la neige – du jamais vu à Florence ou en Toscane.

Muse sirotait son thé glacé, en brisant une miche de pain entre ses doigts. Elle semblait particulièrement affamée, aujourd'hui – sans doute parce qu'elle avait passé la matinée dans les écuries. Elle n'avait pas fait de promenade, préférant s'activer et bouchonner les bêtes. Si elle faisait ça tous les jours, elle n'aurait pas besoin de faire de sport.

Elle mangea quelques bouchées et continua de siroter son thé glacé en silence, comme si tout allait bien entre nous.

Je la fixai d'un regard intense, à l'affût de la moindre réaction, dans l'attente qu'elle lève enfin les yeux vers moi. Mon regard était perçant et brûlant, inarrêtable comme une balle jaillissant du barillet. Je savais qu'elle le sentait. N'importe qui l'aurait senti.

Elle leva enfin les yeux.

— Si vous continuez à me fixer du regard, je vais avoir du mal à savourer mon déjeuner.

— Tant mieux.

C'était l'objectif.

— Qu'est-ce que vous diriez si je vous fixais comme ça ?

— Je vous encouragerais à continuer.

En dépit de son assurance et de son élégance, elle ne soutiendrait jamais mon regard.

Elle enfourna un morceau de pain, qu'elle mâcha lentement, les yeux fixés sur moi. Elle me dévisagea avec une assurance froide et presque indifférente.

Mais ça ne durerait pas.

Il ne m'était pas difficile de la fixer du regard parce

qu'elle était mon idéal féminin. Tout me plaisait chez elle, de ses cils épais à ses lèvres charnues. Si on m'avait demandé de peindre la femme parfaite, c'était elle que j'aurais essayé de représenter. Il était risible qu'elle s'imagine capable de m'intimider.

De longues minutes passèrent. Nous refusions tous les deux de céder.

— Je compte vous baiser dans le courant de la semaine. Je préfère vous prévenir.

Je n'allais pas lui laisser plus de temps pour se faire à l'idée. Si je lui donnais le pouvoir de dire non, elle essayerait d'en abuser. Du moins, elle saurait que c'était une possibilité. Je ne donnais à personne les moyens de me marcher sur les pieds. Je n'aurais jamais dû la laisser parler. Mais je l'avais fait, et nous en étions là. Je négociais avec une femme qui m'avait coûté cent millions de dollars.

Ridicule.

Elle baissa enfin les yeux, visiblement gênée par le sujet de la conversation.

Je savais qu'elle finirait par céder.

— Si vous croyez pouvoir repousser l'échéance indéfiniment, vous vous trompez. Je ne suis peut-être pas cruel, mais je ne suis pas non plus un saint. Ma patience a des limites. Votre manque de coopération m'agace. Je crois que vous avez déjà oublié ce que j'ai fait pour vous...

— Je ne l'oublierai jamais, souffla-t-elle. Je vous en suis

reconnaissante... Même si je ne vous le montre pas comme vous l'espérez.

— Vous avez une dette envers moi.

Elle arracha un nouveau morceau de pain, qu'elle émietta dans son assiette, au lieu de le manger.

— Si la situation était différente, ce serait plus facile. Mais comme je suis... Ce n'est pas évident.

— Ce n'est pas mon problème.

Son inexpérience n'avait rien à voir avec moi, même si elle justifiait en partie la forte somme d'argent que j'avais payée pour l'avoir. Au moins, Sapphire était vierge. Il était rare de baiser avec une belle femme qui n'avait jamais été touchée par un homme.

— Je ne veux pas que ce soit seulement physique.

— Et je ne veux pas vous conter fleurette. Alors que voulez-vous ?

— J'ai besoin d'un peu plus, répondit-elle en relevant les yeux vers moi. Quand on travaillait dans votre atelier, vous m'avez embrassée sur l'épaule et dans le cou...

— Je peux recommencer.

Et j'en avais bien l'intention. Je savais qu'elle avait aimé ça. Je l'avais sentie se tendre sous mes caresses.

— Vous étiez très doux et c'était agréable. C'est ce que je veux.

Je pouvais lui accorder cela.

— D'accord.

— Mais... j'aimerais aussi que vous m'embrassiez sur la bouche.

Encore cette bêtise ?

— Je pensais avoir été clair sur le sujet.

— Et je voudrais que vous changiez d'avis.

Je fermai le poing, agacé qu'elle s'autorise à me faire la moindre requête.

— Tant pis pour vous.

— Je ne comprends pas, Conway. Vous pouvez me baiser, mais pas m'embrasser ?

— Un baiser n'est jamais anodin. C'est un geste profondément romantique. Plus romantique que le fait de s'envoyer en l'air. Et c'est tout ce que je veux : m'envoyer en l'air avec vous, vous baiser quand j'en ai envie, puis m'en retourner à mes activités. Je n'ai pas l'intention de perdre du temps à vous embrasser.

Son expression se durcit.

— Eh bien, ce n'est pas ce que je veux pour ma première fois. Je ne veux pas baiser avec un homme qui refuse de m'embrasser. J'aurais l'impression de ne pas vous connaître du tout. Quand vous m'avez serrée dans vos bras et que vous m'avez embrassée dans le cou, j'ai ressenti quelque chose... Mais je veux plus que ça. Ce n'est pas comme si je vous réclamais de l'argent. Je ne demande pas grand-chose.

— Si, sifflai-je. Vous demandez beaucoup plus que vous ne le pensez.

— Combien de temps avez-vous l'intention de me garder ?

Je me raidis à l'idée de la laisser partir un jour.

— Jusqu'au jour de votre mort.

Elle esquissa un sourire amusé.

— Je ne serai plus la même dans quinze ans.

— J'ai bien l'intention de profiter de mon achat.

Même en travaillant d'arrache-pied, j'aurais du mal à rembourser mon investissement.

— Dans ce cas, nous avons tous deux intérêt à bien nous entendre.

— Nous n'avons pas une relation égalitaire. Vous êtes ma propriété.

— Et l'amitié, dans tout ça ? La confiance ? Vous n'en voulez pas ?

Je serrai les dents et refusai de répondre.

— Je vous dis simplement ce dont j'ai besoin pour que ça marche entre nous, dit-elle en se penchant vers moi, ses longs cheveux tombant sur une épaule. Je reconnais que je vous trouve très attirant, Conway. Cela fait longtemps que je pense à vous embrasser. L'idée que je puisse passer le reste de ma vie dans un manoir en Italie, avec un homme sublime qui me protège, c'est un rêve qui devient réalité... Après tout, je partais de loin. C'est triste à dire, mais c'est vrai. Je n'ai plus rien. Je ne peux pas retourner aux États-Unis parce que je n'aurai jamais assez d'argent pour vivre. Si je trouve du travail, le gouvernement me prendra tout mon salaire pour rembourser mon emprunt, et les intérêts. Je suis aussi poursuivie par un psychopathe qui mettra ses menaces à exécution dès qu'il en aura l'occasion. Vous êtes tout ce que j'ai. Je préfère m'en accommoder. Mais j'ai besoin de créer un lien avec vous. Je ne vous parle pas de tomber amoureux... Je parle d'affection. Je suis votre maîtresse. Traitez-moi comme votre maîtresse.

Je réfléchis à ce qu'elle venait de dire et ne trouvai aucun contrargument. Elle était ma prisonnière, mais elle restait de son plein gré. Je n'avais pas à m'inquiéter de la voir partir en courant. Elle avait envie de moi comme j'avais envie d'elle. Elle voulait simplement que ça se passe différemment. Je n'avais pas besoin de la traiter comme une esclave, parce que ce n'était pas ce qu'elle était. Elle était mon fantasme – un fantasme que je ne perdrais jamais. Je pouvais bien lui donner ce qu'elle voulait et faire de notre arrangement une expérience dont nous retirerions tous les deux du plaisir. Parce qu'elle avait raison – c'était pour la vie. Elle ne serait pas une de ces femmes qui passaient en coup de vent dans mon lit, mais la clé de mon succès artistique. Plus je profiterais d'elle, meilleur je deviendrais en tant que créateur.

— Je vais y réfléchir.

Elle pencha la tête sur le côté.

— Qu'est-ce qu'il y a, Conway ?

— Je ne peux pas me permettre d'avoir des sentiments.

— Pour quelle raison ?

— C'est ma sexualité qui me permet de créer. Et les hommes ont seulement envie de baiser, de se sentir à leur place ente les cuisses d'une femme. Ils ne veulent pas faire l'amour. C'est pour ça qu'on s'arrache mes modèles. Je crée de la lingerie qui répond à un profond désir charnel. C'est pour cela que je me contente de baiser, et rien de plus.

Elle m'écouta en silence, la tête penchée sur le côté.

— Et vous ne pensez pas que vous pourriez élargir votre clientèle ? Tous les hommes n'ont pas forcément envie de baiser une femme, puis de la laisser tomber. Il y en a qui sont très amoureux de la femme qui partage leur lit.

Quelques-uns. Pas beaucoup.

— Croyez-moi, ce n'est pas ce que veulent la plupart des hommes.

— Alors vous n'avez jamais fait l'amour à une femme ?

J'avais compris très vite ce que je voulais dans la vie. L'amour ne m'avait jamais intéressé. Il y avait quelque chose de sublime et de passionnel dans une relation purement physique entre un homme et une femme. Quand on savait qu'on ne passerait qu'une nuit ensemble, on s'autorisait plus de choses. On faisait durer le plaisir.

— Non.

— Vous n'avez jamais été amoureux ? demanda-t-elle avec incrédulité.

— Non.

Et ça n'arriverait jamais.

— Quel âge avez-vous ?

— Vingt-huit ans.

— Et vous n'avez jamais rencontré quelqu'un qui vous plaise ? Quelqu'un qui ait une importance particulière à vos yeux ?

La seule personne qui ait vraiment capturé mon attention était assise en face de moi en ce moment même.

— Non.

Elle détourna le regard, baissant les yeux vers son assiette.

— C'est triste...

— Vous non plus, vous n'avez jamais rencontré quelqu'un qui ait une importance particulière à vos yeux.

— Mais j'en ai envie.

L'idée qu'elle puisse tomber amoureuse m'agaçait.

— Ça n'arrivera plus, maintenant. Vous m'appartenez.

Elle releva les yeux et j'y lus de la déception.

Je ne ressentis pas la moindre culpabilité. Pour cent millions de dollars et sa vie, elle pouvait renoncer à ses rêves.

Elle repoussa brusquement sa serviette et se leva, abandonnant son assiette à moitié pleine et moi, son hôte.

— Asseyez-vous.

Elle s'arrêta net, mais ne fit pas mine de se rasseoir. Elle se tourna lentement vers moi, ses yeux bleus aussi profonds que l'océan.

— Si vous voulez vraiment que je me sente bien ici,

vous devez arrêter de me donner des ordres et me traiter avec un minimum de respect.

Elle en demandait trop.

— Je vous traite avec respect. Vous m'avez dit non, et je vous ai écoutée. Mais ne m'en demandez pas trop, Muse. Je ne dirai pas oui à tout.

Elle grappillerait peut-être des miettes çà et là, mais je ne me laisserais pas marcher sur les pieds.

Elle posa la main sur le dossier de sa chaise et se ravisa. Elle se rassit lentement, avec beaucoup de grâce et une moue boudeuse. Elle avait obéi alors qu'elle n'en avait pas envie, mais c'était une sage décision.

Elle ne pouvait pas tout avoir.

16

SAPPHIRE

Je commençais à mieux comprendre Conway.

Il n'était pas si compliqué – simplement secret.

Il avait une ombre qui le suivait partout où il allait, même dans l'obscurité la plus totale. Pour quelqu'un de si riche et de si accompli, il était toujours d'humeur grave. Rien ne le rendait heureux – pas même le baiser d'une femme.

Il parlait de sa famille avec affection. Il avait donc des gens qui l'aimaient.

Alors pourquoi était-il comme ça ?

S'agissait-il seulement de son travail ?

L'argent avait son importance, dans la vie d'un homme – mais pas tant que ça.

Peut-être était-ce mon avis parce que je n'en avais pas.

Je passai la journée dans les écuries, à nourrir les chevaux, à les bouchonner et même à apprendre à les seller. Marco était très gentil. Il ne posa pas de questions sur ma relation avec Conway. Il ne me demanda même pas d'où je venais. Il me parlait uniquement de la météo et des chevaux.

Cela me convenait très bien.

Il y avait six chevaux et tous avaient une personnalité bien distincte.

Il n'y avait que Carbine, l'étalon noir qui avait un pré pour lui seul, avec lequel je ne m'entendais pas. C'était un cheval majestueux et terrifiant à la fois. Il lui arrivait de hennir sans prévenir et de nous faire sursauter. Il avait une présence forte et sinistre que même moi, une humaine, je pouvais sentir.

Marco était le seul qui puisse s'occuper de lui et même lui avait du mal.

— S'il est si ingérable, pourquoi Conway le garde-t-il ?

— C'est son cheval.

— Oui, mais ce ne sont pas tous ses chevaux ? demandai-je en me hissant sur la clôture.

Dans la campagne italienne, on se sentait dans un autre monde. Je n'avais pas vu de voitures depuis plusieurs semaines. J'étais très loin de New York, son brouillard, ses foules et ses embouteillages. Ici, tout n'était qu'air frais et beauté.

— Oui, mais celui-là a une valeur particulière à ses yeux. C'est le seul qu'il monte.

— Carbine ? demandai-je avec surprise. Il ne vient jamais quand je lui présente une carotte.

— Il est un peu difficile. Il a de l'ego. Après tout, c'est le seul étalon.

Pas étonnant que Conway l'aime bien. Ils avaient la même personnalité.

— Je comprends...

— Et son père lui en a fait cadeau.

— Son père monte à cheval ?

— Je ne connais pas très bien M. Barsetti, répondit Marco en croisant les coudes sur la clôture. Je sais juste qu'il est riche, puissant et un peu intimidant. Donc je ne sais pas grand-chose. Il est venu plusieurs fois et il ne m'a jamais adressé plus qu'un signe de tête.

— Tel père, tel fils...

Marco étouffa un rire.

— Vous avez raison.

— Merci de m'avoir montré les ficelles. C'est sympa de passer du temps dehors et de profiter de l'air frais. Et les chevaux sont très beaux...

— Pas de souci. C'est tellement calme ici qu'on s'ennuie facilement, dit-il en regardant Carbine manger des brins d'herbe.

Dès que nous approchâmes, l'étalon se détourna comme si nous le harcelions.

— C'est sympa d'avoir quelqu'un à qui parler.

— Vous vivez par ici ?

— J'ai une petite villa à Vérone avec ma femme. Mes deux garçons sont déjà grands.

— C'est sympa.

— J'ai travaillé toute ma vie dans les champs de tomates. La ferme a changé de propriétaire et ils ont viré tous les employés proches de la retraite pour éviter de payer la pension que l'ancien employeur nous avait promis. J'ai bien essayé de protester, mais ça n'a pas marché. Je ne savais pas quoi faire d'autre. C'est dur de trouver du travail par ici. C'est à ce moment-là que Conway m'a proposé ce boulot. Et ça me plaît bien plus que les tomates. Je m'occupe de chevaux toute la journée et je profite du paysage. J'ai de la chance.

Je regardai fixement Carbine, stupéfaite par ce que je venais d'entendre. Je ne m'attendais pas à tant de générosité de la part d'un homme qui répétait à tue-tête qu'il n'était pas un saint. Il dansait sur la frontière entre le bien et le mal. Il était les deux, ou ni l'un ni l'autre. D'un côté, il m'avait sauvé la vie en payant une fortune pour me protéger de Knuckles. D'un autre, il m'avait volé ma liberté.

Ça n'avait pas de sens.

— Je ne comprends pas Conway.

— Il est compliqué, c'est vrai, répondit Marco en étouffant un rire. Il aime trop l'argent. Je pense qu'il serait plus heureux s'il en avait moins.

— Mais on dirait que c'est la seule chose qui le rend heureux.

— Non. C'est le succès qui le rend heureux. Il veut laisser sa marque. Mais il est en compétition avec lui-même. Il essaye toujours de faire mieux. Il se tuerait à la tâche pour se surpasser. Ce sera sa perte.

Conway voulait me garder parce que je l'inspirais. Et il refusait de créer un lien avec moi ou toute autre femme. Marco le connaissait bien et il avait fait les mêmes remarques que moi.

Il ne pensait vraiment qu'au travail.

Enveloppée dans une serviette, je m'apprêtais à me baigner dans la piscine quand Dante apparut.

— Conway aimerait vous voir dans son atelier.

J'attachai mes cheveux en chignon et continuai de marcher vers la terrasse.

— J'irai après ma baignade.

— Heu, non, mademoiselle. Il vous attend maintenant.

Je n'aimais pas qu'on me traite comme un chien. Il me donnait un ordre et j'étais censée lui obéir comme une imbécile. J'avais peut-être une dette envers lui, mais je ne pouvais accepter d'être rabaissée. Je me retournai vers Dante, qui me dévisageait, les poings sur les hanches.

Il me montra du menton les escaliers.

— Si vous désobéissez, nous le payerons tous les deux.

Dante aurait l'air incompétent si je ne suivais pas les ordres de son maître. Même si je n'appréciais pas l'air hautain qu'il prenait toujours en s'adressant à moi, je ne voulais pas lui causer d'ennuis. Je me dirigeai vers les escaliers.

— Premier étage, les grandes portes noires.

Je montai au premier étage, où je n'étais pas souvent allée. En passant dans un salon, je vis un piano noir devant un bar. Il y avait une grande télévision dans une autre pièce, ainsi qu'une console de jeux vidéo. Je me demandai si elle appartenait à Conway. Je ne l'aurais pas cru intéressé par les jeux vidéo.

Je repérai les portes noires et entrai.

— Vous m'avez fait envoyer chercher ? demandai-je d'un ton sarcastique.

Debout devant un bureau identique à celui qui se trouvait dans son atelier à Milan, Conway examinait un tissu blanc, qu'il caressait entre son pouce et son index.

— Oui. Et je vous attendais plus tôt.

— J'étais sur le point de me baigner.

— Vous pouvez vous baigner à un autre moment, fit-il en claquant des doigts à mon attention. Déshabillez-vous.

J'écarquillai les yeux.

— Arrêtez de claquer des doigts ! Si vous voulez que je fasse quelque chose, il vous suffit de le demander.

Il leva vers moi des yeux verts pleins d'hostilité. Il

portait un jean noir et un tee-shirt vert olive, dont les manches courtes moulaient ses biceps. Il ne s'était pas rasé ce matin et sa barbe commençait à pousser. Je ne l'avais jamais vu porter des couleurs claires. Mais les teintes foncées allaient parfaitement à un homme comme lui – un homme dont les yeux donnaient sur les ténèbres.

— Je n'ai pas besoin de vous demander quoi que ce soit. Je pensais que c'était clair.

— Notre relation serait bien plus agréable si vous le faisiez. Je pensais que c'était clair.

Il laissa retomber sur sa table de travail le tissu qu'il inspectait et carra les épaules. Ce simple geste exprimait la menace.

— Déshabillez-vous, répéta-t-il.

Cette fois, il ne claqua pas des doigts, mais son regard me prévint de tenir ma langue.

— Je ne vous le demande pas, je vous le dis.

Je préférais ça au claquement de doigts. Je laissai tomber ma serviette, puis détachai mon bikini. Il m'avait déjà vue nue. Je n'avais donc plus aucune raison d'être timide. Pourtant, dès que je lâchai le bas de mon maillot de bain par terre, je sentis la chaleur monter dans la pièce. Les yeux verts de Conway se posèrent sur mon corps, absorbant mes courbes comme deux éponges. Son désir était évident. Je n'eus même pas besoin de baisser les yeux vers son entrejambe pour savoir qu'il avait une érection. Je le laissai me caresser avec les yeux.

Il fit le tour de la table, en faisant glisser ses doigts sur le tissu blanc. Le soleil entrait dans la pièce par les grandes fenêtres, éblouissant d'une lumière naturelle l'atelier de Conway. Il s'approcha de moi par le côté, s'arrêtant juste au moment où son corps touchait mon épaule.

De plus près, je sentais encore mieux son désir.

Il posa deux doigts sur ma nuque et les fit descendre lentement le long de ma colonne vertébrale. J'essayais de maîtriser mon souffle, de ne pas respirer plus fort sous l'effet de ses caresses, mais je ne pouvais contrôler mes réactions. L'adrénaline était en train d'exciter mon rythme cardiaque. La main de Conway s'arrêta sur ma chute de reins. Il approcha sa bouche de mon oreille et souffla dans mon canal auditif.

Ses lèvres effleurèrent la conque de mon oreille. Sa main se posa sur ma fesse gauche.

— Putain...

Je le sentis pétrir ma chair, puis glisser les doigts entre mes fesses, jusqu'à effleurer un endroit que je n'avais moi-même jamais osé toucher.

Je respirai plus fort. Mes tétons pointèrent sous l'effet de cette nouvelle sensation.

La main de Conway continua ses explorations. Enfin, ses doigts se posèrent sur mon clitoris.

— Oh...

Instinctivement, je fermai les yeux et mes terminaisons nerveuses commencèrent à me picoter. Je n'aurais jamais pu me toucher comme il me touchait. Il le faisait avec une telle perfection, une telle expertise... Comme s'il connaissait les moindres désirs féminins. Il me caressa lentement, en faisant des cercles concentriques, son souffle lourd dans mon oreille. Puis son autre main se posa sur mon sein, son pouce agaçant mon téton.

Il me caressa plus fort, puis descendit vers l'entrée de mon vagin. Avec un seul doigt, il me pénétra, explorant mon tunnel étroit. Me trouvant humide, il gémit dans mon oreille

— Putain de merde...

Je n'aurais jamais dû éprouver autant de désir pour un homme qui avait acheté mon âme. Je n'aurais jamais dû avoir envie de jouir pour un homme qui refusait de m'embrasser. Mon corps n'aurait pas dû réagir à ses caresses, encore moins à son excitation.

— Putain..., souffla-t-il dans mon oreille en ravalant un gémissement. J'ai hâte de baiser cette chatte.

Quand mes genoux flageolèrent, je me cramponnai à son bras pour garder l'équilibre. Une passion débridée montait comme une vague dans mon corps – le désir brûlant et impossible à ignorer de coucher avec cet homme. Ce ne serait pas romantique, mais cela ne semblait pas déranger mon corps.

Il se pencha et m'embrassa sur l'épaule, en faisant courir sa langue sur ma peau enfiévrée. Puis il m'embrassa le cou, semant une pluie de baisers jusqu'à mon oreille.

Je penchai la tête sur le côté pour lui faciliter l'accès à ma peau nue. Les yeux clos, je le sentis passer de l'autre côté et me cramponnai plus fort à son bras. Je n'aurais pas dû penser à ma situation, pas maintenant, alors que j'avais tant envie de coucher avec lui. J'aurais dû penser uniquement à mon désir et à ces sensations.

Nous partagions bel et bien un lien. Et j'avais envie de lui.

J'adorais qu'il m'embrasse comme ça.

Il me donnait l'impression d'être la plus belle femme du monde.

Je tournai la tête vers lui, les lèvres avides d'un baiser de cet homme qui m'avait touchée plus que tout autre. Je me penchai vers lui, pendant que son doigt continuait de me pomper. Mes lèvres effleurèrent la commissure de sa bouche...

Il ne bougea pas. Il se contenta de fixer mes lèvres du regard, derrière ses paupières lourdes.

Encore une fois, il rejetait, ou ignorait, mon geste affectueux. Mais je refusais d'accepter la défaite. S'il avait envie de moi, il allait devoir accepter mes conditions. S'il voulait que je me donne à lui, il allait devoir se donner à moi, lui aussi. Je me penchai un peu plus. Cette fois, je l'embrassai sur les lèvres.

Il ne recula pas et me laissa faire, mais ses lèvres ne bougèrent pas sous les miennes. Puis ses yeux se fermèrent et il prit une profonde inspiration, le souffle tremblant. Je sentis ses doigts se crisper sur mon sein et sa main s'immobiliser entre mes cuisses.

Comme il ne me repoussait pas, j'insistai. Je tournai mon corps vers lui et l'embrassai plus fort, en posant les mains sur ses épaules, les doigts crispés sur le tissu de sa chemise. J'étais nue et j'aurais aimé qu'il le soit aussi. Cette fois, je ne le touchais pas pour son plaisir, mais pour le mien.

Après une brève résistance, sa bouche répondit enfin à la mienne. Je trouvai son baiser aussi extraordinaire que tout le reste de sa personne. Il suça ma lèvre inférieure entre les siennes, non sans me donner un coup de langue délicieusement érotique qui me donna la chair de poule. Sa barbe naissante frotta contre ma peau.

Sa main quitta mon sein pour se poser sur ma joue. Lentement, il repoussa derrière mon oreille les cheveux qui tombaient sur mon visage, puis glissa la main sur ma gorge. Je sentis la peau calleuse de ses doigts se poser sur mon aorte. Mon sang pulsait à toute allure. Puis il empoigna mes cheveux.

Et m'embrassa plus fort.

Son souffle emplit mes poumons. Son baiser m'électrifia le corps. Sa grande main était toujours enfouie entre les lèvres de ma chatte, et il recommença à me doigter. Je savais que mes jus lui trempaient la main et dégoulinaient sur le sol.

— Je sais que ça t'excite…, souffla-t-il contre ma bouche. Muse…

J'enroulai les bras autour de son cou et le fis taire avec mes lèvres.

Je n'étais jamais allée aussi loin avec cet homme. Je n'avais jamais ressenti de telles sensations, ce lien si fort entre nous. Maintenant, il m'avait tout donné : son souffle dans mes poumons, son désir entre mes cuisses. Son excitation était évidente, et la mienne aussi. Je le connaissais à peine. J'étais sa propriété. Mais mon corps ne savait pas distinguer le bien du mal – encore moins quand il était en proie à de telles sensations.

Comme quand il m'embrassait comme ça.

Il me caressa la nuque, juste avant de me donner sa langue.

Elle trouva la mienne. Toutes deux se mirent à danser un tango érotique. Conway recula pour sucer ma lèvre inférieure entre les siennes. C'était la raison pour laquelle j'aimais les baisers et que Conway les évitait : c'était un geste intime et lourd de sens.

Je sentis sa résistance fondre entre mes bras et sous mes lèvres. Ses mains me serrèrent plus fort.

Son doigt glissa de mon vagin vers mon clitoris, attaquant mon bouton avec agressivité. Il me caressa de plus en plus fort, à un rythme presque violent.

Je mis fin au baiser, incapable de faire autre chose qu'haleter entre ses lèvres. Mes doigts s'enfoncèrent dans ses biceps. Je gémis dans cette bouche qui m'avait fait ressentir des choses si merveilleuses. J'avais déjà été embrassée – mais jamais comme ça.

Je jouis.

J'enfonçai les ongles dans les muscles de ses bras, en gémissant, le corps emporté par une vague de plaisir. Je me cramponnai à lui comme un chat à son grattoir, comme pour l'escalader. Mes hanches ondulèrent contre les siennes.

— Conway...

Ses lèvres s'immobilisèrent sur les miennes, et un gémissement lui échappa.

Mon orgasme décrut lentement, en faisant picoter mes orteils. Cet homme m'avait déjà fait jouir plusieurs fois, mais c'était cet orgasme-ci que j'avais préféré. Ses bras forts autour de moi, sa bouche sur la mienne... J'avais ressenti quelque chose d'intense.

J'avais ressenti autre chose qu'un simple contact physique entre un homme et une femme.

J'avais senti un lien, une affection.

Ses doigts glissèrent de ma chatte et il recula d'un pas pour me regarder.

Je compris immédiatement ce qu'il allait me demander. Il avait tenu sa part du marché. À moi de tenir la mienne. Si c'était ce qu'il voulait, je le lui donnerais. Maintenant qu'il s'était donné à moi, cela ne me faisait plus aussi peur. Quand il me regardait avec ces beaux yeux verts, la mâchoire serrée, j'avais envie de recommencer.

Au lieu de me jeter sur la table ou le canapé, il laissa retomber ses bras le long de son corps et se retourna vers le tissu blanc qu'il examinait avant mon arrivée. Avant de le toucher, il lécha ma jouissance sur ses doigts pour les nettoyer.

Un frisson me parcourut de part en part.

Quand il souleva le tissu pour me le montrer, je vis qu'il s'agissait en réalité d'un soutien-gorge en cours de fabrication. Les bonnets étaient en dentelle transparente, et les volants si courts qu'ils ne devaient pas couvrir grand-chose. De vrais diamants cousus sur les bretelles brillaient de mille feux sous les rayons du soleil.

— Enfilez ça.

Je m'emparai de l'ensemble d'une main tremblante, sans très bien comprendre ce qu'il attendait de moi. Nous venions de partager le plus beau moment de passion que j'aie connu dans ma vie, mais il pensait déjà au travail. Sonnée par mon orgasme, j'obéis sans réfléchir.

Il attrapa ses épingles et se tourna vers moi. Son érection était évidente.

Je serais tombée à genoux devant lui s'il me l'avait demandé. En fait, il n'avait même pas besoin de demander.

Il tourna autour de moi, épinglant le tissu à certains endroits stratégiques, ajustant les bretelles. Puis sa main se posa sur mon ventre, pour mesurer la longueur des volants.

Il refusait de me regarder dans les yeux.

— Retirez-le, dit-il à voix basse.

Il n'avait pas l'air agacé, seulement déçu.

Je retirai le soutien-gorge, en faisant attention à ne pas déplacer les épingles.

Il me reprit le modèle des mains et le posa sur son mannequin de couture. Quand il me tournait le dos, je trouvais toujours ses larges épaules particulièrement impressionnantes. Il ne se retourna pas.

— Je ne veux plus vous revoir avant demain soir.

Consciente que c'était une bêtise, je demandai :

— Pourquoi ?

Il se mit au travail, non sans pousser un long soupir.

— Parce que je vous le dis.

17

CONWAY

Dante m'informa que le médecin était venu et qu'il avait administré à Musc un contraceptif en injection. Cela ne ferait pas effet tout de suite, mais elle n'était pas en période de fécondité et pouvait donc avoir un rapport sexuel dès maintenant.

J'étais en train de mettre la touche finale à mon chef-d'œuvre.

Le tissu blanc était doux comme un pétale de rose. Je m'étais fait livrer ce sublime matériau turc dans la nuit pour pouvoir créer cet ensemble. Nicole était elle-même allée chercher les diamants chez mon bijoutier fétiche. Elle avait sélectionné à la main toutes les gemmes que j'avais cousues sur les bretelles.

Je voulais que ma muse soit plus belle que jamais.

Puisqu'elle voulait sa première nuit romantique, j'allais la lui donner – pour cette fois.

J'avais déjà transgressé ma propre règle – pas de baiser.
Mais quand elle avait posé sa bouche charnue sur la
mienne, j'avais oublié mes principes et m'étais égaré dans
les délicieuses sensations qu'elle me donnait. J'avais
souvent imaginé ce que je ressentirais en l'embrassant et en
la touchant de façon si intime. Quand c'était arrivé, je
n'avais pas pu me retenir.

J'avais totalement perdu le contrôle de la situation.

Cela faisait cinq ans que je n'avais pas embrassé une
femme de cette façon. Je m'étais contenté pendant des
années de baisers dans le cou ou sur les épaules. Mais celui
que j'avais partagé avec Muse valait bien cinq ans
d'abstinence. Je n'avais jamais ressenti de telles sensations
érotiques.

J'aurais voulu que ça ne s'arrête jamais.

J'avais léché sa chatte, goûté sa peau et senti sa bouche
chaude sur ma queue, mais je n'avais jamais bandé aussi
fort qu'en l'embrassant. Tout son corps était devenu
incandescent. J'avais eu l'impression de me brûler quand
j'avais passé les doigts dans ses cheveux. J'avais perdu le
contrôle de mon souffle. J'avais même presque oublié mon
doigt dans sa chatte humide.

C'était son baiser que j'avais préféré.

J'avais senti notre désir mutuel dans notre étreinte. Ses
ongles enfoncés dans mes muscles, sa chatte si humide...

J'aurais pu la baiser. Elle ne m'aurait pas arrêté.

Mais je savais que, si je faisais les choses en règle, elle

serait mienne pour toujours. Elle m'obéirait au doigt et à l'œil. Sa dette envers moi serait plus écrasante que jamais. Si je lui accordais cette faveur, j'obtiendrais en retour une inébranlable dévotion.

Quand j'eus terminé l'ensemble de lingerie, je le suspendis au mannequin de couture pour l'admirer. C'était une véritable œuvre d'art – un modèle simple, élégant et pur. Muse était ma femme, maintenant, et je voulais qu'elle porte quelque chose de spectaculaire quand je prendrais son innocence. Je voulais la baiser comme toute femme voulait être baisée.

Je voulais qu'elle se sente belle et unique.

Je l'attendis sur la terrasse, près de la piscine. Le soleil était sur le point de se coucher. Une bouteille de vin des vignobles familiaux était posée sur la table. Malgré l'importance de cette soirée, je portais un tee-shirt noir et un jean brut.

Quel intérêt de m'habiller puisque j'allais tout enlever ?

Dante conduisit Muse à ma table. Nous dînerions aux chandelles, ce soir.

Sapphire portait la robe noire que Dante avait laissée sur son lit. J'avais demandé à Nicole d'acheter quelque chose d'élégant et sexy. Elle avait choisi une robe noire dos nu et moulante qui mettait en valeur la taille fine, les seins et les hanches de Sapphire.

Ma muse était une femme intelligente. Elle avait dû comprendre ce qui l'attendait après le dîner.

Cette fois, elle ne dirait pas non.

Je lui tirai sa chaise, me comportant comme un parfait gentleman. Quand elle fut assise, je retournai à ma place et posai ma serviette sur mes genoux. Je servis le vin.

Ses cheveux étaient bouclés et balayaient sa poitrine. Elle portait les boucles d'oreilles et le collier en diamants que je lui avais également choisis. N'importe quel homme aurait rêvé d'avoir une maîtresse si belle et parfaite.

Et elle était tout à moi.

Je me fichais bien de savoir que j'allais déguster un délicieux repas dans un cadre idyllique.

Elle était la seule chose que j'avais envie d'admirer – et de dévorer.

Les mains sur les genoux, elle soutint mon regard, visiblement prête à affronter ce qui l'attendait. Peut-être pensait-elle qu'elle avait le contrôle de la situation parce que je l'avais embrassée. Peut-être était-ce ce dont elle avait besoin depuis le début pour rationaliser notre arrangement.

Mais notre arrangement n'avait rien de rationnel.

Elle valait cent millions de dollars – et je comptais bien rentabiliser mon achat.

— Vous êtes sublime, ce soir. Comme tous les autres soirs.

Je bus une gorgée de vin. Dante avait déniché la bouteille à la cave, un peu plus tôt dans la soirée.

— Merci, répondit-elle d'un ton ferme.

Elle devait être nerveuse, mais elle n'était plus timide.

— Vous êtes très beau, vous aussi.

Quand elle but une gorgée de vin, son rouge à lèvres laissa l'empreinte de ses lèvres sur le rebord du verre.

Elle avait laissé une trace similaire sur ma queue la dernière fois qu'elle m'avait sucé.

Dante servit le dîner quelques minutes plus tard : côtelettes d'agneau rôties, asperges et patates douces. Il se fit aussi discret que possible et disparut presque immédiatement.

Je lui avais dit de ne pas rester dans nos pattes.

Sapphire s'empara de ses couverts et entreprit de couper sa viande avec une élégance naturelle. Si je l'emmenais à un dîner ou tout événement mondain, elle saurait se tenir. Elle impressionnerait tous les invités non seulement avec sa beauté, mais aussi son charme. Les hommes me regarderaient et se demanderaient ce que cela faisait de baiser cette femme toutes les nuits.

Mais je ne le leur dirais jamais.

J'envisageai de lui faire la conversation, mais je ne sus que dire. Je ne pensais plus qu'au sexe. J'avais les mains tremblantes à l'idée d'avoir ses chevillées nouées sur mes reins. Et quand j'essayais d'imaginer ce que je ressentirais au moment de la pénétration, mon taux d'adrénaline montait en flèche. Comme elle était vierge, elle se cramponnerait à moi du début jusqu'à la fin. Elle éprouverait peut-être de la douleur, mais surtout du plaisir.

J'étais tellement excité que ma poitrine me faisait mal.

J'allais enfin me délecter de ma muse à cent millions.

Quand elle était entrée dans ma vie, j'avais été le seul à prendre soin d'elle. Je lui avais donné de l'argent, sans rien attendre en retour, quand j'avais compris qu'elle était à la rue. J'avais accepté de la faire travailler au noir, alors que personne d'autre ne l'aurait fait. Quand elle était partie, je l'avais laissée faire. J'avais même été prêt à lui glisser une enveloppe de vingt mille euros pour l'aider. Et quand elle avait été capturée, j'avais craché mon fric pour la sauver d'un terrible destin.

Si quelqu'un méritait de prendre sa virginité, c'était moi.

Elle me devait bien ça.

À partir de maintenant, elle mènerait une existence confortable dans mon manoir. Elle n'aurait plus jamais de problèmes d'argent. Je lui donnerais tout ce dont elle avait envie. Toute femme rêvait d'être protégée par un homme riche et puissant. En fait, n'importe laquelle aurait tué pour prendre sa place.

N'importe laquelle aurait rêvé de me posséder d'un simple baiser.

Elle n'essaya pas non plus d'engager la conversation. Son cœur devait battre à toute allure dans sa poitrine. C'était l'inconnu, pour elle.

Mais elle n'avait aucune raison de s'inquiéter. Je la guiderais pas à pas. Elle n'aurait qu'à me laisser faire.

Et je lui donnerais tout ce qu'elle m'avait demandé.

Quand nous eûmes terminé nos verres, je nous resservis. Je ne mangeai que la moitié de ce que j'avais dans mon assiette : je ne voulais pas être trop lourd pour la suite de la soirée.

Muse se jeta sur sa nourriture. Soit elle était affamée, soit elle mangeait parce qu'elle était nerveuse.

On pense souvent qu'il est gênant de dîner avec quelqu'un dans un silence de cathédrale. Mais ça me plaisait. J'aimais que nous soyons à l'aise l'un avec l'autre. Elle n'avait pas besoin de me raconter des bêtises sans intérêt, pas plus que je n'avais besoin de faire le moindre commentaire sur le sujet.

C'était agréable.

En temps normal, Dante serait venu débarrasser et nous proposer du café ou un dessert. Je lui avais demandé à l'avance de nous laisser tranquilles. Il débarrasserait les assiettes quand nous serions partis.

Elle essuya sa petite bouche sur sa serviette, avant de la reposer sur la table.

— Vous avez bien mangé ?

— C'était délicieux, comme toujours. Et vous ?

— Dante ne serait pas là s'il n'était pas le meilleur, répondis-je en me levant et en lui tendant la main.

Elle me dévisagea longuement, avant de glisser sa main dans la mienne.

Je la conduisis dans la maison. Nos doigts s'entrelacèrent, et je la serrai tout contre moi, en parfait gentleman. Pour ne pas lui montrer mon excitation, je fis de mon mieux pour trembler le moins possible. Maintenant que la partie la plus ennuyeuse de la soirée était terminée, nous allions passer aux choses sérieuses.

La nuit que j'attendais.

Je la fis monter au deuxième étage et m'arrêtai devant les doubles portes de ma chambre à coucher. À mesure que nous approchions, j'avais senti son pouls s'accélérer. À présent, son cœur tambourinait dans sa poitrine. Sa peau était chaude et elle avait les joues rouges.

Je me tournai vers elle et posai les mains sur sa taille.

— Je t'ai laissé quelque chose sur mon lit. Mets-le. Je te rejoins dans quelques minutes.

J'effleurai ses cheveux avec mes lèvres, puis penchai la tête pour l'embrasser. Je ne voulais lui donner qu'un baiser rapide d'encouragement mais, dès que nos lèvres se touchèrent, je l'embrassai un peu plus passionnément que prévu. Je glissai les doigts dans ses cheveux et suçai sa lèvre inférieure entre les miennes. Puis ma langue entra dans sa bouche pour saluer la sienne.

Je sentis son rythme cardiaque redescendre. Elle

respira moins vite et se calma, perdue dans mon baiser, comme j'étais perdu dans le sien. Je la serrai plus fort contre moi, ses seins ronds pressés contre mon torse.

Je me dégageai avant d'avoir envie de la baiser contre la porte. Incapable de la regarder, je lui tournai le dos et serrai les poings. Il fallait que je reprenne le contrôle de ma colère avant de devenir trop agressif. Si je n'avais pas décidé de la traiter comme une dame, elle serait déjà à quatre pattes dans le couloir, pendant que je la pilonnerais par derrière, les poings serrés sur ses hanches.

La porte se referma derrière moi.

Je m'appuyai contre le mur et me massai les doigts nerveusement pour passer le temps. Elle avait dû trouver les bougies allumées dans toute la pièce et les pétales blancs éparpillés sur le lit. J'avais également demandé qu'on nous laisse une assiette de fraises enrobées de chocolat.

Ce serait la nuit la plus romantique de sa vie.

Knuckles l'aurait déjà baisée par tous les orifices, à ma place.

J'attendis cinq minutes – et pas une seconde de plus. Puis j'entrai dans mes appartements avec une érection presque douloureuse. Des bougies blanches éclairaient le salon d'une lumière tamisée. Un chemin de pétales de roses conduisait à ma chambre. Je le suivis, en retirant mon tee-shirt et mon jean.

Je les abandonnai sur le seuil et poussai la porte.

Elle était debout, dans mon ensemble de lingerie blanc – une courte robe et une culotte de dentelle. Elle avait parfaitement positionné sa chevelure sur une épaule. Sa rivière de diamants scintillait à la lueur des chandelles, tout comme les gemmes qui ornaient ses bretelles. Ce qu'elle portait valait plusieurs centaines de milliers de dollars, et elle serait la seule à porter cet ensemble créé spécialement pour elle.

En parcourant son corps du regard, je vis ses tétons pointer sous le tissu. Elle se tenait bien droite, les épaules en arrière, les jambes tendues, debout sur le tapis. Elle me regardait dans les yeux, à la fois nerveuse et sûre d'elle.

Je l'avais déjà vue en lingerie, mais je ne l'avais jamais trouvée aussi belle. Je l'avais même vue défiler sous les projecteurs, mais c'était aujourd'hui qu'elle m'éblouissait de sa présence. Le blanc lumineux de l'ensemble mettait parfaitement en valeur son teint bronzé et ses cheveux bruns. Elle aussi parcourait mon corps du regard.

J'avais hâte de la déshabiller. Si elle était sublime dans cet ensemble, cela signifiait qu'elle serait encore plus belle sans rien. J'imaginai déjà sa belle peau bronzée à la lumière des chandelles.

Je fis les quelques pas qui nous séparaient. Mon cœur battait à un rythme étonnamment lent. J'étais moi-même étrangement calme. J'avais l'impression d'être dans un rêve érotique, de réaliser en pensée un fantasme qui me faisait envie depuis longtemps. Dès que j'avais posé les yeux sur elle, dans cet auditorium, elle avait envahi toutes mes pensées. Plus je l'avais regardée, plus elle m'avait répondu avec insolence, plus j'avais eu envie d'elle.

Je levai d'abord la main vers ses cheveux et les repoussai sur son épaule pour avoir accès à ses lèvres. Dès que je posai ma bouche sur la sienne, je perdis le contrôle. Même si elle m'avait supplié d'arrêter, je ne l'aurais pas fait. À partir de maintenant, je n'étais plus que désir charnel et instinct bestial. Je n'étais plus une personne, seulement un corps.

Je posai l'autre main sur ses fesses et jouai avec la dentelle de sa culotte, pendant que ma langue dansait avec la sienne. Sa passion égalait la mienne et nos bouches se dévoraient l'une l'autre dans une étreinte brûlante. Sous mon pouce, je sentais pulser son sang dans ses veines. Son parfum me chatouillait les narines. Je glissai alors un doigt sous l'élastique de sa culotte et la fit lentement descendre sur ses cuisses.

Elle déboutonna mon jean, puis tira sur ma braguette.

J'adorais qu'elle me déshabille.

Je tirai sur son haut pour le passer au-dessus de sa tête, dévoilant les seins les plus fermes que j'aie jamais vus. Certains mannequins, comme Lacey, avaient des implants mammaires et s'étaient fait liposucer les hanches et les cuisses. Muse était une beauté naturelle – parfaite comme elle était.

Aussitôt, ma bouche s'attaqua à son cou et à ses

épaules. Je la tirai vers moi, prêt à la dévorer comme si elle était une proie et moi son prédateur. Sa culotte avait roulé sur ses cuisses. Je la baissai jusqu'à ses chevilles, tout en m'agenouillant devant elle et en semant des baisers sur ses seins et son ventre, puis ses longues jambes et ses genoux.

Quand je me relevai, j'en profitai pour baisser mon boxer, que je repoussai d'un coup de pied. Je la soulevai dans mes bras comme si elle ne pesait rien et l'allongeai sur mon lit. Dès que son corps fut posé sur le drap, elle m'ouvrit ses cuisses.

Je rampai au-dessus d'elle, la queue humide et en érection. Mon poids fit ployer le matelas, qui sembla tanguer sous le corps de Sapphire. Je m'approchai lentement, parcouru d'un frisson d'adrénaline. Ma queue frémissait d'impatience de pénétrer sa chatte étroite et humide. J'avais hâte de glisser dans sa mouille, de l'entendre gémir sous mes assauts.

Elle passa les bras autour de mon torse. Les mains sur ma nuque, elle m'attira vers elle pour un baiser. Quand elle m'embrassa, ses lèvres me donnèrent un avant-goût de son excitation. Elle n'était plus que langue, souffle et chaleur. Ses doigts se mirent à jouer avec mes mèches et ses cuisses se serrèrent autour de mes hanches.

Je l'empoignai par les cheveux pour l'embrasser plus fort, l'enfonçant dans le matelas. Ma queue frotta contre son clitoris, stimulant ses terminaisons nerveuses, l'obligeant à gémir.

Je n'avais plus aucun contrôle sur ce qui nous arrivait. Mon corps prenait instinctivement toutes les décisions. Je me positionnai entre ses cuisses et cherchai l'entrée de son tunnel. Je le trouvai étroit, comme la dernière fois, mais je poussai lentement.

Cette fois, elle ne m'arrêta pas.

Je glissai ses bras sous ses genoux et lui écartai davantage les cuisses pour pouvoir la pénétrer plus facilement. Dans cette position, j'aurais pu l'embrasser en même temps, mais je voulais profiter de toutes ses réactions. J'allais savourer chaque seconde de cet instant pour l'archiver dans ma mémoire.

Je m'enfonçai un peu plus en elle, ma queue accueillie par l'humidité de sa chatte. Je la pénétrai lentement, centimètre par centimètre, forçant la résistance de son tunnel. Malgré son excitation, elle n'arrivait pas à se détendre et à s'ouvrir à moi. Mais j'insistai.

Elle prit une grande inspiration. Ses ongles s'enfoncèrent dans mes biceps. Quand j'allai un peu trop vite, elle fit la grimace. Toutes ses émotions étaient peintes sur son visage, le plaisir comme la douleur.

Je n'avais même pas encore fait la moitié du chemin.

Je poussai plus avant. Lentement, son corps s'habituait au mien. Mais quand je sentis une résistance, je compris immédiatement ce qui me bloquait le passage. Je posai ma bouche sur la sienne et l'embrassai, tout en donnant un rapide coup de reins, déchirant son hymen.

Sa bouche trembla sous la mienne et elle poussa un gémissement de douleur.

Je bandais comme un fou.

Je suçai sa lèvre inférieure et m'enfonçai en elle jusqu'à la garde. Son tunnel était encore particulièrement étroit et me comprimait la queue comme un serpent sa proie. Je glissai une main sur sa nuque et la regardai dans les yeux.

Puis je commençai à me déhancher.

J'ondulai entre ses cuisses, ma queue glissant dans sa chatte, humide de sa jouissance et de quelques gouttes de sang. Une extraordinaire sensation de bien-être explosa dans mon bas-ventre – le début d'un orgasme qui me ferait trembler de plaisir. J'étais déjà prêt à jouir.

Mais je me retins.

Je savourai sa chatte en la regardant dans les yeux, mes coups de reins de plus en plus rapides.

Ses yeux se mouillèrent de larmes, qui perlèrent bientôt entre ses cils.

Il fallait que je sois un sacré connard pour aimer ça. Mais il était excitant de la voir pleurer, de savoir qu'elle avait du mal à prendre mon énorme queue en elle. Il était excitant de savoir qu'aucun autre homme ne l'avait jamais vue comme ça. Si elle n'avait pas enchaîné les déconvenues, elle serait toujours à New York. Elle serait tombée amoureuse de quelqu'un et se serait donnée à lui.

Mais c'était moi qui l'avait déflorée.

J'étais à la fois ange et démon. Et elle avait le don de

faire parler l'ange qui vivait en moi, de m'obliger à m'inquiéter pour elle.

— Tout va bien, Muse ?

— Oui... Ça fait juste un pcu mal.

Je sentis mes muscles se contracter. L'orgasme n'était pas loin.

— Tu veux que j'arrête ?

Je n'aurais pas dû lui laisser la possibilité de dire stop. J'aurais dû la baiser aussi fort que j'en avais envie. Elle finirait bien par s'ouvrir et s'assouplir sous mes assauts. Elle n'avait qu'à serrer les dents. Je me fichais bien de ce qu'elle ressentait.

— Non... C'est agréable, souffla-t-elle en passant les bras sur mes épaules.

Une autre larme coula sur sa joue.

— C'est juste que ça fait un peu mal.

Je léchai la larme sur sa joue avant qu'elle ne puisse tomber sur le drap.

— Ça fait toujours mal, la première fois, et... disons que je suis bien monté.

À chaque coup de reins, ses seins s'agitaient et ses doigts tiraient plus fort mes cheveux. Elle respirait bruyamment, laissant échapper un gémissement ou une grimace de temps en temps.

Je ne m'attendais pas à la faire jouir – pas la première fois. Elle avait visiblement du mal à m'accepter en elle. Mais je voulais qu'elle prenne du plaisir, qu'elle ait hâte de recommencer. Parce que je savais que j'aurais envie de la baiser tous les jours jusqu'à la fin des temps. Elle se contentait de rester allongée sans rien faire, mais c'était la meilleure baise de ma vie.

Je me positionnai de manière à frotter son clitoris avec mon pubis. Je la pilonnai alors avec une ardeur renouvelée. Tous les muscles de mon corps se contractaient les uns après les autres. Je compris que je ne tiendrais plus longtemps. J'allais avoir un orgasme extraordinaire – mon premier retour sur investissement.

Elle respira plus fort et cessa soudain de pleurer. Ses ongles s'enfoncèrent dans la peau de mon dos. Elle écarta les cuisses pour me faire entrer un peu plus en elle. Puis, les yeux fermés, elle se cambra brusquement et sa chatte se resserra sur mon membre.

Putain de merde !

Elle m'éclaboussa de sa jouissance, les muscles du bas-ventre contractés sur ma queue, les ongles enfoncés dans ma chair. Ses hanches ondulèrent instinctivement sous moi. Sa bouche trembla sous la mienne. Ses gémissements résonnèrent dans la chambre, bien plus forts que les dernières fois où je l'avais fait jouir. Elle avait mal, mais son plaisir compensait largement sa douleur.

— Conway...

Elle avait dit mon nom. Je ne lui avais pas demandé de faire ça.

Je fis quelques derniers va-et-vient, profitant de son

extase pour la baiser aussi fort que j'en avais envie. Ce fut alors que mon orgasme partit comme une balle dans le canon. Je me déversai brutalement en elle, déchargeant ma semence, plus que mon corps n'en avait jamais produit. Je serrai le poing sur sa nuque pour la tenir bien en place et trouver l'angle idéal. Je voulais qu'elle s'endorme avec ma semence en elle, qu'elle me sente bien après que je me sois retiré d'elle.

Nos deux corps étaient maintenant chauds et collants de sueur, mais aussi satisfaits et délicieusement épuisés. Je restai allongé au-dessus d'elle quelques minutes, parce que je n'étais pas prêt à me lever. Ma queue n'était pas encore tout à fait flasque et je savourais encore la force de mon orgasme. Je posai ma bouche sur la sienne et l'embrassai doucement, pour me faire pardonner la manière énergique dont je l'avais baisée.

Elle me rendit mon baiser, tout aussi enthousiaste que moi.

Je me retirai lentement d'elle. L'air frais chatouilla ma queue humide. Une tache de sang maculait le drap entre ses cuisses, mais cela ne me dérangea pas. Je ne serais pas pressé de changer mes draps et de me débarrasser de ce petit souvenir.

Elle fléchit les genoux, toujours allongée.

Je lui écartai les cuisses et examinai sa chatte. Des fluides blancs s'écoulaient de son vagin. Je lui refermai les jambes.

— Serre les cuisses. Je veux que tu gardes mon foutre en toi toute la nuit.

Elle se redressa sur les coudes et me dévisagea.

— D'accord...

Je roulai vers la tête de lit, où se trouvaient les oreillers, et tapotai la place à côté de moi.

Elle rampa sous les draps et s'allongea à mes côtés.

Je ne dormais jamais avec une femme, mais j'allais faire une exception, pour cette fois. Cette femme m'avait donné quelque chose de si extraordinaire que je voulais lui rendre la pareille. Je la positionnai tout contre moi, son bras autour de ma taille et le mien sur ses épaules.

Tout cela m'avait épuisé. Quant à Sapphire, elle devait avoir un peu mal. Dans le cas contraire, j'aurais aimé remettre le couvert... Mais je ne voulais pas la brusquer. J'avais savouré sa douleur, mais il était inutile de lui faire plus mal que nécessaire.

J'étais peut-être un sale con, mais pas à ce point-là.

JE ME RÉVEILLAI TÔT, QUAND MON TÉLÉPHONE SONNA sur la table basse.

Je fixai l'écran à travers mes paupières plissées.

C'était Dante.

Je décrochai.

— Humm ? grommelai-je en me frottant les yeux et en jetant un coup d'œil à mon réveil.

Il était neuf heures du matin. En temps normal, j'étais réveillé et actif à cette heure-ci. Je me retournai vers Muse, encore profondément endormie. Ses cheveux étaient étalés sur l'oreiller et son bras posé sur mon ventre.

— Je suis navré de vous déranger, monsieur, mais Carter est venu vous voir.

Je grommelai :

— Dites-lui de foutre le camp, Dante.

— Je savais que vous diriez ça, et c'est la réponse que je lui ai donnée, mais il insiste. Il dit que c'est important.

Si Carter pensait que c'était important, ça devait l'être. Il n'avait pas pour habitude de dramatiser la situation.

— Je serai là dans quelques minutes.

— Très bien, monsieur.

Je reposai le téléphone sur la table et vérifiai que Sapphire dormait toujours. Je voulais qu'elle se repose aussi longtemps que possible, pour que nous puissions recommencer. Elle avait beaucoup à apprendre.

J'enfilai un jogging et un tee-shirt, avant de descendre au rez-de-chaussée.

Carter m'attendait, en jean et en tee-shirt, les mains dans les poches, tourné vers le tableau de ma mère accroché dans le hall.

— Tout va bien ?

Quand il se tourna vers moi, je vis qu'il était inquiet. Il

jeta un regard à droit, puis à gauche, à la recherche de Dante.

Non pas que Dante soit un mouchard...

— Allons parler dehors.

Nous sortîmes sur le porche et nous enfonçâmes entre les arbres. La Ferrari rouge de Carter était garée devant la maison. Le portail avait été refermé derrière lui. C'était le genre de voiture qui attirait l'attention.

— Qu'est-ce qui se passe ? demandai-je.

J'étais pressé d'en finir. J'avais quelqu'un qui m'attendait – une jolie rose blanche qui avait fleuri pour la première fois la nuit dernière.

— J'ai entendu des rumeurs. Il paraît que Knuckles est furieux.

Qu'est-ce que cela pouvait bien me faire ?

— Si tu veux mon avis, il est toujours furieux à propos de quelque chose.

— Maintenant, il l'est encore plus que d'habitude, rétorqua Carter en mettant les mains dans ses poches et en marchant lentement vers sa voiture. Il n'est pas commode. Il paraît qu'il fait la loi sur toute la côte est des États-Unis et il fait régner la terreur dans son domaine. Ce n'est pas un type qui fait un bon ennemi.

— Ce n'est pas mon ennemi.

Carter se tourna vers moi.

— C'est ton ennemi depuis que tu as acheté Sapphire.

— Il aurait pu l'acheter lui-même, mais il n'avait pas

assez de fric. J'ai enchéri et je l'ai gagnée. C'est comme ça que ça marche. S'il avait vraiment voulu l'acheter, il aurait sorti son portefeuille.

— Peut-être, mais il ne voit pas les choses de cette façon.

— Quand on est invité à ce genre d'événement, on respecte les règles de conduite. C'est une guerre d'enchères. La violence est interdite. Il n'a pas le droit de me la prendre ou de me menacer. S'il veut conserver sa réputation, il devra bien laisser tomber.

Carter secoua lentement la tête.

— J'ai un mauvais pressentiment, Conway. Je le sens dans mes tripes, tu comprends ?

— S'il voulait être le premier à baiser Sapphire, il aurait dû payer. Il est riche. S'il pensait qu'elle n'en valait pas la peine, ce n'est pas ma faute. Et elle en valait la peine.

En temps normal, Carter aurait sorti une plaisanterie paillarde, mais pas cette fois.

— On raconte qu'il mijote quelque chose.

— Comme quoi ?

— Un sale coup. C'est tout ce que je sais et ça me suffit.

— Tu n'es pas du genre à te laisser intimider, Carter. Qu'est-ce qui a changé ?

— Tu es ma famille, siffla-t-il. C'est important pour moi qu'il ne t'arrive rien.

— Carter, ça va aller. Je n'ai pas peur de lui. Je suis l'un des hommes les plus puissants au monde. Je gagne mon argent honnêtement, j'ai une tête connue. Ce n'est qu'un sale type qui vit dans les ombres.

— Et qui a des flics à sa botte...

— Nous aussi.

— Ce n'est pas pareil. Il menace les flics de tuer leurs femmes et leurs enfants. Il n'est pas comme nous, Conway. Peut-être qu'il va respecter les règles, mais peut-être pas. Tu devrais surveiller tes arrières.

— Je le fais toujours.

— Ou alors tu pourrais la lui revendre...

Hors de question.

— Non.

— Est-ce qu'elle vaut vraiment le coup de...

— Je ne veux pas la vendre.

Carter céda.

— Tu devrais peut-être en parler à nos pères.

— Pourquoi faire ?

— Je sais qu'ils ne veulent pas en parler, mais ils se sont déjà retrouvés dans ce genre de situation. Ils pourraient te donner des conseils.

— Je ne vais rien leur demander. Tu n'as entendu que des rumeurs. Très souvent, les rumeurs ne sont que ça. Je n'ai pas l'intention d'ennuyer mon père avec ces histoires. Il a tourné le dos à cette vie. Ce n'est pas moi qui l'obligerai à affronter son passé. Je suis un homme adulte et je n'ai pas besoin de mon père. Au contraire, c'est à moi de l'aider, s'il en a besoin.

— Je sais, répondit Carter calmement. Fais juste attention de ne pas sous-estimer ce type.

— Je n'ai pas peur de lui, et tu ne devrais pas non plus, Carter.

———

QUAND JE REMONTAI DANS MES APPARTEMENTS, LE petit déjeuner m'attendait dans le salon. Une assiette avait déjà été utilisée et il n'y restait plus que des miettes. Elle avait pris toute la crème dans son café.

— Où étais-tu ? demanda-t-elle en sortant de la chambre.

Elle portait un de mes tee-shirts, sans doute parce qu'elle n'avait pas eu envie de remettre sa robe de soirée. Quant à sa lingerie, elle n'était pas très couvrante.

Étonnamment, elle était encore plus sexy dans mon tee-shirt. Je marchai vers elle, pressé de lui retirer ce vêtement qui lui tombait sur les cuisses. J'attrapai le tee-shirt par l'ourlet et le fit passer au-dessus de sa tête, révélant son corps nu et sa culotte blanche.

— Ça n'a pas d'importance.

— Tu es parti très vite.

Je passai les bras autour de sa taille et la guidai vers le lit.

— Mon cousin Carter est passé me voir.

— Tout va bien ?

Je la repoussai vers le lit.

— Aucune raison de s'inquiéter.

— Cette réponse ne me rassure pas...

— Il s'inquiète à propos de Knuckles. Il a entendu des rumeurs.

Je la vis pâlir de façon significative.

— Tu veux dire qu'il en a après moi ?

À la seconde où je vis la peur dans son regard, je me fustigeai.

— Non. Et même si c'était le cas, tu n'as aucune raison de t'inquiéter.

Je posai la main sur sa nuque et le pouce sur son aorte pour sentir battre son pouls. Cette femme n'aurait jamais à s'inquiéter de rien, aussi longtemps que je vivrais. Aussi longtemps qu'elle serait mienne, aucun homme ne la toucherait. Je serais le seul à profiter de ce qu'elle avait entre les jambes. Elle pouvait aller où elle voulait, désormais – parce qu'elle était invincible.

Cela n'eut pas l'air de la rassurer.

— Tu ne le connais pas aussi bien que moi...

— Et tu ne sais pas comment je traite mes ennemis. Tu es en sécurité avec moi. Je te le promets.

Son regard s'échappa de tous côtés, puis plongea dans le mien. Elle respira plus fort.

Je posai la main sur sa joue et mes lèvres sur les siennes, lui donnant presque un baiser.

— Muse.

Elle enroula les doigts autour de mon poignet.

— Je ne veux pas te faire une promesse que je ne peux pas tenir. Je ne te promets pas le bonheur, mais je peux te promettre la sécurité. Arrête de penser à lui. Surtout quand tu es avec moi.

Elle serra les doigts sur mon poignet, le regard soudain plus assuré. Elle me dévisagea avec un espoir renouvelé, comme si elle croyait enfin à la promesse que je venais de lui faire. Elle se hissa sur la pointe des pieds pour m'embrasser.

J'aurais dû l'en empêcher. J'aurais dû lui dire que nous ne nous embrasserions plus. Je l'avais fait la nuit dernière pour lui faire plaisir, mais le roman à l'eau de rose était terminé. À partir de maintenant, nous nous contenterions de baiser. Mais quand elle m'embrassait de cette façon, je me sentais impuissant. Je voulais que cela ne s'arrête jamais, que nos langues dansent l'une avec l'autre pour l'éternité.

J'avais envie de lui rendre son baiser.

DU MÊME AUTEUR

Beauté en lingerie

Commandez-les tous...

MESSAGE DE HARTWICK PUBLISHING

En tant que lecteurs avides de romans d'amour, nous adorons les belles histoires. Mais nous cherchons des idylles qui ont quelque chose de spécial – des histoires dont nous nous rappellerons longtemps après avoir tourné la dernière page. C'est pourquoi Hartwick Publishing a été créé. Nous vous promettons de vous apporter des histoires d'amour uniques sur le marché – et qui ont déjà des millions de fans.

Rassemblant des auteurs de best-sellers du New York Times, Hartwick Publishing vous offre une collection de romans inégalée. Notre attention n'est pas portée sur les auteurs, mais sur leurs lecteurs : vous !

Rejoignez Hartwick Publishing en souscrivant à notre newsletter. Pour vous remercier d'avoir rejoint notre famille, vous recevrez le premier volume de la Série

Obsidian (Black Obsidian) gratuitement dans votre boîte mail !

Et n'oubliez pas de nous suivre sur Facebook pour ne pas manquer la parution de nos livres d'amour captivants.

- Hartwick Publishing